中国少数民族
文学之星丛书

生生不息

李进祥 著

作家出版社

编委会名单

以民族的情意，打造文学的星辰

——“中国少数民族文学之星丛书”总序

邱华栋　彭学明

“中国少数民族文学之星丛书”是中国作家协会少数民族文学发展工程的一个新项目，于2018年开始实施，由中国作家协会创作联络部具体组织落实。出版“中国少数民族文学之星丛书”的目的，是重点培养少数民族文学中青年作家，打造少数民族文学精品，为那些已经在少数民族文学界和全国文学界成绩斐然、广有影响的少数民族中青年作家，再助一力，再送一程，从而把少数民族文学最优秀的中青年作家集结在一起，以最整齐的队伍、最有力的步伐、最亮丽的身影，走向文学的新高地，迈向文学的高峰，让少数民族文学的星空星光灿烂，少数民族文学的长河奔流不息。以文学的初心，繁荣民族的事业；以民族的情意，打造文学的星辰。

入选“中国少数民族文学之星丛书”的作家，必须是年龄在50岁以下的在少数民族文学界和全国文学界广有影响的少数民族作家。不管是否出版过文学书籍，只要其作品经过本人申请申报、各团体会员单位推荐报送、专家评审论证和中国作协书记处审批而入选的，中国作协将在出版前为其召开改稿会，请专家为其作品望闻问切，以修改作品存在的不足，减少作品出版后无法弥补的遗憾。待其作品修改好后，由中国作协统一安排出版，并进行广泛的宣传推广。

中国是一个多民族的大家庭。每一个民族都沐浴着党的民族政策的光辉、感受着党的民族政策的温暖，都在党的民族政策关怀下，蓬勃发展，欣欣向荣。在这个伟大的新时代，我们正创造着中华民族的新辉煌。每一个民族的发展与巨变，每一个民族的气象与品质，都给我们提供了生生不息的创作源泉。我们每一个民族作家，都应该以一种民族自豪感，去拥抱我们的民族；以一种民族责任感，为我们的民族奉献。用崇高的文学理想，去书写民族的幸福与荣光、讴歌民族的伟大与高尚；以文学的民族情怀，去观照民族的人心与人生、传递民族的精神与力量。

我们期待每一位少数民族作家，都能够到火热的生活中去，到广大的人民中去，立心，扎根，有为，为初心千回百转，为文学千锤百炼，写出拿得出、立得住、走得远、留得下的文学精品。不负时代。不负民族。不负使命。

2019年5月18日

目 录

扎实的生活和坚韧的写作

——李进祥小说集《生生不息》序

孟繁华

李进祥是一位著名小说家，当然也是一位非常成熟的小说家。他的小说《换水》曾获得第10届全国少数民族文学创作“骏马奖”，他人在宁夏，但影响是全国性的。因此，他当选“中国少数民族文学之星”实至名归。现在，李进祥要出新的小说集，嘱我说几句话。我除了向他表示祝贺之外，对他的小说当然也有话要说。

郎伟在李进祥的小说集《换水》的序中说：“在名声渐起的宁夏青年作家群当中，李进祥不能算是最为引人注目的人物，但是，论及宁夏青年作家群，我们却难以忽略这位风格特异的作家。他的小说朴素、家常，像一个未施粉黛的乡村姑娘，然而，在朴素寻常的面貌之下，李进祥的作品却‘言近旨远’，有着让人不敢小觑的穿透人生的艺术力量。那种对乡土的痴恋与悲悯，对人性的洞察与理解，对人的命运的格外关注与不倦的追问，都表明：李进祥的小说天地远比我们想象的要开阔与丰富得多。”郎伟教授常年在宁夏工作，对宁夏文学了如指掌，因此，我非常同意郎伟教授对李进祥小说的评价。我初识李进祥是2014年在昌吉《回族文学》首届评奖会上，听他对入选作品的分析很受启发。后来陆续读了他的部分小说，非常震动。特别是他的《讨白》，让我爱不释手先后读过多遍。小说缘起于类似寻仇的故事："马亚瑟用了十二年时间，才在一个叫马家大山的村子找到了锁拉西。"如果按照正常的思路，那就是要看马亚瑟如何，或者用什么样的方式结果锁拉西了。但故事没有按照我们的想象发展。他先写了锁拉西回家时马亚瑟对锁拉西的观察，然后是见面：

> 锁拉西进门向马亚瑟道过了"色俩目"，这才认出了马亚瑟，突然也怔住了，脸上的表情极为复杂，有惊，有喜，有疑惑，也有恐惧。马亚瑟看着，感觉到自己的脸上也一定是同样的表情，脸也一定被那些复杂的表情弄得扭曲了。

就在两个男人不知如何开口，同时陷入了难堪或尴尬的时候，锁拉西的女人端一盘饭过来，化解了场面短暂的凝结。这是小说开篇的"蓄势"，它奠定了小说的气氛、人物的角色和心理状况。在人物关系不可化解处，另外一个在"关系之外"的女人进入了情节，她像缓释剂或润滑剂，两个男人的关系开始发生转变，小说陡然间峰回路转有了新的可能。这个开头实在是太精彩了，它示喻了小说新的走向，使一个类似"寻仇"的故事从"紧绷"开始缓解。然后，小说像抽丝剥茧一样，通过女人、环境、孩子以及锁拉西的视死如归，使马亚瑟的"寻仇"逐渐化解。最后，他扔下刀子走了。小说的故事和叙事完美得几乎没有任何可挑剔之处，在短短的几千字中，完成了小说的起承转合，完成了人物性格的塑造，其自然和流畅在当代小说中非常少见。小说写出了两个男人的磊落和正大，首先得益于李进祥对回族文化的理解，对本民族性格的理解。当然，任何民族的文化无论用如何奇崛的方式表达，其动人之处，都一定与人性有关。马亚瑟是那样地信誓旦旦，一定要手刃锁拉西。但人和环境改变了他的初衷，共同的文化性格和曾经的误会使他放弃了仇恨。那里的人性和神性一起放射着夺人眼目的光辉，我肃然起敬，读过之后我几乎经久不忘。

他的《立交桥》《带着男人去北京》的故事，都与火车有关。一种象征“现代”的交替工具，承载的却是不那么现代的故事。小说人物奔波在乡村与城市之间，没有诗意和远方，那是嘈杂混乱的底层生活，是艰难困苦度日中必须应对的各种难题。他们需要面对金钱的匮乏和病痛的折磨，亲人间的相互抚慰是他们赖以生存的最后依托。因此，李进祥这类“底层写作”的小说蕴含着他深切的悲悯目光；当然，即便是西北的乡村，也不是苦难的集中营，日常生活中终究还有令人欣然的一面。《奶奶活成孙女了》讲的是“陪伴才是最长情的告白”的故事。任何人都难以超越时间之流，奶奶终将老去，孙媳也终将为人之母。但在温润如水的日常生活中，他那抒情的笔致超越了时间之流。西北农村少数民族家庭的独特风情一览无余，古朴的生活，和睦的家庭，长寿的老人、孝敬的儿孙等，将偏远乡村宁静、美好和温馨的生活，描绘为一幅如沐春风般的风俗画。斗转星移世风代变，但生活比观念、比思想更顽强，它世世代代地传之久远。《三个女人》，无论是卖葫芦丝的、抱孩子的还是开出租车的，她们都是“行走的女人”，她们的艰辛可想而知。在与“我”的不期而遇中，讲述者流露的悲悯和真情，令人感慨万端。我曾经表达过，无论任何文艺作品，写恶是容易的，写善是难的；但善的才是美的。当情义成为这个时代文学的稀有之物时，李进祥用他最大的善意书写了人间的另一种关系，这是善和美的关系，这也是我欣赏他小说的一个方面。《生生不息》写太奶奶麦尔燕在苦难、灾难生活中的坚韧、善良，写出了她对“生生不息”的执着。这应该是李进祥某一时期小说构思的大体模式，即便如此，太奶奶麦尔燕还是给我们留下了深刻的印象。

李进祥生活在偏远的宁夏，他身处边缘，但却没有影响他的小说不屈不挠地向“中心”掘进。这个中心，指的是包括小说在内的文学究竟要关注什么。文学处理的是人的内心事务，是人性和人际关系，是要尽可能地呈现人的丰富性和复杂性。在李进祥的小说创作中，我看到了他的这种追求和能力。他有丰厚的生活积累，有驾驭小说的独特体会，更有坚韧的写作欲望。这就是李进祥会写出更好小说的理由。

是为序。

2019 年 3 月 3 日于北京

立交桥

工地边上的房子拆不掉，立交桥就停工了，民工们不能上工，只好等着。正好父亲打来了电话，说家里有事，叫杨志回去一趟，杨志就想回去。

家里有啥事，父亲没说清楚。父亲是把电话打到同村来的马明的手机上。杨志的手机坏了，没舍得再买。

杨志约马明几个一起回去，马明几个都不回去，说谁知道哪天拆了那些房子，就又开工了。不开工，在外面找点零活干，也能挣几个钱，家里粮食都收过了，回去也没啥事，白花路费。杨志只能一个人回去。

借给甜嫂的钱没好开口要，身上剩的钱也不多了，杨志都揣在怀里，就往火车站跑。城市有很多公交车，可杨志不知道它们哪一辆是到火车站的。还有出租车，花的钱多，杨志不想花钱。

跑出工地不远，就看到了那些房子，就是那些旧房子挡住了，才没办法开工，杨志看着就有些眼憋。听说已经断水断电了，但里面还都住着人，出出进进的能看见，是城里人，杨志看着这些人也有些眼憋。

杨志边看着那些房子边跑，冷不防就碰到一辆自行车上，他一个趔趄，自行车却碰倒了。骑车人从地上爬起来，先拍拍身上的土，捡起墨镜戴上了，才转身看着他说，不看路，乱跑啥呀？杨志看他是个城里人，年轻人，还戴着个大墨镜，心里有些胆怯，连忙说了几个对不起。墨镜没有立时就骂，还问他，你伤着了没有？杨志忙说没有，没有。他没敢问墨镜摔伤了没有，没敢问他的车子摔坏了没有，赶紧跑开了。边跑边回头看，墨镜又骑上车，向那片旧房子走。杨志再转过头时，他已经进了哪个院子，看不见了。杨志心想，原来也是那一片的人呀，摔伤了也活该。

梅笙这些天一直悄悄地到家里来，看母亲，看房子。虽然这里的房子快要拆了，但他感觉这里才是他家，租房那边不是家。还有，母亲在哪里，他就感觉家在哪里。结婚五六年了，他还是觉得妻子在的地方还不算家，母亲在的地方才是家。这些天分开了，妻子和租房那边，他就感觉不是家。

他不敢穿制服，换了便装，也不敢开单位上的车，只能骑自行车过来，还扣着个大墨镜，他不想让人认出来。市上已经给各单位都打过招呼了，国家公务员参与阻挡拆迁之类的事，要严肃处理。梅笙在乎自己的工作，在乎自己的前途。

母亲明白这一点，张罗着给他们两口子租了一处房子，让他们住着，不要过来了，这边的事她一个人顶着。说是这样说，但梅笙还是见天儿地过来看，主要是看母亲。他自小就没见过父亲，是母亲一手把他拉扯大的。他对母亲很依赖，但他总想着不能让母亲一个人在院子里守着，他得过来给母亲壮壮胆，做做伴。

杨志一路跑到火车站。买了票，顺便在火车站给儿子买了一身衣服，就上车了。火车里挤瓷实了，过道里站满了人，车厢连接的地方都蹲满了人。男男女女老老少少的，各种口音的人都有，都大包小包的，谁知道都往哪里走，是出门还是回家。杨志没有座位，只能站着，身前身后都是人，挪转一下身子都困难，上厕所，打水，根本走不动。火车跑了一天一夜，杨志就没有喝水，没有吃东西。

第二天天快黑时，火车到了县城，杨志下了火车，就赶紧找到家里那一路的蹦蹦车，晚了，没有了。出租车有，要六十块，杨志没坐，舍不得花那么多钱。住私人小旅店，也就十块钱，杨志也不想住，他想快些回家。杨志就往回走，他想三十多里的路，半夜也就走到了。也是运气好，出城刚走了几里地，就碰上邻村一个骑摩托车的，把他顺路带了一截，剩下七八里地，杨志走一截，跑一截，到家时，院门还开着，婆姨的屋子里亮着灯，父母的屋子也亮着灯。

杨志犹豫了一下，还是先进了父母的屋子。

父母都在，可都板着脸子，不说话。杨志进去，问候了，母亲的表情先缓过来些，问他，咋半夜回来了？车迟了？不会先在城里住上一夜，饭吃了吗？杨志说，吃了，顺路有个摩托车，带回来了。

父亲依然没换过表情。杨志忙问，家里出啥事了？父亲说，啥事，村上要占我们家的地。杨志说，我还当有啥大事，十年九旱的，地里又没个收成，占叫占去。父亲突然更恼了，大声训斥杨志，你说的叫啥话，农民不守地守啥？占叫占去，你咋说得这么轻巧？打了几年工，钱没挣上几个，把根本都给忘了。

杨志不敢再说话，就往出掏钱。钱装得深了，半天才掏出来，捻了捻，五张红票子都在，就放在父亲旁边的炕头上。父亲看了一眼那几张票子，脸子更沉了，说，钱拿去，明年往出盖房子。杨志感觉父亲是嫌钱少，忙说，工地上停工，前几个月的工钱借给别人了，后面的工钱还没有算。杨志脸红了，父亲的脸子更黑了。

母亲过来说，挣几个苦钱咋随便借人了，去了赶紧要回来，这几个先拿上你媳妇娃娃花去。你媳妇娃娃都好着呢，顺生长大了，满庄子地跑呢。你回来见了吗？杨志说，还没有。母亲说，那快过去，一程路也跑乏了，有啥话明儿再说。

杨志就转身往出走。父亲说，钱拿上。声音很冷。杨志停住了，说留着买点吃的。父亲不应。母亲过来打圆场，说，拿上一半，留下一半。父亲向母亲怒声说，你当我真是二百五呀！母亲不敢说了，拿过那几张票子，塞在杨志手里，使眼色叫他出来了。

婆姨开着电视，有些恍惚地坐着，看到他进门，一下子站起来，脸上说不清是欣喜还是羞怯。婆姨说，那边过去了？他爷他奶奶吵了架，生着气呢，没说啥吧？杨志说，没有。咋话了，不是你惹了吧。婆姨说，啥话？我惹着干啥。好像是土地的事。听说城里来了个人，要建啥淀粉厂，说要在他爷的地里建库房。杨志说，占地他得给钱吧？婆姨说，支书说地是开的荒地，不是承包地，不给钱。

杨志不说话了，把给儿子买的衣服放在炕沿上，顺手也把那几张红票子放在炕沿上。他找儿子，儿子已经睡着了。他凑到跟前，看了一会儿，感觉儿子不像了，想亲一下，又忍住了。他顺势软软地趴到炕头上，炕上显得很实，和工地上的床板地铺就是不一样。

婆姨说，咋就这么几个钱？杨志就说是停工了，这个月工钱还没算。婆姨说，那前几个月的工钱呢？杨志说，借给人了。婆姨问，借给谁了？杨志说，甜嫂。婆姨又问，甜嫂是谁？杨志说了半天，说是灶上做饭的，说她男人腰瘫了，借钱给男人看病。说了半天，还是说不清甜嫂是谁。杨志脸红了。一说到甜嫂，杨志就脸红，一撒谎，他也脸红。婆姨嚷起来，你咋把钱借给外面的女人，谁知道是借给人了，还是胡花乱嫖了。杨志解释了半天，越说婆姨越嚷嚷得厉害，还哭起来。听着婆姨哭闹，杨志有些头晕，有些瞌睡。

梅笙和衣躺在床上，看着暗昏昏、空荡荡的屋子，有些瞌睡，却睡不着。屋里的电视、电脑等一些东西早就搬出去了，放在新租的房子里了。这边的房子等着拆迁，已经断水断电，不能看电视、不能上网，点着蜡烛，屋里也暗，梅笙就感觉有些没着没落的。他掏出手机，先给妻子打了个电话，妻子住在出租房里。梅笙下班的时候，打了电话说不过去吃饭了，要到家里过来看母亲，陪母亲住。母亲还住在老院子里，没搬过去，母亲说房子坚决不拆，要闹到底。

妻子手机彩铃《黄玫瑰》矫情地唱了半天，没接电话。他以为妻子在写教案，或者是已经睡了，刚想挂断电话，《黄玫瑰》不唱了，手机通了，一片嘈杂，听不清妻子的话。梅笙奇怪地问，你在哪里？妻子说了半天，周围吵着，他还是没听清，就气恼地挂断了。

过了一会儿，妻子又回过电话来，说是一个学生家长请客，吃了饭，又约着他们到KTV唱歌。梅笙说，人家要拆房，你倒有心思唱歌。妻子说，学生家长请客，也推不掉。怎么了？拆房是拆房，人还得活吧？总不能连生活都拆了吧？梅笙心里想，都拆了才好呢，嘴上却说，回早点，租房那一带乱，小心着点。妻子用儿童式的普通话娇声说，知道了，谁会打劫我呀，要钱没钱、要色没色的。再说了，法官的老婆，他们也敢打劫？梅笙不爱听妻子这样说话，就说，以后少去那些乱七八糟的地方。

梅笙刚想挂电话，妻子在那头嚷嚷起来，怎么就是乱七八糟的地方？既然乱七八糟你们公检法是干什么的？为什么不查封掉？拆房子你烦我也烦着呢，谁愿意憋在租房里，整天跟着你烦心，怎么了还不兴我热闹一回了？你是法官，也为自己做一回主，发个判决别让拆房呀！妻子说话总爱用“怎么了”，老是一副质问的口气，老是一副辩理的口气。梅笙不知道她是当老师当的，还是原来就这样。梅笙是法官，可永远都辩不过她。梅笙只好说，那你就唱着、热闹着吧，说完就挂了电话。

没想到一个电话惹出妻子一大通嚷嚷，梅笙就有些懊恼。又想想，也不能全怪妻子，房子要拆迁，谁都心里乱。拆迁的事折腾好长时间了，说是公共建设用地，补偿安置条件低，拆迁户就不同意，抗着。以前还是劝说，这几天强拆的架势拉开了，情况不好。

梅笙就想起老同学陈彬，在市政府办当副主任，应该问问他。

拨通了陈彬的电话，梅笙先问，领导好，在哪里？他怕陈彬在开会，或者在应酬。陈彬说，是梅大法官呀，怎么突然想起我来了？

梅笙开玩笑说，接到举报，说你贪污受贿玩女人，让我专门调查你。陈彬笑了，说，咱一个伺候人的，哪儿贪污受贿去？哪个女人看上咱这跑腿的？倒是你们法官要注意，凭那一身法官服，还有什么事办不成。

打了一阵哈哈，梅笙说，不开玩笑了，你说话方便吗？我有事要请教老同学呢。陈彬说，刚接待完一拨人回来，你说吧。梅笙就说，立交桥那边拆迁的事，到底怎么决定的。陈彬警觉地说，怎么，有告状的？不是已经打过招呼，叫你们法院不要受理拆迁的案子了吗？梅笙忙说，哪里呀，我们家就在拆迁范围里。陈彬说，你们家在那一片呀，拆迁协议签了吗？梅笙说，没有，老妈坚决不拆。陈彬说，做做工作吧，你是国家公务员，可千万不要闹到里面。陈彬的话里有了官腔，虽然是关心的话，梅笙听着不舒服。

梅笙说，以前不在拆迁范围，为啥又拆迁呢？陈彬说，这不是图纸修改了，立交桥要扩大吗，与时俱进、跨越式发展，你也不懂。再说了，拆迁是迟早的，那一片处在进城通道上，有碍观瞻，早就列入拆迁改造计划了。

梅笙知道拆是定了，他又问，补偿的事，还有没有变化？陈彬说，补偿是城建那边具体搞，有没有变化，我也不好给你说。又是明显的官腔，梅笙就不好再问了。

躺了一会儿，想着妻子应该回去了，睡了，梅笙也准备睡觉。

婆姨嚷嚷了一阵，就气呼呼地睡了。杨志钻进婆姨的被子里，但婆姨却给了他个脊背。

杨志躺着，他想给婆姨说在工地上的事，说他想家的事，说他没在县城住，急急地跑回来的事，说路上很饿很乏，但他张不开嘴。他听到婆姨的呼吸不匀，她还没有睡着。他还想问问家里的事，问婆姨苦不苦、累不累，问想他了没有。可婆姨给了他一个脊背，面对着婆姨的脊背，杨志说不出话来。他还想逗逗儿子，儿子两岁多了，应该会说话了，会叫爸爸了，但儿子睡着了，从他回来一直睡着，这会儿又挡在婆姨的那一边，看都看不见，婆姨的脊背像一座山。

婆姨的身子动了一下，杨志以为她会转过身来，婆姨把被子窝了窝，身子蜷了蜷，又不动了。杨志这头的被子就盖不住了，半个身子露了出来，杨志感觉到屋子里有些冷。还没有入冬，立交桥工地那边，天还暖和着。那边是南边，家里这边已经冷了。

婆姨的身子又动了一下，这回是儿子先动了，好像是做梦，惊了一下。杨志想趁机问问咋了，趁机想看看儿子。他刚想张口，婆姨把儿子往怀里搂了搂，娘儿俩都安稳了，杨志的一句话就噎在嗓子眼里。

刚才婆姨搂儿子，又把被子往过拉了一些，杨志身上的被子更少了，几乎盖不上了，他还是没有另拉被子盖，他知道婆姨心肠软，不会忍心这么让他凉着，会往他身边靠靠，给他匀点被，说不定还会转过身来呢。以前冬天，屋子里炉火封得早，为省炭，婆姨总是钻在他怀里，两个人贴在一起，一点儿都不觉得冷。杨志这会儿感觉到冷了。

婆姨的呼吸终于匀和了，她睡着了。杨志睡不着，他觉得耳朵里轰隆乱响，好像还在火车上，还跑在路上。

梅笙正想睡觉，手机响了，收到一条信息。梅笙以为是妻子发的，打开看，却是单秀莹发的，你在干啥？单秀莹飘飘的长发就拂开了梅笙的眼睛，睡意一下子跑光了。梅笙回信，正准备睡觉，你呢？单秀莹说，家里来电话，要我回去，我正在发愁。梅笙说，你不是两年都没回去了嘛，也该回去看看。梅笙知道单秀莹的家在很远的一个山村，她来这里打工。

单秀莹说，我是怕回去了，家里人不让再出来了。梅笙说，为啥？家里又没啥事。单秀莹说，家里没事，我有事。梅笙说，你能有啥事。单秀莹说，我就这样过一辈子，我不嫁人啦？梅笙说，家里给你找对象了？单秀莹说，有可能。我不想回去，不想在那里过一辈子。梅笙说，那你就不要回去。

单秀莹接着发过来一句，她，嫂子不在吗？梅笙说，又是她，又是嫂子的。不在，家长请客吃饭、唱歌去了。单秀莹说，嘿嘿，我说你今天咋这么大胆。梅笙感觉能听到单秀莹的笑声，很清脆。

过了一会儿，单秀莹又发过来一个短信，我也有点想家了。梅笙说，实在想家了，就回去一趟吧。单秀莹说，等春节再说吧。

梅笙说，记得回家时一定告诉我一声。单秀莹说，咋？你是跟我回去，还是要送我？梅笙感觉单秀莹在那边又调皮地笑了。梅笙说，送也是应该的，主要是给二老带点东西。单秀莹说，你叫哪门子二老？带哪门子东西？你算我啥人？梅笙不好回答，没再发信。

单秀莹那头也停了半天，才又发来一句，你为啥要对我这样好呢？每次打电话、发信息，你非要招我哭呀你。梅笙这才知道单秀莹在那边哭了，他也有些伤感，长叹了一口气。梅笙说，对不起，是我错了，该打。单秀莹说，和你说了会儿话，淌了点眼泪，好多了。不打搅你了，你休息吧，我的大法官，你明天还要判案子呢。休息好了，多判几个坏人。

梅笙就是因为单秀莹的案子，才和她认识的。

单秀莹在一家服装厂打工，是缝纫工。做好一件要给质检员检验的，质检员是个男的，每次都要先拉住她说话，说些叫她脸红心跳的话，单秀莹想躲又躲不开。有一回，质检员还动了手脚，拉住单秀莹，嘴就往单秀莹脸上凑。单秀莹一气之下给了他一巴掌，质检员恼羞了，总给单秀莹找麻烦，每次送检都低打一个等级，还打出了好几次不合格。单秀莹连续几个月都被扣发了工资。

单秀莹找老板告了，以为老板会管。可再去送检，质检员说，还到老板那儿告我？你也不问问我和老板啥关系。实话告诉你，我看上你了，就这么回事，你看着办，听话，工资照开，还有好处；不听话，你的工件就别想合格。这以后，每次送检，工头动手动脚更厉害了。

不知是谁给出了主意，单秀莹就找到法院来了。正好是梅笙接待的，听了单秀莹的陈述，梅笙说，没有证据，没有事实，没法立案。单秀莹突然嚷起来，我的工钱白给扣了？我就白受侮辱了？你们城里人护着城里人，这是啥法院，你算个啥法官？嚷了几句，单秀莹就默默地流眼泪，很无助的样子。

也许是那种无助的样子打动了他，梅笙就主动帮助了单秀莹，到那家工厂去，替单秀莹要回了被扣的工钱，还帮单秀莹在一家小超市找了个营业员的工作。梅笙时不时地还过去看她，两人就熟了。

和单秀莹发了一阵信息，又想起了一些事，梅笙很晚才迷糊了一阵儿。

醒来的时候，天已经大亮了。杨志看到身上盖着被子。不是婆姨盖的那床被子，是另外的被子。很明显，是婆姨半夜里给他盖上的。婆姨不在炕上，也不在屋里，不知道干啥去了。儿子在，已经醒来了，穿上了，一个人坐在那里玩积木。杨志看到那是自己去年买回来的，现在颜色已经很旧了，好像也不全。儿子不是摆积木，是用一个打一个玩，积木散乱了半炕。他是看城里人给孩子买，说是开发智力。杨志也想儿子早早开发智力，将来能学得好，上大学，有出息。

杨志穿了衣服起来，凑到儿子跟前，半天才想起儿子的名字来，叫了一声顺生。儿子扭头瞅着他，停了玩积木。杨志说，顺生，叫爸爸。儿子不叫，直直地瞅着他。杨志在脸上增加了点笑，又说，叫爸爸。儿子却哇的一声哭了。边哭边爬下炕，没穿鞋，光脚往出边走边哭着喊妈妈。杨志跳下炕抱起儿子，儿子哭得更厉害了。

婆姨跑进来了，从他怀里掏过儿子，哄了两声，儿子就不哭了。婆姨对杨志说，洗脸，吃馍馍去。杨志看到，桌子上已经摆上馍馍了，还有一小碟酸菜。他感觉饿了，也想吃酸菜了。

杨志洗了脸，吃了些馍馍。婆姨收拾了屋子，和儿子坐在炕上玩。儿子往婆姨肩上、头上摆积木，婆姨一动，积木掉了，儿子就假装哭，还把积木往婆姨身上扔，打到身上了，他还咯儿咯儿地笑，婆姨也笑。杨志就想起很遥远的一些事情。

杨志也想和婆姨儿子一起玩，又怕儿子再哭了。儿子一会儿看他一眼，一会儿看他一眼，眼神还是很陌生。婆姨没有看他。

他想和婆姨说说话，他有很多话要给婆姨说的，可待了半天，说出来一句：借给甜嫂的钱，我这回去就要。婆姨没搭话。杨志又说，是她男人瘫了，看着可怜，我才给借的。婆姨突然高声嚷起来，哪里来的甜嫂？你的哪一门子嫂子？跟你啥关系？钱都给你婊子妈了，还说啥？看你脸又红了，没做亏心事你脸红啥？钱给你婊子妈了，货也给你婊子妈了吧？不跟你婊子妈过去，跑回来干啥？婆姨越骂声越高，拉了哭腔。婆姨还从来都没有这样大声地骂过粗话。杨志不出声，想起和甜嫂的事，他真说不出话来。

母亲在门外喊了声他的名字，他答应了，走出去。母亲说，一个大男人，窝在屋里干啥，出去转转去。

母亲是往出支他。他就出来了。

梅笙出家门的时候，天刚亮。梅笙一夜睡得不好，醒来得也早。隔着门给母亲说了一声，就骑上自行车出来了。他先得到租房那边一趟，这里没水没电的，洗漱的东西也都拿过去了，这边的家真不像家了。

梅笙骑着自行车往租房那边走。大清早的，街道上已经满是车、满是人了，人和车都忙忙碌碌的。有些方向不同，眼看着要会合，却又擦肩而过。有些方向相同，却也是各走各的，互相没有一点儿关系。街道两边的楼房也乱糟糟的，到处的门脸，到处的广告牌。不知哪来的这么多人、这么多车、这么多店铺，梅笙有一种说不出的拥堵感。

到租房那边，更是这样。那里算是城市的边缘，城乡接合部，巷道又多又乱，住的人也杂，卖菜的、收破烂的，各色人等都有。卫生也不干净，到处的烂菜叶子、塑料袋子，随地大小便。这里住的大都是农村来的人，梅笙一时找不到房子，暂时租住在这里了。

梅笙躲着地下的脏东西，走到门口，敲了几下门。里面暗昏昏地答应着，谁呀，这么早干啥子呀？外地口音的普通话，不像是妻子的声音。梅笙正感觉纳闷，门开了，是兰子，只穿了短裤胸罩，散乱着头发。

梅笙脸一热，赶忙说对不起。兰子说，是梅法官呀，进屋坐吧，有事呀？梅笙忙说，对不起，敲错门了。兰子说，说啥子对不起哟，都是邻家，大哥闲了就进来坐坐。大哥这么早出去了，夜不归宿呀。兰子说着，狡黠地向他一笑。

梅笙忙说，在老院子那边住了，才回来。说着赶忙退到自己的租房门上，又敲了几下。兰子没有进屋，看着他敲门。梅笙担心，妻子要开门出来看见了，会乱想。妻子刚搬过来两三天就给他说了，叫他不要和兰子接触，她说兰子经常领着不同的男人来过夜，看着像个婊子。妻子把婊子两个字说得很重。梅笙就不敢和兰子搭话。

不见妻子开门，兰子那头又说，嫂子昨晚出去好像没见回来。梅笙嗯了一声，赶忙掏出钥匙开门，推门进去，随手把门关上，把兰子关在外面了。妻子果然不在，梅笙就给妻子打电话。

电话通了，梅笙说，你不在家在哪里？妻子说，怎么了你过去了？昨晚迟了，不敢过去，正好离我妈这边近，我就住我妈家了。梅笙说，不回家也不打个电话。妻子说，你又不在，我给谁打，你陪你妈，叫我一个害怕。梅笙听不下去，就挂了电话。

洗脸收拾了，梅笙就到单位上班。一进门，甜嫂就跟进来了。梅笙刚一落座，就看到了她，还惊了一下。

甜嫂没说话，就拿起笤帚，要帮他扫地。梅笙忙说，你放下，我自己来。甜嫂说，你忙着看案子，我反正也是闲着，说着就扫起来。梅笙过去强接了笤帚，自己扫。甜嫂又抓起拖把拖地。梅笙挡不住，就由着她了。甜嫂拖了地，又拿抹布抹桌子。甜嫂说是顺手的事，她习惯了。

梅笙知道她是在巴结自己，感觉很不舒服。梅笙就主动说，你那案子真的是不好办呀，双方都签了合同了，已经算了结了。

甜嫂说，我知道结了，街上一个老大夫说，我男人的病能治好，吃一百多服药，就能好，就能站起来走路了。我不能看着我男人一辈子成了瘫子，我不多要，我就要点药钱。

甜嫂的丈夫就是在立交桥工地上打工，被钢筋压断了腰。是几个月前的事了，双方已经处理过了，有处理合同，甜嫂的公公、小叔子，还有甜嫂，都签了字的，甜嫂现在要告，来过几回了。

梅笙说，当时没处理的时候，你就不能私了，应该用法律手段解决。甜嫂说，我知道啥法律呀，看着男人成了那样，吓都吓死了。当时就想着是他自己不小心给压的，老板还给钱买轮椅的，还觉得对不起老板呢。谁知道工伤呀、赔偿呀这些事，谁知道法律还有专管这个的。

梅笙唉了一声，说，你先回去，我再想办法吧。甜嫂说，大兄弟，有你这句话，我就放心了。

送甜嫂出门的时候，梅笙又忍不住劝了一句，街上那些卖药的，不能相信，白花钱。甜嫂说，大医院咋进得去，进去一趟还不得几万块，还不一定看好。街上那个大夫的药，才吃了几十服，就见效了，单方才治病呢。

梅笙不好再劝，看着她满怀信心似的走出了大门。

走出大门，杨志却不知道该到哪里去，家家户户的门都关着，村街上没有人，远处地里的洋芋、糜谷都收掉了，光光的，山上也光着，没多少活气，不是他天天想着的山。远处的清水河也很瘦小，不是他天天想着的河。

走了一截，忽然听到了车声，从村子南头响过来，越来越响，看见了，是一辆小轿车，黑色，但给土落白了。杨志想，谁这么早到村里来干啥。正想着，车到他跟前，停了。车玻璃落下去，马德贵的大头从车窗钻出来。杨志不知道马德贵啥时候买车了。马德贵问，回来了，啥时候回来的？杨志说是昨天。马德贵又问，挣得咋样？杨志没说，笑了一下，马德贵也笑了一下说，你先转着，我走一趟县上，还要陪陈老板吃饭打麻将呢。杨志这才想起马德贵当了村主任了。这样想着，马德贵的车已经开动了。走了几步，车又停下了，马德贵的大头又从车窗扭出来，转向杨志说，给你爹说说，那块地得让出来，好不容易引来个客商，县上、乡上都重视着呢。陈老板把洋芋都收下了，等着建厂建库房呢，再过几天，天冻了，就不行了。建厂是众人的事，是好事，你爹老脑筋，你给说说。我先走县上，县上催着呢。杨志刚想说，为啥偏要用我们家的地，马德贵的车冒了一串烟，大响了几声，跑远了。

马德贵前几年也出去打工，不过他是带工的，领着几十号人，一起出去。马德贵找活儿，负责谈工钱，要工钱，不干活儿，每人每天给他抽十块钱。带的人越多，马德贵收入就越高。其他人明明知道，可没办法，他头脑灵，能找上活儿，人也狠，能要来钱。跟着他，只管干活儿，不愁要不来钱。杨志以前也跟马德贵干过，后来不跟了，原因是马德贵还诈工地，就是找茬和工头闹，有个阴天下雨的，停水断电的，开不了工，闹着要工资，民工谁有个小伤小病的，就闹着要赔偿，不给就聚了人闹，还说要上访打官司，有了大事更闹得厉害。人多了，一闹，工头就害怕，就给钱。给了钱，大头归马德贵，小头给大家分。马德贵说，城里人有钱，诈了白诈，他们哪里来的钱？还不是刮我们身上的。话听着也有理，但杨志还是不跟着他干了，和马明几个一起干。马德贵去年回来也当了村主任，多不出去了。

一个人愣转了一阵，杨志才回家，想着婆姨这会儿该气过了。进了门，却看到婆姨穿上了厚衣裳，正在给儿子换衣服，要出门的样子。杨志就问去哪里，婆姨不说话。杨志又问，婆姨没好气地说，回娘家。杨志说，又没啥事，咋要回？婆姨说，没事还不能回娘家了？你出去大半年，背回来金山还是银山？钱给了哪里的烂女人，我还说不得了？你妈一气子，你爹一气子，还骂我，我还成了出气筒子了。

杨志这才明白，他出去这会儿，父母可能说了婆姨几句。杨志就说好话，婆姨不听，拉了一下，也拉不住，婆姨抱着儿子出去，杨志也跟出去劝，婆姨头都不回，径直走出大门去。杨志跟出一截，看婆姨走远了，才转身。一回头，却看到父母都在院里。父亲对着母亲骂，养的窝囊儿子，连个婆姨都管不住。母亲也嚷，村上占你的地，你不跟村支书闹去，给家里人使啥气。

杨志一扭头钻进屋子。

中午的时候，母亲端来了饭，他吃了。晚饭时，母亲又端来了。他吃了饭，冷屋冷炕地睡了一夜，早上起来，就决定回工地上去。

工地那头一停工，拆迁的事一天比一天紧了。住户们有些扛不住，签了拆迁合同，有的嫌拆迁费太低，还抗着。邻居蔡叔和冯阿姨过来说，补偿的钱不够买楼房，他们不能拆了房住马路上去。梅笙劝母亲也签了算了，他们凑凑，再贷点款，买套楼房，母亲却坚决不签。梅笙知道母亲固执，但这回，她固执得似乎有些过分。

梅笙奇怪地想，母亲不愿意搬走，也许是在等那个王哲，怕搬走了，他回来就找不到了。

他从小就隐隐约约听邻居说过，他的父亲叫王哲，是个收破烂的，本来是农村人，刚开放的时候，就到城里来了，收废书废纸、旧鞋塑料、破铜烂铁啥的。刚来的时候，租住的就是母亲家的房子，就是现在这所房子，当时是在城边上，连着郊区，不远处就是麦田和菜地。

当时爷爷奶奶还在，实际上应该是外公外婆，但梅笙小时候一直叫爷爷奶奶。王哲租住在这里，一是图房价便宜，二是有个小院子，可以堆放他收来的那些废品破烂。租住的时间长了，就和母亲好了。有一说是爷爷奶奶没儿子，就一个女儿，看上王哲实诚能干，想招个上门女婿。

不管是啥原因，反正母亲和那个王哲结婚了。没有大操大办，简单地举行了婚礼，就在这个院子里，王哲就算是上门女婿。一年多，就有了梅笙。梅笙出生还不满一岁，那个王哲却走了，从此杳无音讯。

对那个王哲的走，邻居们也有各种说法。有说是结婚以后，母亲就不让王哲再出去收破烂，要给他找个正经工作干。爷爷奶奶都张罗着给王哲找工作，可那时候工作不好找，王哲整天睡在家里吃闲饭，脾气上来了，三天两头和母亲吵，过了些日子出去了，再也没回来。也有说，王哲本来就是个骗子，在农村还有个家，骗了这家人，眼看瞒不下去了，跑回老家去了。还有说，王哲到了另一个城市，还在收废品破烂，有个邻居出差隐约看见了。各种说法都有，梅笙也是听得零零星星。梅笙不知道他为啥会抛下他们母子，一个人走了，也不知道他会不会有一天再回来。

想回工地去，没有路费，杨志先在家里翻，没找到，不知女人把钱拿走了，还是放哪里了。想了想，只能去找马德贵。

马德贵还没起来，敲了半天门，他婆姨才出来开了门。杨志到马德贵住的屋子，马德贵还是没有起来，躺在被窝里。看到杨志，马德贵也只把上身往起抬了抬，嘴里说，陪着那个陈老板打了半夜麻将，累死了。杨志就说，你躺着，不用起来。

马德贵点了一根烟，狠抽了几口，才问杨志，你是来说土地的事吧？你们的意思呢？杨志本来没想着说土地的事，现在马德贵提起了，杨志就说，村里那么多地，为啥偏要占我们家的地？

马德贵说，那咋是你们家的地？那又不是分给你们家的承包地，那本来是荒地，是你爹开了荒，种了这些年，村里啥都没收，已经够便宜了。杨志说，村里谁家没有开荒地？又不是我们一家开了荒。

马德贵说，荒是都开了些，都是陡坡地，你家开的是平地。陡坡地又不能建厂子。再说，陈老板一眼就看准了那块地，说那里风水好，建厂子好。我们也没办法。杨志说，就白占？不给钱？

马德贵说，说好地由村里无偿提供，陈老板不管。村里哪有钱？杨志说，咋说也不能白占。马德贵有些烦，拉下了脸子说，咋叫白占？本来就是村上的土地。

杨志不出声了，杨志有些怕马德贵，也不想把马德贵惹恼了，就不好借钱了。

马德贵的语气缓和了些，说了些办厂子的好处，说这是为众人的事，还说等上面有扶贫款了，多照顾杨志家。杨志听着，没再接话。杨志不说话，马德贵以为杨志是不接受，就恶了声说，我好话说尽了，你们还要是不答应，我也没办法。你找村支书说去，支书那里怕是没有我这么好说话。

杨志知道支书比马德贵还难惹，他那张黑脸看着就叫人害怕，没想着去找他。

杨志不说话，还站着不动。马德贵说，还有啥事？杨志就说了借钱的事。马德贵皱起了眉头，说，借钱？你不是刚回来吗，挣的钱呢？杨志就说工钱没算。

马德贵说，连个工钱都要不上，才是几个窝囊蛋。你回去给马明他们带信，就说我骂了，他们几个都是窝囊蛋。说过了，马德贵才翻衣服，掏出一大堆乱票子，大概是打了麻将，乱塞在口袋里的。马德贵抽出几张，点了点，给杨志，边给边说，清巴干早的就借钱，把我的手气都借掉了，我今天晚上肯定手气背了。钱借了，你得给你爹做工作，快把那块地让出来，人家等着建厂子呢。杨志点了头。

杨志回去，给父母说，要回工地上去要钱。父亲说，打电话叫你回来，是人家要白占我们的地。我看你回来也是白搭，我就拼我这条老命了。杨志赶紧说，要了钱就回来。父亲没说话，杨志知道父亲对他很失望，也知道自己斗不过马德贵和村支书。

杨志临出门时，母亲说，刚回来，咋又走，缓上几天再走吧。母亲的眼睛水水的，杨志的眼睛也是一软。

杨志看到母亲似乎又老了些，打扮得更老气，其实她才五十多岁。杨志见过些和母亲差不多年龄的城里女人，她们看上去要年轻得多，都在使劲往年轻打扮，花哨得和三十岁的女人一样。杨志觉得，母亲和她们相比，简直是生活在两个世界。杨志也不知道母亲要是到了城里，看到城里女人的样子会咋想。可是母亲没到过城里，最远只到过县城。

杨志这些年一直在外面，很少和母亲说话。每次到外面，他都想母亲，觉得有很多话要给母亲说的，可每次回来，又不知该说些啥。他想下次回来，要和母亲好好说说话，随便说点啥都行。

梅笙也想和母亲说说父亲的事。

他自小就没见过父亲，为此没少遭人取笑，母亲也没少遭人白眼。他小时候问过，母亲说，你没有父亲，你就是我王腊梅生的。那时候他还小，不敢再问。他小时候叫梅生，母亲的名字叫王腊梅，给他取这个名字，意思就是这孩子是我王腊梅生的。母亲也没有让他随着姓王，给他的学名还叫梅生。别人问他姓什么，他就说姓王，他说的是母亲的姓，可母亲坚决不让他说姓王。他查了字典，还真有姓梅的，他就觉得也许父亲就姓梅。到上高中时，他在“生”字上面加了个竹字头，成了梅笙。

上高中的时候，他觉得该知道父亲的事了。他又问过一次。他说，我父亲是不是叫王哲？他去哪里了？他的问话很冲，那时候正在所谓的青春期，正是说话做事很冲的时候。

母亲脸色大变，呆了一下，突然大叫大嚷地说，他早死了，死了！死了两个字像两把钩子，挂住了梅笙的很多想法，那些想法一直挂在那里，悬在半空中。梅笙也一直想把那些想法放下来，却始终无法把它们解开，它们牢牢地嵌死在钩子上了。在随后的年月里，他一直再没对母亲提起过那个事，他想，也许有一天，母亲认为该说的时候，会主动说的。王哲那个名字，他也逐渐淡忘了。

王哲这个名字又意外地出现了，甜嫂那天过来告状，说了建筑公司的名字，是王者路桥建筑开发公司，老板的名字就叫王哲。梅笙无法把这个王哲和那个王哲联系起来，这个是亿万富翁，那个是个收破烂的。但梅笙想知道个究竟，他不知道如何向母亲开口，她会再大叫大嚷一回。梅笙记得那次母亲大叫大嚷后，她有好长时间都脸色不好，好像生了一场大病。梅笙不想再惹母亲不高兴，他已经不是当年青春期的梅笙了，他早已经体会到母亲的不易了，也能体谅母亲的不得已了。但他又特别地想知道，也许是到了该知道的年龄了。

中午吃饭的时候，他试探着说，听说承包立交桥工程的是王者公司，公司的老板叫王哲。他假装是不经意说的，边嚼着饭菜边说的，话就显得很含糊。

母亲停了筷子，停了咀嚼，脸色煞白，被定格了一样，一动不动，半天才回过神来，问他，你刚才说啥？梅笙看到母亲那样，害怕了，就说，我是说立交桥工地上出了事故，把一个民工砸瘫痪了，工地老板只赔了一点儿钱，就打发过去了，要点医疗费也不给。那个瘫痪民工的女人到法院上诉，可也不好办。梅笙就把甜嫂的事说出来了，把前面的话遮过去了。母亲也没有再追问。

晚上回去，梅笙又试探着给妻子说，我可能有个父亲。他好像是给自己说，又好像是给妻子说。

妻子却笑了，你说啥呀，谁都有父亲，没父亲怎么生出来？

梅笙说，我一直都没有。

妻子说，谁说没有，我到你们家不长时间就听说了，你的父亲是个收破烂的农村人，走了，几十年都不见了，也许死了，也许回农村去了。怎么了你的意思是说他又出现了？找你了？找你妈了？

听了妻子的这些话，梅笙不想说啥了。妻子却紧跟着说，我可给你说好，别半道上又给我整出个收破烂的老公爹来，我可不伺候。没房没车的，这日子已经够没劲了，我不想再添没劲的事。

妻子说着起身去洗脸化妆，她要去给学生补课。她本来收了几个学生在家里补课，挣点补课费，这一搬家，没地方了，只能到学生家里去补。梅笙一直反对妻子这样做，妻子说，你以为我好受苦受屈呀，你看看别人都过的啥日子，我们过的啥日子，你拿钱来，吃原告被告的钱也行，你拿来呀。梅笙就没话说了。

妻子边描眉画唇边又说，我知道你妈也不会认，她那么讨厌农村人，那个又是伤了她心的，更不会认了。你可别自作主张地乱认，一个收破烂农村老头，有啥可认的。

妻子的话没错，母亲的确很讨厌农村人，不是一般的讨厌。家里来农村讨饭的，她一点儿不给，路上碰见农村人，她就皱眉头。农村人摆摊卖菜，母亲不买，宁可高价到商场里买；农村人掏钱租家里的空房子住，她不给租，宁可叫空着。有个收废纸破烂的来租房，没说几句，她就破口大骂。那个收破烂的不解，梅笙也不解。

梅笙知道妻子也讨厌农村人，和母亲一样。但他又觉得，母亲的讨厌是表面上的，只是一种表现；妻子却是骨子里的看不起，是一种排斥。梅笙自己却不讨厌，也许就因为小时候听说父亲是个农村来的收破烂的，在潜意识里把自己划到农村人的范围了。

妻子化完妆，临出门时，又回头给梅笙说，我说的话你可记住，说什么我也不认。

梅笙说，要是个大老板呢？梅笙这话是试探，还有些恶作剧的意思。妻子却回答得很干脆，大老板当然要认，谁傻瓜呀，我们正缺钱买房买车呢。别做梦吧，收破烂的农村人变身大老板，玩穿越、玄幻哪。你先躺着做梦，我走了。

妻子是很实际，很世俗，但想着把日子过好，这一点梅笙觉得没啥不好。

坐在回城的火车上，杨志也想起了婆姨的许多好处来，婆姨不知回来了没有。婆姨生那么大的气，不是气他没拿回钱去，是气他把钱借给了甜嫂。想起甜嫂，他就有些脸红。

甜嫂是老张的婆姨，自己姓罗，本来应该叫张嫂才对的，叫罗嫂也行，她的名字叫罗甜。大家偏偏叫她甜嫂，叫甜嫂好像她是与老张无关的，谁知道咋就这样叫了。一群男人堆里，就一个女人，还是个有模有样的女人，叫甜嫂更亲些，更解嘴馋些，也许这样，就叫了甜嫂。其实她年龄并不大，最多三十岁，工地上的小伙子叫她甜嫂，岁数大些的也跟着叫甜嫂。老张也是三十刚过，大家都叫他老张，小的也叫，老的也叫，也许是因为甜嫂的缘故，也许是他坐着轮椅的原因。

老张本来也是钢筋工，和杨志一样。从车上卸钢筋的时候，一捆钢筋滑下来，压在他腰上。一群人急急忙忙地把他从钢筋捆下救出来，送到医院，命是保住了，可脊柱折了，脊髓断了，腰以下都没了知觉，人瘫了。

老张的父母兄弟都来了，还有甜嫂，都是农村人，不会处理事，老板说医疗费全出，再给买个轮椅，加上两万块钱，一家人就签了字，还千恩万谢的，觉得老板好。出院回去，可能是有人指点了，又回来了。再找老板，老板不理了，说处理过的事，白纸黑字都签了，账也结清了，与他没关系了。甜嫂没办法，到工地上来，鼻涕一把眼泪一把地哭，哥哥弟弟地叫，让民工们去帮着她说说话。民工们也看着可怜，就去了些人。老板看到去的人多，话软了些，但不答应再给钱，只答应让老张看场子，每月给八百块的工钱，还答应让甜嫂给民工做饭，也是一月八百块，甜嫂也就答应了。

老张话少，多阴着脸。甜嫂正相反，话多，嘴甜。见人总是哥哥长、兄弟短的，见了小的叫兄弟，见了老的叫大哥。甜嫂见人亲热，是因为大伙儿救了老张的命，还帮着给老张看病，帮着给老张要钱，还借钱给老张看病。甜嫂到街上去，碰见了一个老中医，说是有祖传秘方，能治好老张的病，能让老张站起来。甜嫂就信了，花钱给老张买老中医的药，根根草草、骨头虫虫的，一堆一堆地往回买，熬了给老张喝。买药花钱，甜嫂再去找老板，老板不但没给，还说再闹就把他们两人都辞了。甜嫂没办法，就向民工们借，也向杨志借了，杨志给借了三千。

甜嫂和老张一个做饭，一个看场子，还有一间小工棚，两个人住着。一男一女住在一起，这在工地上就显得很特别，其他工棚里全是清一色的男人。最初的同情过后，男人们的想法就变了，眼光就变了，看着那间小工棚的眼神就有些特别。尤其是明明知道老张瘫了，做不了男人了，大家的想法更多了。上工下工的空闲，有些男人总爱往甜嫂的小屋跑。甜嫂也不拒，谁去了都笑着招呼。杨志多不去，但甜嫂对杨志却特别的好。

那次是杨志病了，也不是大病，感冒发烧，没有及时吃药，又硬挣着不下工，就晕倒在工地上了。工友们要抬他去医院，他说不去，工友们也没再坚持，谁都知道医院进不起。在工地附近的一个小药铺买了点感冒退烧药给他，扶他到工棚里躺下缓着，其他人都又上工去了。

杨志一个人躺在工棚里，吃了药，歇缓下来，感觉好了些，但浑身还是热一阵冷一阵，头脑迷糊一阵清醒一阵的。心里也不好受，冒出一大堆胡思乱想，想到这一病不知几天才好，耽误了上工挣钱。挣钱还是要紧的，弟弟今年要结婚，自己得收拾院子，盖房子，用钱的地方多着呢。还想自己谁知道得的是啥病，也许还是啥大病，要住院的话就坏了，攒下的钱还不够住三天医院。真要那样的话，他坚决不住医院，不能给家里拉下一大堆的债。去年在一个建筑工地上就遇到过这样的事，一个工友干活干得好好的，一头栽倒就没再起来，送到医院花了些钱看了，也没看好，还是死了，落了个人财两空。杨志不想那样，父母和女人在田地里刨不出多少钱来，没有力量给他看病、给他还账。想到家人，杨志感觉特别想见到他们，尤其是母亲。身体好、精神好的时候想女人，生病、泼烦的时候想母亲，杨志觉得人大概都这样。

甜嫂就是这时候进来的，她端着一碗姜汤，提着一壶开水。她进来关切地笑着问，大兄弟看着结结实实的，一个感冒咋就把人撂倒了。杨志刚想起身，甜嫂已经到跟前了，叫他不要起来，问他还烧不烧。杨志上身抬起些，忙说好些了。甜嫂放下碗和水壶，摸了摸他的头说，好啥，还烫手。我给工地上送开水，他们说你有病了，发烧，我就熬了些姜汤，你赶紧喝上，发发汗，睡一觉就好了。甜嫂说着，就端了碗过来，要给杨志喂。杨志红了脸，要起来自己喝，甜嫂笑了说，大男人了，还害啥羞，嫂子又不是外人，你就定定躺着吧。杨志有些不知所措，就任由甜嫂一勺一勺地给他喂。

喝完姜汤，甜嫂又倒了些开水在脸盆里，泡了毛巾给杨志热敷。喝了姜汤，感觉浑身舒坦了些，热毛巾敷在头上，脑子也亮堂了。甜嫂坐在他床头边，不时地翻转一下毛巾，等毛巾冷了，再倒点热水，把毛巾泡热了，再给他敷上。甜嫂做得很轻巧、很自然，问他烫不烫，和他说话，好像在照顾一个亲人，一个孩子。杨志恍惚也想起小时候病了，母亲照顾他的情形，心里就水水的。

热敷完了，甜嫂用毛巾给他仔细地擦了脸，包括鬓角，包括鼻孔，包括耳朵眼里面，都擦到了，边擦边感叹说，下苦人，到哪里都脱不开土！还给杨志说，田地里还是黄土，不伤人，工地上全是水泥末子、石灰末子，坏身子呢，要洗勤些，说着，又给他擦脖子，擦前胸。甜嫂是给男人老张经常擦身子，擦惯了，这会儿很自然地就给杨志擦了。杨志却心生一股慌乱、羞怯，还有一股热流，眼泪忽然就涌出来了。

甜嫂看见了他的眼泪，稍一怔，没有用毛巾擦，而是用手给他擦了。杨志的手也伸上来，本来是要自己擦眼泪的，却抓住甜嫂的手，按在眼睛处，眼泪没有被按住，透过两层手指缝，还往出涌。杨志忽然哽咽起来，接着又哭出声来，像受了委屈的孩子。甜嫂揽起他的头，一把搂在怀里，抱紧了他。甜嫂嘴里喃喃地说，都是受苦人哪！甜嫂自己也满脸的眼泪。

随后的事，杨志每次都不敢想，也想不清楚。哭了一阵，心里敞亮了，却感觉吸气出气有些憋，感觉到自己嘴和鼻子陷在一堆温热当中，竟是在甜嫂两个奶头中间。那是夏天，甜嫂只穿了一件衬衣，再没有遮拦。他身上忽然又热了，是另一种燥热。那点燥热像一个火苗，把杨志点燃了，也把甜嫂点燃了，两个人不由得拥在一起，缠在一起。整个过程杨志不敢想，他只觉得是想拼命地从高烧中挣扎出来，可是越挣扎，烧得越厉害。两人似乎都一样，也几乎是同时平息下来，互相都看到对方的眼角上还有眼泪。

过后，杨志一直躲着甜嫂，有些羞见甜嫂，还担心有了那样的事，甜嫂借去的钱就不好要了。

甜嫂又过来了一次，说是到街上给男人抓药，顺便过来看看，没有多说话，站了一会儿就走了。

梅笙正在处理手头的另一个案子，妻子打电话来说，你赶紧过去看看，我听说他们要强行拆房，开过去好些铲车，连警察都去了。梅笙一听，假都没顾上请，换了便服，就赶紧骑车往家那边跑。

远远地就听见车声和吵嚷声，稍近些，就看到那片房子周围有很多车、很多人。果然有推土机、挖掘机、铲车，还有警车，有城建上的人，有些工人，还有警察。这些人在外面围着，里面是那些居民。外面围着的人多，居民要少些，再加上那些气势汹汹的车辆，里面的人几乎看不见。那些大车的发动机都吼着，人说话的声音也几乎听不见，只听着乱嚷嚷的。

梅笙在外围看了一会儿，那些挖掘机、铲车都对着房子，但每个铲车、挖掘机前面都挡着人。梅笙找到了自己家，自家的院门紧锁着，不知道母亲在哪里。

他悄悄地挤在人群里找母亲，在一辆铲车高昂着的大铲下面，他看见了母亲。和母亲在一起的有邻居蔡叔、冯阿姨，还有几个人，都是老年人，站在大铲车下面，挡着不让铲车推房子。

铲车对面的房子就是蔡叔和冯阿姨家的房子，他们家的房子在最边上，再过去就是梅笙家的房子。蔡叔浑身沾了些土，看样子是摔倒了，白头发也显得很凌乱，他气呼呼地说着啥，听不清，母亲和冯阿姨几个站在旁边，都青着脸。铲车突突地响着，铲头举着，随时要往前冲的样子，几个老人似乎一点儿都不怕，一点儿都不躲。梅笙却有些担心，怕那铲车真往前冲，或者铲头一下子落下来。他想喊母亲，又没敢出声。

另一处地方一阵骚动，好像是城建上的人往开拉堵车的人，传来吵嚷和哭叫声。这边的几个城管也扑过去拉扯母亲和冯阿姨几个。两个人抓住母亲，母亲一挣，差点摔倒，那两个家伙趁机往前拖。梅笙看不下去了，推开身边的人，扑过去，对着那两个家伙就是几拳，又赶紧往起扶母亲。还没扶起母亲，他就感觉一阵拳脚落在自己身上。母亲大声地哭喊，别打我儿子，爬起来就往那两个人身上撞。梅笙边护着母亲，边和那两个家伙撕扯。几个警察冲过来，按住了梅笙。

那边还有些个人也在拉扯蔡叔和冯阿姨几个，场面显得很乱。突然蔡叔挣脱拉扯，从怀里掏出一把菜刀，按在脖子上，大声喊，我死给你们看。这一下，把人都镇住了，都停止了拉扯。

按住梅笙的警察也松了手，梅笙站起来，那警察惊讶地说，怎么是梅法官呀。梅笙一看，那警察认识，案子上的事打过交道。梅笙说，这是我母亲。警察连说对不起。又说，快把老奶奶劝开，这里危险。母亲也说，你跑来干啥，伤着了吗？梅笙说没事，看到母亲也没受啥伤，就回头看蔡叔。

蔡叔又大喊了一声，谁再动，我死给你们看。谁都不敢动了，都看着他。警察向他喊，放下菜刀。蔡叔不仅没有放下菜刀，还把菜刀往脖子那里使劲摁了一下，有细细的血丝渗出来。他又喊，你们走不走？不走，我真死给你们看。冯阿姨哭着喊，老头子，你这是干啥呀，你快把刀放下，房子让他们拆去，我们租房住，你这是干啥呀。几个同时挡铲车的老人也都劝他放下刀，蔡叔还是不放。局面一下僵持住了。

一会儿，有人喊着说，车先留下，人全部撤。一时间，警察、城建上的人都走了。铲车、挖掘机也往后退了一截，熄了火。蔡叔这才放下菜刀，一下子瘫坐在地上。大家忙着要送他去医院，他沙哑着嗓子说不去，冯阿姨几个人就扶着他回家了。梅笙和母亲也跟进去，冯阿姨忙着给他的伤口止血，其他人都劝说，蔡叔嗓子沙哑着，说不出话来，只是淌眼泪。梅笙看着，心里真不是个滋味。

他和母亲回到家里，他又劝母亲，再不挡了，让拆去吧。母亲还是不答应，说，今天是你蔡叔，明天就是我，拆我的房子，我也死给他们看。母亲又给他说，让他不要再过去，怕影响他的工作。说是这样说，梅笙还是天天过去看母亲，每次都看到那些虎视眈眈的推土机、挖掘机、铲车。他们没有开走，连司机都守在车上，随时等着拆房。看到那些车，梅笙心里也不是个滋味。

坐火车跑了一天一夜，回到工地上，远远地看见那座还没建成的立交桥时，杨志忽然觉得很亲切，竟有回家的感觉。杨志不知道为啥会这样。

立交桥还是那样，大半个轮廓都已经出来了，但还没有建成，桥上也看不到人，工还没有开。那些旧房子也还在，没有拆掉，周围站着些推土机、挖掘机、铲车，那些大家伙死死地站在那里，比那些旧房子要显得威猛得多。迟早有一天，那些大家伙会扑向那些旧房子，把它们全部铲掉，一砖一瓦都不会留下。这样的事杨志这些年在城里见得多了。他觉得那些楼呀房呀的，都还好好的，能住人呢，拆了可惜了。自己想盖那么几间房子，还盖不起来呢，还得和父母挤在一个院子里。可惜那些房子又背不到几千里外的家里去。

他替自己惋惜，也替住在那些房子里的人惋惜。每次拆房的时候，住户们有扑着挡铲车的，有哭天抢地的，有默默地流眼泪的，杨志看了也心酸。虽说那些是城里人，不知名不知姓的，但杨志还是替他们不好受。

可这回不一样，这些房子拆不掉，工就开不了。工不开，就拿不到工钱，拿不回去钱，家里就没法盖房子、过日子。开不了工，也只能吃着、等着，吃的是自己的钱，熬的是自己的时间。杨志就盼着那些铲车能快把房子铲掉。

走到工地上，拧钢筋、绑钢筋的场子上没人，拌沙石水泥的场子上也没人。走到住的工棚里，里面也没人，马明几个不知到哪里去了。

看场子的老张过来了，还是摇着轮椅。杨志想躲开老张，没躲开。老张问杨志，你又回来了，我还以为你不来了呢。杨志没明白老张的意思，就说，这边的账还没算清呢。老张就不说话了。

杨志又问老张，嫂子呢？都好着吗？老张阴了脸，半天才憋出一句，好得很！老张的态度让杨志心里一紧。

杨志在工棚里躺到天黑，马明几个骂骂咧咧地回来了。见了他，先开了一阵玩笑，说他回去卸货了，问他卸了多少。玩笑开够了，马明就问家里那边的情况。杨志说了，说到马德贵开上小车了，就说了马德贵带信儿骂他窝囊蛋的话。马明听了，脸有些红。其他人说，也就是，房子拆不掉，工地上不开工，是他们的事，把我们压着，挣不上钱，反倒花钱，就应该跟老板评理去，让他开工资。一句话好像把大家都说醒了，都嚷嚷起来。杨志担心地说，我们几个去，怕不行吧。有人提议说，把工地上的人都联合上，一起去闹。

分头去各工棚里一说，都同意，说好了明天一早都去。

一早起来，几百人集合了，就去找老板。老板不在，工头在，就围住了工头。工头先还想高声弹压，直了脖子发狠。经不住一群人吵吵嚷嚷、骂骂咧咧的，话软了，说房拆不掉，工开不了，谁也没办法。一群人这个一句、那个一句地又骂起来，说停工又不是工人的事，是老板的事，得发工资。工头说，开工资要老板说了才算，他说了不算。一群人就叫他把老板找来。工头说不知道在哪里，就又逼着他给老板打电话。工头只好给老板打电话，老板在那头说，让工人们各自回去，他给上面的老板打电话。

民工们不知道上面有几层老板，他们只知道干活挣钱，给谁干活，他们不知道。听说承包立交桥的王者公司，最大的老板是个叫王哲的人，很早以前也是从农村出来的，可工人们没见过他。有时候来了几辆小车，车上下来几个很有气派的人，工头之类的人就围过去，工人们到不了跟前，谁知道他们是哪一级的老板。

有时候来的一拨人，前后都围着记者，看阵势是当官的，也分不清是哪一级的官，是市上的，还是省上的。来的官说，这座立交桥是民心工程、德政工程啥的，要保证质量保证安全啥的，讲完钻进车里，一溜烟地走了。工头之类的送出老远去，工人们还是自顾自地干活，给自己挣钱，不好好干也不行。

工人们等了一会儿，又逼着工头打电话问，工头打了，老板说，上面的老板还没回话，工人们嚷嚷了一会儿，三三两两地漫散了。

中午吃饭的时候，大家还是说着这个话题。有的说，得找大老板，到他公司里问去；有的说，大老板的公司就不在本地，到哪里找去，干脆到市上，找当官的讲理去。终于有个话题了，工人们都显得亲热着，兴奋着。杨志也莫名地兴奋。

中午打饭的时候，见到甜嫂了。甜嫂在窗口打饭，对每个人都笑眯眯的，打的饭似乎比平时要多。看到杨志，对杨志也笑了一下。杨志看到她，还是不好意思。

梅笙是等着甜嫂来，又有些盼着甜嫂不要来。这些天，他找到了些法律上的依据，可以帮助甜嫂要些补偿费，但他又怕那个王哲真和自己有些啥关系。

那天听到甜嫂说要告的人叫王哲，梅笙就是一惊，王哲两个字像两颗子弹，击中了他。虽然知道同名同姓的人很多，那个是收破烂的，这个是大老板，梅笙还是有些心神不宁。他在电脑上搜索王哲这个名字，想找到一些线索，搜出来八万多条有关信息，网络真是神通广大。梅笙看了些，叫王哲这名字的，有当官的、经商的，有开店的、卖菜的，有偷盗的、杀人的，还有女人也叫王哲。梅笙看得哭笑不得。

他又以办案为由，搜集王者建筑公司的老板王哲的资料，但找到的也不多。公司是外省的，籍贯也是外省的，农村出身，五十多岁，建筑商，房地产、路桥建设都搞，业务范围很广，有些出席慈善活动的新闻，就这些。梅笙无法判断他与自己有没有关系。

好在甜嫂这几天一直都没来找他，梅笙想着等等也好。

上午判了一个案子，抢劫案，犯罪的是两个农民工，抢了一个城里女人。女人报了警，警察很快在附近的一家饭馆里抓住了他们，他们没有跑，正在那里吃饭。

两人的作案动机很单纯，找不到活干，没钱吃饭住店，就抢了，只抢到三百多块钱，但性质很恶劣，都判了十几年。

判决后，梅笙心里感觉不舒服，这几年，涉及农民工犯罪的案件经常发生，针对农民工犯罪的案件也经常发生。梅笙想了很多，还想起了单秀莹。也许真有所谓的心有灵犀，他刚想到单秀莹，单秀莹的短信就到了：中午有时间吗？一起吃饭，我有事要给你说。梅笙回信：事情急吗？我下班过去。顺便给妻子发了短信：中午有事，不回家吃饭了。

妻子的回信先到：这些天经常不回家，在泡小蜜吧。虽然是看短信，梅笙还是像被窥破了，脸红了一下。单秀莹的短信也到了：见面说，我在面馆等。

一下班，梅笙就往面馆赶，他知道单秀莹所说的面馆，名叫城乡面馆，很俗气的一个名字。他帮单秀莹找新工作时，正好路过那儿，进去吃了碗面，单秀莹当时就吃得很香，过后一直说那里的面香，她爱吃，以后每次一起吃饭，单秀莹都说要到那里去。

梅笙进去的时候，单秀莹已经到了，正低着头想啥，手指在饭桌上划拉着，像在写字。梅笙悄悄地走到跟前，看了半天，没看出写的是啥字。单秀莹感觉到了，猛一抬头，看见了他，有些慌乱地站起来。梅笙说，写啥呢？单秀莹说，没写啥，脸却红了。

梅笙就问，啥事？单秀莹忙忙地摇头说，没啥事，你饿了吧。没容梅笙回答，她喊服务员过来，要了两碗面，要了点小菜、茶水。又看了他一眼说，要酒吗？喝点酒吧。噢，你下午还要上班，不能喝，就算了吧。

梅笙说，你今天感觉怪怪的，到底有啥事？单秀莹咧嘴笑了一下，说，真的没事。接着又问，你们单位忙吗？我怕打扰你，这几天没有给你发短信。

梅笙笑了，说，明明有事，你脸上根本就藏不住事，我是专门断案的，一眼就能看出来。单秀莹说，你看出来啥呀？你说你看出来啥呀？单秀莹的语气似乎有些恼意，有些怨意。

单秀莹低了头，不说话，也不看梅笙，梅笙倒显得有些无措了。正好茶水上来了，单秀莹说，先喝点茶。梅笙也说，喝茶。

梅笙喝了一口，单秀莹却拿茶碗盖拨拉着茶叶，拨过来、拨过去的，看着茶叶在水里浮沉，心事重重的样子。梅笙心里有些着急，也有些好笑，但却不好三番五次地再问。单秀莹忽然抬了一下头，眼光和梅笙的一碰，又顺下了眼睛。梅笙隐隐感觉，单秀莹的事与自己有些关系，越发不好问了。

还是单秀莹先开了口，迟迟疑疑地说，我们店的老板……梅笙正敏感着，没等单秀莹说完一句，着急地就问，老板又欺负你了？那小子也敢，看我不收拾他。单秀莹忙说，不是，不是那样。梅笙说，那又是啥事。单秀莹低头说，他，他想和我交朋友。梅笙越发不解了，交朋友，交啥朋友？单秀莹还是低着头说，就是，就是处对象。单秀莹说完，抬起头来，脸上一片飞红。梅笙这才明白了。

梅笙稍稍迟疑了一下说，那是好事呀。单秀莹幽幽地说，你觉得是好事吗？我这些天心里很乱，想找你说说，我怕。梅笙硬笑了一下说，你怕啥？单秀莹说，他是城里人，我是农村的。梅笙说，我以为怕啥，城里人咋话了，我也是城里人，三代以前，哪个还都不是农村人。单秀莹说，你不一样。梅笙说，我有啥不一样的。单秀莹说，你是这个城里唯一对我好的人。梅笙说，又来了。单秀莹说，本来嘛。

服务员端了面过来，两碗面，几盘小菜，服务员一一摆好了，说先生夫人慢用，走开了。

梅笙和单秀莹都脸红了一下，默默地吃面。

吃过饭，一群人又到工头那里去了，甜嫂也跟去了。杨志看到甜嫂在一大群男人里面，穿着红衣服，显得很扎眼。杨志觉得甜嫂不该混在一群男人中间，却不好给甜嫂说。甜嫂在，一群男人比上午嚷嚷得更厉害，声音更高了，一个个争着显出男人的样子来。对工头的态度也明显不一样了，还推推搡搡的。工头急了，说要打110。本来是想把人都吓回去，没想反把人都激怒了，乱骂起来。有的说，我们没偷没抢的，110来了还能把我们的屌咬了去。有人接上说，我们一人一个，还不把他们吃撑死。又有人接上说，吃不完拿回去给他们女人用去。天南地北的各种口音，比赛着说骚话，说给工头听，也说给甜嫂听。杨志听到那些骚话，替甜嫂难为情，甜嫂自己却并不在意，红衣服还左出右进的，她也显得很兴奋。

工头真的掏出手机说要打110，一个人一把夺下他的手机，咣的一声给砸了。人群稍惊了一会儿，几个人上去又揪住了工头，厉声骂起来，你还真要打，平日里你没少欺负老少爷们，现在又要打110，要干啥，要抓老子们？有人就喊，揍他狗日的。还有人真动了手，工头哭叫起来，工头跟前的几个人也不敢上前阻拦。

工头哭着喊着，有本事找老板去，打我干啥？有本事把那些房子拆了，工不就开了，打我干啥？

工头的话提醒了大家，找老板，不知道在哪里，大家的眼睛就都盯上了那些房子。想想也是，把那些房子拆了，工不自然就开了吗？就是那些房子拆不掉，他们才十几天干不成活，挣不到钱。看着那些房子，一群人眼睛里都有了火。

拆了它狗日的。不知谁喊了一句，一群人就拥向那些房子。那些房子在周围的铲车、推土机的包围下，显得很无奈，这似乎助长了人们的勇气。

一群人扑过去，好像是有人指挥着，分头进到院子里，见人就往出拉，见东西就往出抬。那些人还没明白是咋回事，就给拉出了家门。拉出一家的人，搬出一家的东西，就推房子，几十个人喊一声，就给推倒了。开铲车、开推土机的在车上等了几天了，看到这情况，以为是接到了命令，就发动了机器，推的推铲的铲。人们兴奋着，拉人，搬家具，推房子，一气呵成，几十个院子一时间一片狼藉，到处是断椽子乱棒子，到处是烂砖头烂玻璃碴子。

直到最后一家的房子铲倒，一群人这才嗷嗷地欢呼起来。开着铲车、挖掘机的，也把油门加大，把车头高高地昂起来，来回地跑了几圈，像得胜回营的将军。而那些莫名其妙地做了他们的敌人，被拉出去、抬出去、揪出去的城里人，散乱地站在那里，他们一点儿思想准备都没有，没有见到政府的人，没有见到城建上的人，没有见到警察，连个说理的机会都没有，自己的房子就倒了，被一群民工拆掉了，他们不知道这是怎么回事。

杨志不仅参加了拆房，还打了人，而且是个女人，还是个和自己母亲差不多年龄的女人。他从来没打过女人，觉得打女人没出息，但那会儿，他不知道为啥会那样做。

他和那些民工一样，也进了一家的院子，进去后，就往出搬东西，往出拉人。可那家的主人，一个和自己母亲年纪差不多的女人，过来质问，过来拦挡。杨志的心里有些怯意，但还是随着其他人往出搬东西。屋里本来也没有多少东西，几个人一边躲着女主人的拦挡，一边快快地往出搬。

杨志看到墙上有个相框，很老的那种相框，和自己家里的相框很像，就取下来，也想搬出去。取下来，就看了看相框上的那些相片。黑白、彩色的都有，有这家女主人的相片，最多的是一个年轻人的相片，他应该是女主人的儿子。杨志看着那人，感觉在哪里见过，再往后一看，还是那个人，但穿了一身警服，很威严地站着。没想到拆到警察家来了，杨志一惊，手里的相框掉在地上了，玻璃碎了，尖厉地响了一声。女主人听见了，跑过来，看到地上摔碎的相框，边往起捡，边强盗、土匪地骂起来，杨志本想解释是不小心摔的。但女主人看了一眼杨志，骂得更厉害了，杨志不敢还嘴，帮着往起捡相片。

也是着急心慌，他往起一捡，又把一张照片给撕破了。女主人忽然扑过来，抓住他的衣服，在他脸上挠了一把。杨志感觉脸上火辣辣地痛起来，一擦，有血，才知道脸给抓破了，他突然恼怒了，使劲推搡她。女主人不松手，还骂他乡棒，骂他收破烂的。杨志突然抬手就打了她一巴掌。一巴掌把两人都打怔了，又过来了几个人，才把女主人拉出去了。

拆完房子，一群人又集中在一起，杨志看到了甜嫂，甜嫂一身的土，脸上都是土。甜嫂也看见了杨志，看到他脸上的血绺子，就问，咋话了？杨志就给甜嫂说了。甜嫂说要赶紧抹点紫药水才行，不然要落一脸的疤。落一脸疤，媳妇就不让进家门了，甜嫂还开玩笑说。甜嫂硬拉着他到不远处的一个小药铺去，在小药铺简单处理了一下，杨志和甜嫂才往工地上走。

梅笙在看一个卷宗，怎么也看不进去，想起单秀莹中午找他的事，心里有些乱。心里正乱着，手机响了，一看号码，是母亲。听说房子被拆了，母亲还被打了，他急忙骑上自行车就往家里赶。

离家还很远，就看到那一片房子不见了。不知道母亲在哪里，他先往被拆掉的房子那里跑。又跑了一截，竟碰到了甜嫂，甜嫂和另一个民工一起往工地那边走。

甜嫂也看见了梅笙，认出了他，先给他打招呼，问他，梅法官这是去哪里？梅笙说，回家。甜嫂说，梅法官家也在这边呀，那我们是邻居了。梅笙说，邻居怕是当不成了，我家叫人拆了，我妈还叫人打了，我得赶紧看去，你们先走。甜嫂想说，谁敢拆法官的房，打法官的妈。忽然一想，吓得不敢出声了。

杨志脸上有伤，一直低着头，这会儿也听到话音不对，一抬头，看见了梅笙，果然是上次碰上的那人，是相片上的那人。而拆了他家的房，打了他母亲的就是自己。杨志赶忙低下头。

梅笙看了杨志一眼，依稀在哪里见过，可是想不起来了。也是事急，忙骑车走了，向着家那边。家已经没了，只剩废墟了，他不知道到哪里去找母亲。

杨志和甜嫂也往工地上跑。

其他的人早回去了。房子拆了，一群人说说笑笑地回到工地。每个人心里都高兴着，痛快着。明天就能开工了，不，今天就应该算，拆了房，得算一天工钱。

他们去找工头，可工头不见了，房门紧锁着，管工地的几个人也不见了，房门也紧锁着。谁骂了一句，狗日的，滑溜得很，怕我们回来要工钱吧。这一骂，提醒了大家。他们为啥跑呢？怕啥呢？这样一想，才知道坏了，不知谁喊了一声，快跑吧，闯下大祸了。几百人立时四散了。

杨志和甜嫂回到工地上时，工地上一片安静，看不见人，有些人悄悄地溜掉了，有些人躲在工棚里。

马明还在，不说话，绷着脸，躺在床上。杨志也默默地走到自己床铺那里坐下。他有些害怕，有些后悔，要是不给马明说马德贵的话，大概就没有这趟事了。

不一会儿，警车的声音响起来，警报声越来越大，到工地院子里了。工棚里的人都翻身坐起来，紧张地向着警报的声音方向看。杨志也坐起来，他觉得自己一定会给抓去的，他脸上有伤，手上有血，一眼就看出来了。其他人脸上没血，手上没血。杨志想，拆了法官家的房子，又打了他的母亲，在法庭上见到他，咋说呢，自己一定会被判重刑的。判了的话，父母、婆姨咋办呢。杨志想，婆姨不知道回家了没，父亲的地不知道给占去了没有。杨志想，工地上会很快开工的，自己要给判了，打工挣钱怕是也不成了，但立交桥很快就能修起来了，修起来一定是座很漂亮的桥。杨志眼前出现了立交桥的样子，比工地门口的效果图还漂亮，四通八达的，似乎一直能通到老家那里去。

金木水火土

老家河湾村，算是个有山有水的地方。东面靠山，山叫疙瘩山，缺水，没多少草木，也不咋长粮食。西面是河，清水河，咸水，不能浇地，也不能饮用。大约是因为山水不相宜，村里就有许多恓惶人、恓惶事。

火 禁

牛旦不算是恓惶人，他只是头上害疮。那时候条件差，河湾村害疮的人特别多，不算个啥大病。

牛旦害的是癞头疮，头上经常有脓水，黄叽叽、烂稀稀的，看着叫人害怕。他的头发本来厚实，因为有疮，推又推不成，剃也剃不成，只能让他妈用剪子给铰。他妈不知是怕碰烂他头上的疮，还是怕剪子上沾了他头上的黄水，铰得很潦草，长一撮短一撮的，像给老鼠啃了一样。也是因为头上有疮，他妈又不能给他洗头，他的头一直脏着。黄水沾着头发，沾着土，把他的头弄得像个烂香瓜。也不能说就像香瓜，香瓜还有香味，他头上有一股熏人的腥臭味，臭得谁都不想接近他，不想和他一起耍。

河湾村的娃娃不和牛旦一起耍，主要还是害怕被他传染——在河湾村叫“惹”。谁要是靠近了他，沾上他头上的黄水，就给惹上病了，也长烂疮。牛旦待人就和别人不一样，和他好的，他反而离远些；和他不好的，他偏偏蹭到跟前。比如说马占地，人高马大的，牛旦打不过，就拿头往他身上蹭；比如说他的堂弟牛奔，打小生得文弱，又有个吃土的毛病，别人总欺负他，牛旦就远远地护着他；比如说杨尔萨，牛旦就把烂疮的黄水抹在他头上。牛旦给人抹黄水不用手指，他怕再给自己惹上，而是用柴棍。他嘴里常咬着一根柴棍，柴棍在他的嘴角那里戳着，被他用牙咬得一撅一撅的。趁人不注意时，他就拿柴棍把自己头上的黄水往别人头上抹，村里有好些娃娃都叫他给惹上疮了。头上或者身上起了红斑，红斑很快变成黄豆大的水泡，一两天又变成脓疱。脓疱烂了，脓水淌到哪里，哪里就感染，又长出新的脓疱，这在河湾村叫“洇”。不小心惹上疮，就洇得到处都是。好在这疮不是很痛，就是瘙痒，惹得人直想用指甲抠。疮抠烂了，就洇得越多。家里大人也不咋管，肚子都吃不饱，谁还顾上管几个烂疮，最多安顿几句，说不要抠，过几天结了疮痂，就好了。有些人家重视娃娃，找来村医马有国给看。马有国来了，好像也没啥有效的药，最多是给抹点紫药水。说抹上紫药水，慢慢就好了。抹上紫药水倒弄得黄一块、紫一块的，更难看，害疮的人都不想多抹，就只能等着疮自己好。

害疮的人不一样，有些过几个月，结了疮痂，长成疤皮，脱了疤皮，还就自己好了。还有些一直脓脓水水的，不见结痂脱皮，不见好。最严重的就是牛旦，头上的疮几年都不见好，眼看着结痂了，就是不脱皮。牛旦头上长满疮痂，没地方长头发，弄得像个秃子。平常的秃子，头上没头发，但头皮光洁，看着还顺眼。牛旦的秃头上满是疮疤，比平常的秃子更难看。也是为了和平常的秃子区别开，村里人就叫他秃疤疤。

"秃疤疤牛旦，把那个癞呱呱抓掉。"

"秃疤疤牛旦，爬到树上去，把那些沙枣子揪下来。"

秃疤疤牛旦胆子大，让他爬树他就爬到树梢上去了，让他抓癞呱呱他就抓了癞呱呱扔远了。他那样做，是讨好大家，想和大家一起玩。他本来也胆子大，不要说爬树抓癞呱呱，连毛虫、长虫都敢抓，连村里最野的骡子都敢骑，连跑着的拖拉机都敢扒。

为了能骑马骑骡子，他经常给饲养员马占山帮忙，吆骡子赶驴到河里去饮水，到山上去放。饲养员马占山是个瘸子，生来一条腿长一条腿短，走路不方便，骡马一跑，根本追不上。本来是女儿麦燕给帮着挡。那时候的麦燕，身条就像麦子一样单瘦，头发也像麦穗一样干黄，还没有个姑娘家的样儿。秃疤疤牛旦那时候应该不是去看麦燕。马占山也没有往那方面想，只是怕秃疤疤牛旦把癞头疮给女儿惹上。女儿家的，要是长一头烂疮，就麻烦了。秃疤疤牛旦混进骡马群里，马占山坚决不要。秃疤疤牛旦死缠，马占山也没办法，就让女儿回家去，离秃疤疤牛旦远点儿。也正好，腾出了一个劳力，女儿可以帮着家里做饭洗锅涮碗的。姑娘家的，野小子一样吆骡子拉马也不好。驴马到底是畜生，冷不防就有了畜生样，做出畜生事来。那些骟驴走着走着，不知想起了啥，腿胯下就吊出黑黑的半截物件来；那些儿马，咴儿咴儿地叫几声，就趴到母驴背上了；就是那些不能生养的骡子，也时常会露出羞丑来。女儿麦燕还傻傻地看，瓜瓜地问，马占山不好回答，就大声地骂那些骡马。他腿瘸，可叫骂声却非常尖亮，鞭子一样抽过去。骡马惊得跳起来，撒个欢子，放几个响屁，跑远了。马占山更气恼，拉着瘸腿，提着鞭子，骂骂咧咧地去追赶。往往是追不上。骡马也是欺负他腿瘸，跑出几步，照样干坏事，还有些警惕又有些鄙夷地看着他晃晃点点的样子。马占山没办法，只能再高声叫骂几句，"我把你个扁毛畜生，看我抓住不抽死你。”“你个白顶子，我盯住了，回去别想吃草料。”“你个秃尾巴，你劲多，明儿谁家推磨，你就去。”

有秃疤疤牛旦帮忙，马占山不必拉着瘸腿、晃点着身子追骡马了，他当然很乐意。所以，经常能看见秃疤疤牛旦和马占山一起赶着一群骡马，马占山一高一低地走在后面，啥事不管的样子，指着秃疤疤牛旦跑前跑后，拦骡子挡马，不知道的还以为是爷儿俩呢。马占山没有儿子，但却没想过有秃疤疤牛旦那样个儿子，更没想过把女儿嫁给秃疤疤牛旦。正因为这样，看到那些驴马做畜生事，马占山还故意跟秃疤疤牛旦开玩笑。秃疤疤牛旦看草驴尿尿，马占山就笑说：“看啥看？没见过你妈尿尿？”秃疤疤牛旦不解地说：“它那里一翻一翻地干啥？”马占山说：“驴又没长手，不会擦沟子，不翻一翻，那里咋能干净？”秃疤疤牛旦似乎更想不明白了，马占山就笑得露出黄牙。秃疤疤牛旦一回骑一个草驴，他骑上去，草驴浑身颤着，嘴一张一张的。秃疤疤牛旦打它屁股，它一步都不走。秃疤疤牛旦以为草驴有病了，就赶紧下来了。他一下来，草驴浑身不颤了，嘴也不张了。他又骑上去，草驴还是那样嘴张身子颤的。他问马占山，马占山坏笑着说，它把你当成叫驴了。你脱了裤子我看看牛牛，像不像叫驴？秃疤疤牛旦还是不明白，嘴里嘟囔着，它把我当成叫驴干啥呢？马占山又笑着说，干啥呢？是叫你给它行驹呢！行驹也不懂？你大你妈睡觉你总知道吧。马占山这样一说，秃疤疤牛旦就想起睡觉时，迷迷糊糊听到的一些声音来。趁着马占山不在跟前的时候，他又骑到草驴身上。草驴还是不往前走，嘴一张一张的，流着口水，像是吃了酸杏子，秃疤疤牛旦也是满嘴的口水。草驴身子还是颤颤的，像是站在筛子上。秃疤疤牛旦的身子也跟着颤颤的。他从草驴背上爬下来，草驴叉开后腿，抬起尾巴，尿了一泡黄尿。尿水溅到他腿上了，他都没注意，他注意的是草驴尾巴下面，那里红红的，像开了一朵花。他捡了根柴棍，不是他嘴里常咬着的柴棍，是一根长柴棍，往花朵那里拨拉。拨拉了一下，又拨拉了一下。拨拉了一下，又拨拉了一下。草驴突然撅起屁股，撩起蹄子踢过来，踢到秃疤疤牛旦下巴上。秃疤疤牛旦给踢蒙了，直到马占山一晃一点地过来，他还呆呆地站着。马占山说："这碎驴日的，你干啥呢！还真的给驴行驹呢！叫驴踢死！"秃疤疤牛旦这才感到嘴里咸咸的、黏黏的，吐了一口，吐出一口血，还有半拉前门牙。马占山见了，吃惊地说："真叫驴踢了，我看看，我看看！"秃疤疤牛旦说不出话来，一扭头走了。

这以后，秃疤疤牛旦就不给马占山挡骡马了，闲来没事，就去扒拖拉机。开拖拉机的司机叫杨嘎西，是个红脸大汉，外号叫生铁棍，说话不讲理，性子也火别别的。看到娃娃扒车，他回头就骂。骂着不顶事，他就停下车，跑到拖车后面抓，抓住了，就巴掌耳刮子地打，能打得口鼻出血。他大概是怕娃娃扒车出事受伤，但下手也太重了。为了扒拖拉机，秃疤疤牛旦却没少挨打。其他娃娃挨他一回打，一辈子都不敢再扒车了。秃疤疤牛旦就不怕，挨了好多回打，他还是照样扒车。挨打多了，他还报复了杨嘎西。

杨嘎西有个独生儿子叫杨尔萨，和秃疤疤牛旦差不多大。因为是独生儿子，杨嘎西特别地疼爱，开车出去干活，经常放到拖拉机的驾驶楼子里拉着。杨尔萨坐在高高的驾驶楼里，就像电影中坐轿子的少爷一样，惹得一村的娃娃都恨他，尤其是秃疤疤牛旦。秃疤疤牛旦报复杨嘎西当然不可能，就报复了他的儿子杨尔萨，报复的工具就是他头上的黄水。他趁着杨嘎西不在的时候，把头上的疮疤抠烂，把黄水悄悄地抹到杨尔萨的头上、脸上。杨尔萨的头上、脸上很快长出了一些疮疤。

杨嘎西看到儿子也得了癞头疮，知道是秃疤疤牛旦使的坏，赶紧找村医马有国来给看。马有国能有啥好药呢，还是给抹了点紫药水。抹上紫药水，不见好。杨嘎西车方便，把杨尔萨捎到公社卫生院去看了，买了点药膏，回来抹上了，还是不见好。又捎到县城医院去看了，又买了些药膏抹上，仍然不见好。杨嘎西就犯了生铁棍性子，火别别脾气，哪里都不再去看了。有一天给拖拉机打黄油，正好儿子杨尔萨在跟前，他顺手就给儿子头脸的疮疤上抹了些黄油。杨嘎西当然知道黄油是给轴承螺丝润滑用的，根本就不是药，他实际上是没办法了，也是给那些疮疤撒气，就抹上了。没想到，过了几天，儿子头脸上的疮疤好像干了一些。他又给抹了一回，疮疤又好了一截。抹了三四回，十几天过去，儿子头脸上的疮疤竟然全好了。

杨嘎西是个心里装不住事的人，也大概是为了显摆，就把黄油治疮疤的事给人说了，还慷慨地给所有害疮疤的人家每人一包黄油。黄油抹上，还真见效，害疮的十天半月全好了。杨嘎西记恨秃疤疤牛旦给他儿子惹了疮，偏不给他黄油。秃疤疤牛旦他妈去求情，才给了。秃疤疤牛旦的疮严重些，抹了一个月黄油，也脱了疮痂。也许是害疮时间太长，秃疤疤牛旦头上的疮疤是好了，但还是留下了一些秃斑，头发一直长得不多，稀稀拉拉的，黄咩咩的。大家还是叫他秃疤疤牛旦，到他二十岁了，还是那样叫。长大了，他知道羞丑了，别人那样叫他，他心里不舒服，但也没办法。唯一的办法是戴上帽子，把头遮住。遮住了，别人还是叫他秃疤疤牛旦。

秃疤疤牛旦到二十岁的时候，还没找上媳妇，原因是家里太穷，也是因为他秃头豁牙长得丑。

杨嘎西的儿子杨尔萨倒是已经说下了媳妇，媳妇就是马占山女儿麦燕。这时候的麦燕已经不像是麦子了，出落得水葱一样，成了村里最俊的姑娘。杨尔萨是独子，家里光景又好，两家就结了亲。彩礼送了，但还没有过门。正在张罗着准备过门时，麦燕得了病，也是害疮，不是癞头疮，是毒疮，长在大腿上。一个大姑娘家，大腿上长了毒疮，不好张明大狂地四处去看，只能悄悄地找偏方治。杨嘎西也知道了，想起儿子的疮是用黄油治好的，也如法炮制地送了点黄油过去。可麦燕得的毒疮和秃疤疤牛旦的疮不一样，抹上黄油不仅没好转，反而更严重了。麦燕连路都没法走，睡倒了。

这家的女儿，那家的儿媳妇，两家人正着急着，来了个走方的神医，抓鬼驱狐，看地方治病都会，也会治毒疮。他说治毒疮得用“火禁”，就是把铁铲子烧红了，用舌头在烧红的铁铲子上舔一下，把带火的唾沫喷在毒疮上。每次舔火铲喷三下，每天三次，连续三天就好了。火禁治毒疮，村里人也都听说过，但麦燕的毒疮长在大腿上，那个神医又是个男的，如何能叫他“火禁”。

还是神医办法多，他问马占山：“女娃娃许人家了吗？”

马占山说：“许了，正准备过门，谁知道害了这病。”

神医说：“许了人家就好，叫你女婿来，我给他教，让他给火禁。”

马占山一听，也有道理，虽说没有过门，但终究是他的媳妇，叫女婿来火禁，最合适。

女婿杨尔萨，从小被父母娇惯着，也被父亲杨嘎西的火暴脾气压制着，吃不得苦，又胆小怕事。一听要用舌头舔烧红的火铲，说啥也不敢。马占山拉着瘸腿往他家里跑了好几次，女婿就是不答应。马占山就当着亲家的面，骂了女婿几句。杨嘎西见马占山在自己家里骂自己儿子，就听不下去了，也嚷了马占山几句。马占山放了多年的驴，嗓门大，心里一着急，说话就像骂人；杨嘎西是开车的，平日里也习惯了喊着说话。两个人说着说着就嚷高了，撕破了脸，大骂了一仗，还说出了一些难听的话。马占山说：“你儿子连个火铲都不敢舔，算个啥男人。”杨嘎西说：“你女儿那地方得毒疮，也不是个啥好女子。”最严重的是，杨尔萨还帮着父亲杨嘎西骂岳父马占山。马占山骂又骂不过，打又打不过，气得拉着瘸腿回来，就找来媒人，说要退亲。还说出一句话：“谁为我女儿舔火铲子，我就把女儿嫁给他。”

这话本来是气话，但说出来了，就收不回去了。

秃疤疤牛旦听说了，就自告奋勇地要舔火铲。秃疤疤牛旦并不是打小帮着马占山挡骡子放马，看上了马占山的女儿麦燕，也不是麦燕长得俊，他只是想找个媳妇。因为家里穷，他又长得丑，找不上媳妇。听到这话，当然不会放过机会了。马占山说出那样的气话，也没想到来的会是秃疤疤牛旦。但说出去的话，泼出去的水，也只能任由秃疤疤牛旦舔火铲了。

走方的神医把火铲烧得通红，快要淌铁水了。叫秃疤疤牛旦伸出舌头在火铲上一舔，冒出一股蒸汽，蒸汽里有一股很重的焦煳味、毴毵气，秃疤疤牛旦的舌头几乎给烫掉了一层皮，但他眉头都没皱一下，鼓足了唾沫，向麦燕的毒疮喷去。秃疤疤牛旦舔火铲时，麦燕都吓得闭上了眼睛，睁开眼睛，长睫毛就沾湿了。神医又把火铲烧红，秃疤疤牛旦又舔了一次；再把火铲烧红，秃疤疤牛旦再舔了一次。当天火禁了三次，连续火禁了三天，麦燕大腿上的毒疮就消了，不几天就真好了。

麦燕好了，杨尔萨又舍不得了，给父亲杨嘎西说，还想娶麦燕。杨嘎西照儿子的脸上就是一巴掌，骂他没出息。没出息就没出息，杨尔萨还是跑到马占山家去，给麦燕说，他还想和麦燕成亲，秃疤疤牛旦火禁的事，他不在乎。麦燕说，她在乎，她在乎的不是被人看了大腿，她在乎的是人。杨尔萨就没办法了，再也不敢给父亲杨嘎西说。

杨嘎西心里也有些后悔，但他一辈子吃钢疙铁，没说过二话，不好再给马占山说㞞话。他就给儿子杨尔萨说：“瘸子的女子算个啥？我给你娶个城里女子。”杨尔萨跟着父亲跑车出去过几趟，见识过城里女子，就不说啥了。马占山也想反悔，秃疤疤牛旦人长得丑不说，家里太穷，他不想叫女儿过去了受罪。马占山把心思给女儿说了，女儿麦燕却回答得很干脆，说跟他背上袋子提上棍当讨吃也愿意。马占山没办法，就把女儿麦燕嫁给了秃疤疤牛旦。

上彩礼的时候，秃疤疤牛旦家凑不够钱，就把一块地折算了二百块钱，顶给瘸子马占山了。那时候已经包产到户了，家家都有了地。对农民来说，土地可金贵着呢。但那块地上有一棵大榆树，是村上最老的一棵树，据说是最先来到这里的老祖先种下的。树长得很高大，根也伸得很远，欺得地里不咋长粮食。秃疤疤牛旦家想挖掉树，村里人挡着不让挖，说地是他们家的，树是全村的，老祖先留下的树不能挖。秃疤疤牛旦家这才顶了彩礼。瘸子马占山当然知道这块地不长粮食，没办法，只能应承下。但在给杨尔萨家退彩礼的时候，又转手退给杨嘎西了。杨嘎西的婆姨说啥都不同意要地，就要钱。说家里的承包地她都种不过来，要那块不长粮食的地干啥。杨嘎西说，那块地是不长粮食，可那棵树值钱。婆姨说，树是全村人的，又不能挖了卖钱。杨嘎西说，你不懂。

杨嘎西那时候刚买了辆旧汽车，领着儿子跑运输。那块长着老榆树的地就挂在杨嘎西的名下，撂在那里，荒着。

金豆

要不是土豆，村里的田地几乎都撂荒了。

土豆是个恓惶人。他生来没有耳朵，本该长耳朵的地方，只有两个肉臼。眉眼鼻子也不大对劲，头脸看上去就像个土豆。他妈生他的时候，头刚一出来，接生婆就吓得叫起来："这咋出来个土豆，不像个娃娃。"他妈一着急，抬起身子看。一抬身子，他就完全出来了。这才发现他胳膊腿子都齐全，不是土豆，是个娃娃。接生婆提起腿脚，拍了一巴掌，哭出声来了，也是娃娃的哭声。接生婆说："还是个男娃娃呢，看这小牛牛。"土豆妈听到这话，才放心地躺倒了。

婆婆进来了，看到娃娃的模样，扯着脸势不说话了。土豆妈赶紧说："是个男娃娃呢，你看有牛牛。"婆婆看了看娃娃牛牛，撇了一下嘴，出去了。男人进来了，看到娃娃的样子，也驴起了脸。土豆妈又赶紧蜷起身子，拉开土豆的裹布说："是个男娃娃呢，你看有牛牛。"男人看到娃娃牛牛，还是黑着个脸，转身出去了。

一会儿，婆婆又进来了，这回不看娃娃牛牛，就看娃娃的头脸。看了半天，对土豆妈说："你没作过啥孽吧？"土豆妈赶紧摇头。土豆妈是个懦弱的女人，在家里说不起话，在外面也抬不起头，能做出些啥事来呢。但婆婆的话还是提醒了她，她想起偷过生产队的土豆，还是塞在裤裆里带回家的。那年头，人都饿得不行，谁还没偷过生产队的粮食，哪个女人没在裤裆里塞过土豆，咋偏偏就自己生的娃娃长成土豆模样？土豆妈就想不明白。能想明白的就是，娃娃是自己身上掉下来的肉，土豆样也好，萝卜样也罢，说啥还是个娃娃，有牛牛的娃娃，还得抓养。

土豆还真给抓养大了，名字自然就叫土豆，官名叫杨玉。官名是村里的会计给起的，上户口的时候，会计就想到了洋芋。正好土豆姓杨，会计就写成了杨玉。要是姓马的话，说不定就写成马铃薯了。杨玉也好，马铃薯也好，村里人从没有叫过，就叫他土豆。即使是不知道他名字的人，第一次见到他，也会叫他土豆的。虽然长大了，他的头脸还是像土豆。

长大了些，土豆自己也发现跟别人不一样，少了耳朵。他就留长了头发，把耳朵那里盖住了。盖住，更听不清人说话了。听不清人说话，他说话自然也不清楚。他就躲着人，不往人伙里去，也没办法上学，就给村里放羊。羊说话简单，就咩咩的那几句，是饿了、渴了，还是心慌了，土豆都能听懂。他说话不清楚，羊也能听懂。他想着放羊也挺好的，可是放了几年羊，包产到户了，没羊可放了，他只能回家种地。放了多年的羊，他不会种地了，不会看墒情，不会把时节。父亲给他教，他学不会，粮食不是种深了，就是种浅了，收成自然就不好。他只会种土豆。土豆好种，切成小块，埋在地里，就行了，收成也好，只是不顶粮食。不会种庄稼，家里穷，他又长那么个模样，一直没娶上媳妇，日子过得恓惶。想出去打工挣钱，没人愿意领他。

包产到户后，村里眼头宽、心眼活的，早早地就和杨嘎西一样，想办法到外面挣钱去了。心眼实、胆子小的，还守着土地。包产到户最初几年，人心劲儿大，雨点儿也稠，成了几年庄稼。后来连续干旱，地里不长粮食了，村里人没办法，就出去打工。先是三五个人出去，挣了钱，牵兄串弟的，好些人都跟着去了。到城里，给人盖房子、修路、挖下水道啥的。也是些苦活累活，但能挣钱。村里的青壮年劳力就都出去了，只留下了女人娃娃老年人，还有像土豆一样的恓惶人。乡上也支持，把这叫劳务输出，说这是旱涝保收的铁杆庄稼。还专门组织了往出送，让村长带队。

村长马占地是个倔人，外号叫“闪闪闪”。小时候，家里来了亲戚，他妈叫他到邻居家借点香油。邻居好心给他倒了大半碗。马占地手笨脚笨，走一步，碗里的油就闪出来些，走一步，又闪出来些。走快了不行，走慢了也不行。他犯了倔脾气，跟油撒气，拿着油碗，使劲地摇晃，嘴里还嚷嚷着：“叫你闪，叫你闪，叫你闪！”半碗油都没了，他提着个空碗回家了。他这样一根筋的人，好像都长得粗壮，到十七八的时候，就长成个大高个子。家里门户小，进门的时候，不小心就碰了头。碰得厉害，头上出血了，他就抓了个镢头来，把上门槛挖掉了。他当了村长后，脾气更犟了。一回，村里的一匹骒马发情走驹了，马占山说要找外村的儿马给行驹。马占地说，村里不是有儿马吗。马占山说，村里的儿马就是这匹骒马生的，马有班辈，不乱伦。马占地说，扁毛畜生有个啥班辈！你拉过来，我看。马占山拉来了儿马和骒马，马占地死拉硬拽的，就是不行。马占山给出主意说，把儿马的眼睛蒙上，它就认不出来了。蒙上眼睛，果然行了驹。马占地就说：“我说嘛，扁毛畜生有个啥班辈！”说着，撤掉儿马的蒙眼。儿马看到骒马，突然惊了，身子蹦起老高，两条前腿在空中蹬踏着，又落下来，扭头扯着缰绳。马占地拽不住，它扯开缰绳，嘶叫着跑了。当天晚上，马占山在河沟里找到了儿马，它从沟沿上摔下去，死了。村里人都说，儿马是自杀了。村里人就都抱怨马占山，没人敢抱怨马占地。

他这样的人当村长，直犟，心公，但守在村里种地还行，带着大伙儿到城里打工，就不行了。他本来就反对到城里打工，说：“牛行牛的道，马走马的道。庄稼汉不好好种地，跑到城里干啥呢！”说是这样说，但乡上的政策，不能违背，就带着一村的年轻人出去打工了。开春出门，地冻了才回来。几年下来，挣了些钱，但村里也出了些乌七八糟的事。大伯子翻了弟媳妇的墙，老公公上了儿媳妇的炕之类的。这样的事，村里人从没经见过。

连马占地家都出了丑事，婆姨叫人睡了。村长睡了别人婆姨的事，很常见；村长的婆姨叫人睡了，却少有。尤其是像马占地那样脾气犟、蛮力大的人，谁敢在他头上动土？偏偏还就有，偏偏就是恓惶人土豆。村里人想不到土豆会做出那样的事情来，更想不到村长婆姨会和土豆做那样的事。村长婆姨模样好，会打扮，是个妖娆人，脾气也随和，平日里也爱和村里平辈小叔子开个玩笑啥的。村长马占地人大心眼小，婆姨跟别的男人开个玩笑，他都会打她一顿。但婆姨好像是打不怕，晚上挨了打，白天出来还是爱说笑。也就是说说笑笑，妇道上还是谨守着的。这回的事其实只是风言风语。说村长带队出去后，土豆给村长婆姨帮着犁地，帮着收粮食，还到村长家里干些扫院子劈柴之类的事情。这些都不要紧，土豆没有婆姨，稀罕女人，爱给女人帮忙。给村长婆姨帮忙，大概是想巴结村长，叫村长也带他出去挣钱。关键是，还有人发现，土豆有好几回都是天黑了进村长家，半夜里出去了。这就叫人有了想法，有了说道。说道说道，话就走了样，也传开了。

自然也就传到村长马占地的耳朵里。别人遇到这样的事，大多都悄悄地压了，马占地却压不住。马占地找到土豆，二话不说，先三拳两脚就把他打趴下了。土豆呜呜地哭叫。马占地这才问他，土豆听不清，也说不清，带上哭腔，就更是呜哩哇啦的。马占地又杵了他几拳，踏了他几脚，揪着他去跟婆姨当面对质。

把土豆和婆姨揪到一起，看看婆姨，看看土豆，马占地火气更压不住了。又开始打土豆，边打边厉声喝问："你们干了些啥，你给我说！说！"土豆还是那样呜呜地哭叫，说不出完整的话来。马占地就继续打。看热闹的人在一边议论。马占山说："七窍不全的东西，也欺负到我们马家人头上了，往死里打！"杨嘎西和马占山本来就有嫌隙，听他这样说，觉得不顺耳，呛他说："自己身子不全乎，还说别人七窍不全。"马占山就涨红了脸，不说话了。杨嘎西这几年跑车有钱了，算是杨家中说得起话的人，土豆是杨家人，他想护着，但又不敢跟村长马占地直接撕破脸，就小声嘀咕说："捉奸捉双，捉贼捉赃，听风就是雨地打人，这算啥！"其他人不附和他的话，他也只能站在一边看。

马占地的婆姨看不下去了，说："你不要打他，要打打我，都是我的事。"婆姨说出这样的话来，是护着土豆，也认了有事。马占地就打婆姨。婆姨的盖头给揪掉了，头发散开来。婆姨一个踉跄栽倒了，又爬起来。婆姨嘴角出血了，她也不擦。婆姨不哭不叫，就像一个木陀螺，被抽得转过来，转过去。马占地的手脚鞭子一样地绕着，像发了疯的马猴。看热闹的人最初是不想上去拉，接着是不好上去拉，最后是不敢上去拉。土豆突然号了一声，跳起来，扑过去，咬住了马占地的大腿。马占地疼得叫了一声，待看清是土豆，就一手揪住土豆的长头发，一手在土豆的头上乱砸。土豆的头上、脸上都流血了，快被砸成土豆泥了，才松了口。土豆瘫软在地上，马占地也住了手，站在那里喘气。杨嘎西低声给土豆说，你等死啊，快跑！土豆就是不跑。杨嘎西连拉带拽地把土豆弄走了。杨嘎西觉得杨家的人，被马家人给打了，心里气不过。

土豆给拉走了。马占地还要打婆姨，围观的人这才上去拉。婆姨说："你们不要拉，叫他打。又不是没打过。我今儿就叫他打死。"马占地作势还要打婆姨，几个人拉着，他才借势住了手。

人都走散了，回到屋里。马占地想想还是不对，气是出了，但绿帽子还戴着。就当着两个娃娃的面，又打婆姨，边打边问她为啥要做那样的事。马占地想不通婆姨为啥跟土豆那样的人，想着婆姨要是死不承认，打一顿出了气也就算了。没想到婆姨还了嘴："你一年到头在外头，叫我守活寡呀。"马占地听了更气，说："守不住活寡，就叫你守死寡。"又打了她一顿，说要离婚，第二天送她回娘家去。

没想到，第二天早上起来，婆姨不见了。马占地以为婆姨是寻了短见。到水窖里看了，没有漂着。到村头的大树上看了，没有吊着。河沟里、山洼里都找了，还是没有。以为是到娘家了，派人悄悄去打问了，也没有。

婆姨就这样不明不白地不见了。要是离婚了，要是死了，都好说，但这样不见了踪影，叫马占地心里乱了章法，就像打出去的拳头打到了虚空，心里也一片虚空。婆姨的娘家闹着要人，家里的娃娃哭着要妈，更叫他难受。都说硬的易折，遇上这样的事，马占地一下子就垮了，像被抽掉了筋骨，垂着个头，弯着个腰，没个人样儿了，连村长也不当了。

出了这样的事，村里有些人就不敢出去了，守在家里。有些人还是想出去，出去能赚钱。这回再出去，就有些担心土豆，怕土豆跟自己的婆姨也搞出些啥事来。就都去找土豆。有的来硬的，虎着脸警告土豆，要是进了他家，回来就往死里打。有的用软的，给土豆几个钱，叫土豆离远点，还答应了回来再给他钱。土豆没想村里人会是这样，惶恐地点头，嘴里也呜呜地应着。他也出去了，没有跟着村里人一起出去，他一个人出去了。连续几年，他都是半年时间在家里种土豆，半年时间跑到外面去。有人说，他是出去打工。也有人说，他是出去乞讨。还有人说，他是出去找村长婆姨。这就叫人想不通，村长马占地都不去找婆姨，他找的哪门子？

村里人就想着选个新村长。选来选去，选不出来。有的不想当，有的扶不起来。最后落到秃疤疤牛旦头上。按说，村里人是不会选秃疤疤牛旦当村长的。村里主要有马姓、杨姓、牛姓三姓人，还有李姓、纳姓几户人。马姓人最多，村长一直都是马姓人当的，说啥都轮不到牛姓人当。秃疤疤牛旦当村长，主要是堂弟牛奔帮了忙。牛奔小时候瘦弱，还有吃土的毛病，但他却把书念成了，高中毕业，考上民族干部，就分到乡上了。牛奔念着秃疤疤牛旦小时候护他的情分，也是在牛姓人中扶起个人，就帮他当了村长。

秃疤疤牛旦当上村长后，不再带着村里人出去打工了。这倒不是他怕婆姨麦燕也做出啥丑事来，是因为上面的政策变了。乡上再不提铁杆庄稼的话了，转而提倡种经济作物。村里人历来都是夏粮种麦子豌豆，秋粮种糜子谷子，再就是看雨水情况，种点荞麦洋芋萝卜白菜啥的，都是为了人吃粮吃菜，牲口吃草吃料，没有啥经济作物。牛奔要帮着堂兄牛旦当稳村长，也是想帮着乡亲脱贫致富，就使劲想办法。试着种玉米，长得还没谷子高，棒子也就指头粗。试着种西瓜，瓜蔓扯出一尺长，西瓜也就拳头大。就没办法了。

也是机缘凑巧，省人大的一个副主任下来视察，点名要看贫困村，县上乡上的领导就带到了河湾村。牛奔也跟着来了，秃疤疤牛旦是村长，当然也跟着。一行人真的深入了田间地头。但已经深秋时节了，地里就是有点粮食，也都收掉了。没啥可看的，只能看光秃秃的田地。省主任还真像个懂农业的样子，抓起黄土捏一捏，干透了，手伸开，干土随风飞。随行的记者咔咔地照相。省主任又吃力地蹲下身子，往地下刨了刨，圆润的手腕子都埋住了，还没有湿气。随行的记者咔咔地照相。省主任抬起身子，拍了拍手，显出很失望的样子。随行的记者没有照相。县长眼尖，看到一块地里有绿色，就把省主任往那边领。

到跟前才看出，是土豆。是土豆种的土豆。土豆收得迟，还在地里，但叶子已经半枯了，只残留着点绿色。省主任问，这是啥。秃疤疤牛旦赶紧说是土豆。乡长忙给解释说是洋芋，县长怕省主任还是听不懂，忙说是马铃薯。省主任爽朗地一笑，说，我知道，我知道，土豆我还不知道吗。又问，也是旱死了吗？秃疤疤牛旦说，是黄了。村里人把粮食、果子成熟都叫黄了。乡长、县长又赶忙给省主任解释，说是成熟了，丰收了。省主任点了点光头，恍然的样子，随即又问，有土豆吗？秃疤疤牛旦说有。想挖出来，却没带着铁锹，就用手刨。牛奔要在领导面前表现一下，也帮着刨。牛奔刨了几下，闻到了土气，就受不住了，想抓一撮往嘴里喂。想想身后站着一群官，好不容易才控制住了，就使劲地刨。那是一块低洼地，下雨积了水，土豆结得大。不一会儿，牛奔和秃疤疤牛旦刨出了好几个大土豆。一个最大的土豆，足有二三斤重，牛奔把那个土豆抱在胸前，让省主任看。牛奔那时候还没发福，身子瘦小，显得土豆更大了。省主任接过去掂了掂，随行的记者又咔咔地照相。省主任说，这样干旱的地方能长出这么大的土豆来，说明什么？秃疤疤牛旦赶紧说，是党的政策好。秃疤疤牛旦刚当上村长，还不会说话。县长、乡长都朝他瞪眼。省主任说，光有好政策还不行，还要找准优势产业，领着农民干，帮着农民干。这么多的土地，都要种上土豆，都要结这么大，会有多少产量？农民脱贫致富的问题不就解决了吗？省主任掂了半天，感觉那大土豆有些沉，就递给牛奔，走了。

第二天，牛奔抱着大洋芋的照片就在省报、市报上显眼的位置登出来了。题目是《农民脱贫致富的金豆》，内容当然说的不是牛奔，说的是省主任视察农业。省主任说了，土豆是农民致富的金豆，要在干旱地区大力发展土豆产业。省主任这样说了，县上、乡上就安排了。翻过年春后，村里就大面积种土豆。牛奔被乡上派驻蹲点，和牛旦一起动员全村人种土豆。牛奔出主意，种土豆和扶贫款挂钩，不种土豆就不给扶贫款。村里人只能都种了。那年雨水好，秋后土豆还真的大丰收了。牛奔给联系着，卖的价钱也好，家家都卖了不少钱。村里人又接着种土豆，周边一些村子也跟着种土豆，还覆上了地膜，施上了化肥，土豆收得更好。土豆多了，却不好卖了。卖不掉，村里人想着是乡干部牛奔叫种的，就拉到乡政府去了。乡政府院子叫土豆淹了，牛奔着急，书记乡长也着急，跑到县政府求救。县政府的办法多，叫全县职工每人认购了200斤。问题算是解决了，但牛奔想，这不是长久之计，得给土豆找个出路。想来想去，想到了办淀粉厂。

也正好赶上县上发展乡镇企业的机会，牛奔给跑注册、跑贷款，拉村上人集资，厂子终于办成了。淀粉厂就建在清水河边，为的是取水方便，排水也方便。牛奔这样跑，村里人说，他这是没忘了根本。也有的说他是为了自己当官，也为了帮村长秃疤疤牛旦。厂子建成后不久，牛奔就当了副乡长。秃疤疤牛旦也当了淀粉厂厂长。

有了淀粉厂，土豆就不愁卖，村里种土豆的更多了，麦子豆子糜子谷子几乎没人种了，平地、山地、河滩地都种上了土豆。每到夏秋季节，土豆开花了，满眼都蓝盈盈的。外面打工的一些人都回来了，种土豆，在淀粉厂打工。村里又有了人气，火炎炎的。

叫人想不到的是，马占地的婆姨也回来了。人白了，洋气了，笑吟吟的，比原来还妖娆。更叫人想不到的是，她并没有回家，跟马占地办了离婚，和土豆住在一起了。马占地缓过神来，就到土豆门上去闹。土豆拿了把菜刀出来，递给马占地。他说："要领人能行，先把我砍了。"说着，把脖子伸得长长的，等着马占地砍。马占地盯着土豆的脖子看了看，扔下菜刀，走了。

村里人都说，土豆还真成了金豆了。

树油

村里只有杨嘎西一家没种土豆。

杨嘎西开了多年的车，落下了腰椎病，在县医院做了手术，不仅没治好，反而给治残了。车当然开不成了，走路都成了问题，只能弓着腰，拄着拐棍，一步一挪地走。更严重的是，腰使不上劲，躺倒起不来，起来睡不倒。婆姨在家专门伺候他。儿子杨尔萨一个人跑车，拉煤炭、矿石、石油啥的，在外面挣钱。杨尔萨也结婚了，果然娶了个城里女子。不是县城的，是省城的。名叫撒鱼儿，是省城一个旅馆的收银员。不是普通的收银员，旅馆是她哥哥开的，她是帮着哥哥打理。旅馆不大，在城边，停车住宿的那种。杨尔萨跑车，经常在那家旅馆住，就熟悉了。撒鱼儿的父母离婚了，母亲跟人走了，父亲也娶了一个，撒鱼儿就跟着哥哥。哥哥很溺爱她，她却任性，不想在旅馆里窝着，想到外面乱游，经常搭杨尔萨的货车到外面疯跑，两个人就好上了。杨尔萨最初并没有当真，撒鱼儿却当真了，要嫁给他。杨嘎西反对，说车马店能有啥好女子。杨尔萨想想也是，就给撒鱼儿说，他家在农村，穷山恶水的。撒鱼儿说，她不喜欢城市，就喜欢农村，还跟着杨尔萨来了一趟，看到疙瘩山，看到清水河，都兴奋得不得了。看到满地的土豆花，连声惊叫。杨尔萨就没话说了。最主要的还是撒鱼儿人长得俊，有一双媚媚的大眼睛，跟瘸子马占山的女儿麦燕是两种不一样的俊，比麦燕更受看。麦燕嫁了秃疤疤牛旦，是杨尔萨的一块心病。撒鱼儿把麦燕比下去，杨尔萨就觉得舒坦些。撒鱼儿的哥哥坚决反对，撒鱼儿也很坚决，坐着杨尔萨的车就来了。这也叫杨尔萨感动。尤其是，这是河湾村第一个娶来的城里女子，村里人对杨尔萨就高看了，杨尔萨也觉得很受用。

唯一的缺点是，撒鱼儿不会干农活，不下地。不下地就不下，杨尔萨也舍不得她下地。不光是舍不得她下地，还舍不得离开她。刚结婚的时候，两个人黏糊着，杨尔萨连车都不好好出了。杨嘎西催促着，他才不情愿地出去。撒鱼儿也黏他，有时还随着他的车跑出去。杨嘎西拦挡了，说，开车是跟命打交道的活计，拉上个女人不吉利。撒鱼儿这才不坐着杨尔萨的车出去了。

不随着杨尔萨出去，撒鱼儿就一个人在家里枯坐着看电视。看烦了，就到疙瘩山上，到清水河边转悠。杨嘎西给婆姨说，一个新媳妇，在村里瞎转悠个啥？他叫婆姨管管。婆姨心眼好，说，整天待在家里，谁都烦，有个娃娃就好了。撒鱼儿却一直没有娃娃。在村里，女人不干活都行，没有娃娃却不行。两三年时间还不见怀娃娃，杨嘎西和婆姨的脸子就不好。在家里待不住，撒鱼儿就凑了几个人，整天打麻将。

男男女女混在一起打麻将，这在河湾村，被看成是败坏庄风的事。村里的老人们就说出一些话来。这些话送到杨嘎西和婆姨耳朵里，杨嘎西不好管儿媳妇，就叫婆姨管。婆姨面软，说了几句，撒鱼儿照样出去。杨尔萨回来，杨嘎西又叫杨尔萨把媳妇管管。杨尔萨心烦地说，不打麻将叫她干啥？

撒鱼儿的哥哥找来了，也说，你在这里能干啥？哥哥没说叫她和杨尔萨离婚，只劝她回城里去，还答应借房子给她和杨尔萨住。撒鱼儿嘴硬，当着哥哥的面，说她在这里挺好的，哪里也不去。等哥哥走了，她却试探着给杨尔萨说："要不我们也在城里买套房子吧？"

在城里买房子的事，杨尔萨拿不了主意，说给父亲，杨嘎西不答应。杨嘎西不想离开村子，他走南闯北地跑车挣钱，就是想在村里挣出个头脸来。他现在腰又残了，更没法到城里去了。

杨尔萨给撒鱼儿说了，撒鱼儿说："我啥也不会，我在这里能干些啥？"

撒鱼儿说出这样的话来，杨尔萨心里有些担忧，想给她找点事做，却不知道该让她干些啥。他想到了秃疤疤牛旦的淀粉厂，可他不想给秃疤疤牛旦说话，他跟秃疤疤牛旦还别着劲。

秃疤疤牛旦却主动来找他。他说，弟媳妇闲着，不行就到淀粉厂来上班吧，我给安排个清闲些的事。秃疤疤牛旦说这话的时候，语气很诚恳，还拿掉了咬在嘴角的柴棍子。秃疤疤牛旦头上的疮疤好了，但嘴里咬柴棍子的习惯却没变。杨尔萨就想起过去的一些事情来，断然拒绝了，说家里不缺钱花。再说了，秃疤疤牛旦是个为了女人舔火铲子的人，叫媳妇到他那里，杨尔萨也不放心。

秃疤疤牛旦还说，他想扩大淀粉厂，再建个土豆储藏窖，有大榆树的那块地正好临近，他想赎回去。杨尔萨想了想，反正那块地不种，旁边又是淀粉厂的臭水沟，就问，你出多少钱？秃疤疤牛旦说，你要多少钱？杨尔萨笑笑说，当初顶的是二百，快十年了，就十倍吧，二千。秃疤疤牛旦把柴棍咬在嘴里，也笑笑说，二千就二千。秃疤疤牛旦嘴里咬着柴棍，脸上笑着，但说出的话就像是咬牙切齿的。他当场打电话叫人送来二千。杨尔萨后悔要少了，可话说出去了，没办法，只能接过钱。回去给父亲杨嘎西说了，杨嘎西弓着腰大骂起来："谁让你把那块地卖了？你没长脑子呀！"杨尔萨说："一块烂地，又不种。"婆姨也说："当初顶了二百，现在卖二千，不亏。"杨嘎西说："你们娘母子知道个啥！那块地上有树！"婆姨说："树是大家的，再说也不值二千。"杨嘎西说："那是老祖先留下的树，在谁家里，谁家就旺。你懂个屁！"杨嘎西说着，浑身抖得厉害。婆姨赶紧扶着他躺倒了。杨尔萨这才觉得是被秃疤疤牛旦涮了，心里更记恨秃疤疤牛旦。

果然，秃疤疤牛旦赎回那块地，并没有建土豆储藏窖，也没有种土豆，就那么闲撂荒着。杨尔萨每次跑车回来，看到那块地、那棵树，心里就胀气。有一回回来，他走到那块地上，对着那棵大树撒了一泡尿。他是想给秃疤疤牛旦冲些晦气。尿撒完了，他才注意看了看那棵树。树老得厉害了，树叶子稀稀拉拉地快褪到头顶上了，树柯杈都快要干枯了。看到老树成了这样，杨尔萨心里有点解气，也有些不忍。他想起小时候常在老树底下玩耍的一些事来，不由得伸手摸了摸树干。树干上有好几个大节疤，渗出树脂来，树脂粘到他手指上了。他在树干上擦了擦，没擦干净，还粘着些。杨尔萨抬手一看，粘在手上的树脂竟是黑色的。他记得树脂是黄色的，咋成黑色的了？他往树节疤上看，真是黑色的，还发出一股腥臭味。树脂应该是香的，咋变臭了，这树怕是要死了。树要是真死了，秃疤疤牛旦的阴谋就不能得逞了。想到这里，杨尔萨心里还真有些高兴。忽然，他想起来，在陕北拉石油的时候，见过油井附近的大树上也流出黑色的树脂，老乡说，那是树根把石油吸上来了。老树流出黑色的树脂，说明附近有石油。他又粘了点黑色的树脂，闻了闻，果然有点石油味。

杨尔萨被自己的发现惊呆了，心惶惶地跳起来，像开车遇到险情一样，一时间脑子里一片空白。他干咽了两口唾沫，才定下神来。他开车拉过石油，知道石油就是黑金子，那些开油井的老板，钱一天到晚哗哗地往口袋里流。想到把一块藏着石油的土地给了秃疤疤牛旦，真是后悔死了。得想办法把这块地要回来，想啥办法也得要回来。他赶忙打电话找秃疤疤牛旦。秃疤疤牛旦说在厂里，他就去厂里找。

见到秃疤疤牛旦，他慌慌地说："那块地我不想卖了。"

秃疤疤牛旦奇怪地说："啥地？"

杨尔萨说："就是那块地，有树的那块。"

秃疤疤牛旦拿掉嘴里的柴棍说："啥时候的事了。咋了？嫌钱少了？"

杨尔萨说："不是钱多钱少的事，就是不想卖了。"

秃疤疤牛旦说："做过的生意了，这会儿反悔，怕是不行吧？"

杨尔萨说："我也出钱赎回。"

秃疤疤牛旦说："我赎回出了十倍的钱，你呢？"

杨尔萨赶紧说："我也出十倍的钱。"

秃疤疤牛旦说："你出两万？"

杨尔萨说："两万就两万。"

秃疤疤牛旦警惕地看了看杨尔萨，说："你干啥？"

杨尔萨还没有想好干啥，迟疑了一下，说："我想收拾个新院子。"

秃疤疤说："那块地不是宅基地。要宅基地的话，村上可以给你划。"

杨尔萨说："我就想赎回那块地。"

秃疤疤牛旦疑惑地看了看杨尔萨，咬上柴棍，说："那块地我要用。"

杨尔萨着急地说："那块地一直撂荒着。"

秃疤疤牛旦板起脸子说："我的地，想荒着就荒着。"

杨尔萨说："我想收回来，不卖了。"

秃疤疤牛旦说："本来就是我的地！"

秃疤疤牛旦说出这话来，杨尔萨不知说啥了。过了一会儿，他又说："就算是你的地，卖给我。"

秃疤疤牛旦说："你真出两万？"

杨尔萨干脆地说："我出两万，我现在就回去取钱。"

秃疤疤牛旦看了看杨尔萨，说："明儿再说，我考虑一下。"

杨尔萨还想说，秃疤疤牛旦不跟他说了，说还有事，起身要走。杨尔萨只好出来了。他顺路又到大榆树下，又粘了点树油，闻了闻，就是石油味，没问题。他想着还是尽快把事情定下来的好，就给秃疤疤牛旦打电话，秃疤疤牛旦不接。晚上，他又打电话，秃疤疤牛旦还是不接。媳妇撒鱼儿看到他心慌慌的样子，问他啥事。杨尔萨是个沉不住气的人，这么大的事也压得他受不住，就给撒鱼儿说了。又盘算着收回那块地来，打出石油，赚多少钱，在城里买房子买车子的事来。盘算了半夜，说到兴头上了，两个人睡不着，做了那事，他们好长时间都没做了。一大早，杨尔萨就给秃疤疤牛旦打电话。秃疤疤牛旦这回接了，还没等杨尔萨开口，秃疤疤牛旦就说："那块地不卖。"说完就挂了电话。杨尔萨呆站了一阵，想不出啥法子来，就去给父亲杨嘎西说。杨嘎西腰坏了，脑子没坏，知道是儿子把事情搞糟了。他没顾上抱怨儿子，叫儿子和婆姨扶他起来，拄上拐棍，去找秃疤疤牛旦。

杨嘎西说："地是我的，你从我儿子手里哄了去，算不得数。"

秃疤疤牛旦咬着柴棍说："你儿子又不是个娃娃。"

杨嘎西说："不管娃娃大人，地是我的，我还在，他做不了主。"

秃疤疤牛旦说："做过的买卖了，他拿了钱，都快一年了。"

杨嘎西说："钱一分不少退给你。尔萨，把钱给他。"

秃疤疤牛旦说："钱我不要。"

杨嘎西说："那你要啥?"

秃疤疤牛旦说："我就要地。"

杨嘎西说："地不卖了。"

秃疤疤牛旦说："那是我家的地。"

杨嘎西说："我没占你家的地，是瘸子顶账顶给我的。"

秃疤疤牛旦说："地是我家的。"

杨嘎西说："你找瘸子要去。"

秃疤疤牛旦说："我找瘸子干啥。"说出瘸子的话来，他感觉失口了，马占山就站在一边。他有些恼怒地说："我的地我赎回来了，我谁也不找。"

杨嘎西见秃疤疤牛旦说话时，嘴里的柴棍一撅一撅的，他也有些恼，说："你一个村干部，占了人的媳妇，又占人的地，像话吗?"

秃疤疤牛旦说："我占谁的媳妇了，你说清楚。"

杨嘎西说："你舔女人的腿板，占了我家的媳妇，现在又占我家的土地。"

瘸子马占山大声骂："你说的那是个放屁的话!"

秃疤疤牛旦红了脸，噗的一下吐掉嘴里的柴棍，大声说："我娶媳妇，是明媒正娶的。我的地，我掏钱赎回来了，有啥错！你们说，有啥错?"旁边围着的人也都附和着秃疤疤牛旦的话，说做过的买卖，走过的路，不能反悔。

杨嘎西看到情况不对，也大声说："你，你太欺负人了！要是在过去，我就……我跟你拼了！”说着，使劲地抬起身子，举起拐棍，去打秃疤疤牛旦。踉跄了两步，拐棍没打上秃疤疤牛旦，身子却栽到秃疤疤牛旦身上了。秃疤疤牛旦没有躲，反倒伸手扶住他。杨嘎西这才感到不是以前的自己了，趁势要打滚撒泼，被马占山几个人拉住了，动弹不得。他只能干叫嚷了几声，村干部欺负人！太欺负人了！杨尔萨看势头不好，扶着杨嘎西回去了。

杨嘎西没闹回那块地来，却把事情闹开了。村里风传说，老榆树下面有财宝，是老祖先埋下的。都说既然是老祖先埋下的，就该人人有份，不管地头是谁的。说着说着，问题又出来了，村里有五六姓人，到底是马家的老祖先、牛家的老祖先，还是杨家的老祖先埋下的？马姓人最多，当然认为是马家的老祖先最早来的。杨姓人说，马家本来是杨家人的招女婿，慢慢地，户越来越大了，超过了杨姓人。牛姓人说，杨家是来路人，流浪到河湾村，是牛姓人收留下来的。各姓的老人们就都找证据，找来找去，却是李家的祖先最先来的。李家人慢慢都搬出去了，只剩下不多的几户人，在村里说不起话，其他几姓人就不承认是他们的祖先先来的。就说村子本来是蒙古人的，理由是村子里挖出过蒙古人的坟墓。既然是蒙古人埋的，就不是马姓人的，不是牛姓人的，也不是杨姓人的，应该各姓人都有份。

还有个问题是，那块地在秃疤疤牛旦手里，原来也是他们家的承包地。虽说当初说好的，地是他家的，树是全村人的，但没说树下埋着的东西也是全村的。再说了，当初是看他们家人穷势弱，把一块不长粮食的地发给秃疤疤牛旦家里了，他现在又是村长，又是淀粉厂厂长，势力大了，谁敢从他的碗里分出饭来？有人说，他要是独占的话，再选村长的时候就不投他的票。有人反驳说，真要有财宝的话，谁还稀罕当村长，早就到城里买房过舒服日子去了。有人说，地下埋的东西，不管是古物，还是财宝，都是国家的。后山上有个人，从自家田里挖出个铜马，给贩子卖的时候，叫公家抓了。东西没收不说，还差点判了刑。说来说去，村里人的意见是宁叫公家收了去，也不能叫他秃疤疤牛旦一人独吞了。

说是这样说，各人的心里还是存着一些希望的，就到那块地上去看。那块地一直荒着，长满了蒿子、冰草、狗牙刺啥的，没有个埋着财宝的样子。那棵大榆树呢，老得厉害了。树梢上稀拉拉有几片叶子还绿着，树身子、树柯杈、树根脚，都枯黑了，还散出一种腥臭味，看样子是快要死了。看的人都有些莫名的心酸，想起过去的一些事情来，也想起老树的一些传说来。听说，老祖先——管他是谁的老祖先——流浪到这里，累了，想歇缓歇缓，随手把当拐棍的树柯杈插进土里，睡着了。一觉醒来，树柯杈发出新芽来了。老祖先就在这里落脚了，一代又一代，传下这些人来。有的出走了，到另一个地方；有的留下来，守着村子。树也长大了，长老了。树不会走路，一直在那里。村里最老的老人都不能说清老树的年纪了，人们只知道爷爷的古今里有这株老树，爷爷的爷爷的古今里也有这株老树。

村里人还是讲实际，过后，就想不起树的事了，想起财宝来。晚上，就有人偷偷地到那块地上去挖。一大早，秃疤疤牛旦就看到，大树周围挖出一些乱糟糟的坑来。他从厂里抽了两个人守着，晚上还是有人偷偷地挖。连岳父马占山都扛着铁锨去了，叫守护的人抓住了，却说是来帮着女婿看护的。马占山还给人说，当初是秃疤疤牛旦家把那块地顶给他了，他转手顶给杨嘎西了，经过了他的手的，要是挖出财宝来，也有他的一份子。秃疤疤牛旦当然不好跟岳父去理论。村里其他人，脸势也都不对，眼神躲躲闪闪的，后面藏着刀子。秃疤疤牛旦就有些害怕，这样下去，谁知道会出啥事。他想先把事情闹明白，是谁说的大树下面埋着财宝的。打问来打问去，也没问出个来源。却听说了大树流油的事来，是杨尔萨媳妇撒鱼儿在麻将桌上说出来的。秃疤疤牛旦赶紧去看，树结疤那里果然有黑色的油脂。秃疤疤牛旦没见过石油，不知道那是不是石油。他想到了牛奔，牛奔学得多，见得多，有可能知道。他刮了些树油，装在一个药瓶里，到乡政府去找牛奔。秃疤疤牛旦把情况说了，牛奔眼睛里放出光来。他说，真要有石油，这村里就发了，全乡都发了。牛奔忙抓过药瓶去，看了看，闻了闻，说有点像；又看了看，闻了闻，还说是有点像。牛奔忽然跳起来说，走，去省城。秃疤疤牛旦不知道要去省城干啥，不好多问。上了车，牛奔才说，他的一个同学就在石化公司工作，肯定知道。

车走了一会儿，牛奔转过头来说："你把嘴里的柴棍拿掉！"秃疤疤牛旦赶紧把柴棍拿掉了。走了一会儿，牛奔又说："你一个村主任，又是厂长，浑身臭烘烘的像个啥！多洗洗！"秃疤疤牛旦赶紧说，衣服也洗着呢，身上也洗着呢。牛奔说："洗着呢咋还一身的臭味！"牛奔当了乡长了，人有了官相，说话的口气也有了官势。秃疤疤牛旦虽说是他堂兄，还是有些怯他，没敢回嘴。他闻了闻衣袖，闻了闻衣襟，是有一股臭味。当了村长，尤其是当了厂长后，他穿上了西装，婆姨也给他洗得很干净，但身上老有一股臭味，他也不知道臭味是哪里来的。

晚上到省城，牛奔找到那个同学。同学一看，一闻，就皱着鼻子说不是石油。牛奔和秃疤疤牛旦都有些失望。牛奔说："这事关系重大，你还是用仪器化验一下。"同学笑了笑说："肯定不是，我还认不出个石油吗。"说是这样说，还是拿去化验了。牛奔和秃疤疤牛旦就住了一夜，等化验结果。

半夜里，秃疤疤牛旦接到电话，是他派去守夜的人打的，说村里人都说他到省城买探宝仪去了，回去要挖宝，就闹得厉害。秃疤疤牛旦说，多找几个人看着，谁也不能乱挖。

第二天一大早，同学给牛奔打来电话，说化验过了，不是石油。牛奔说，这是大事，可不要开玩笑。同学说，确实不是石油，而是一种污染物。牛奔说，树脂里面咋会有污染物呢？同学说，应该是土地污染了，被树根吸上来了。牛奔和秃疤疤牛旦想到了淀粉厂，都不说话了，赶紧往回走。

到乡政府下车的时候，牛奔给秃疤疤牛旦说："回去啥话也不要说！"秃疤疤牛旦点着头说："我知道。"

秃疤疤牛旦一回到村里，就发现那棵老榆树不见了。跑到跟前，才看到老榆树被挖倒了，斜躺在一个大坑里。大坑里汪着半坑黑水，发出一股浓重的腥臭味。老榆树的根泡在黑水里，已经朽烂了，巨大的树身躺在那里，看着叫人惊恐。树枝上的几片叶子还闪着黄亮的光，好像还活着，更叫人惊恐。

堵 水

看到那一坑黑水，村里人才知道淀粉厂不光是排臭气，排脏水，排废渣，连地下面都脏了、臭了。就说出一些话来。

秃疤疤牛旦说："人吃五谷，放屁吗？"

村里人说："放。"

秃疤疤牛旦说："拉屎吗？"

村里人说："拉。"

秃疤疤牛旦说："撒尿吗？"

村里人说："撒。"

秃疤疤牛旦说："厂子和人一样，也得吃喝拉撒不是？"

村里人只能点头。

秃疤疤牛旦又说："屁臭不臭？"

村里人说："臭。"

秃疤疤牛旦说："尿臊不臊？"

村里人说："臊。"

秃疤疤牛旦说："屎脏不脏？"

村里人说："脏。"

秃疤疤牛旦说："越是脏的、臭的、臊的，上到田里越是肥田的对不？"

村里人想想，确实是这样的，就说不出话了。

秃疤疤牛旦又说："厂子加工的是村里的土豆不是？"

村里人说："是。"

秃疤疤牛旦说："厂子收的是村里的工人不是？"

村里人说："是。"

秃疤疤牛旦说："厂子每年都给大家分红不是？"

村里人说："是。"

秃疤疤牛旦说："受点臭气比受穷好，对不？"

秃疤疤牛旦这样一说，村里人越说不出话来了。

说不出话，心里却有了想法，有些人又开始往外面跑了。尤其是一些年轻人，不想种土豆了，不想在淀粉厂干了，跑到城里去了。老年人呢，当然是觉得家和人全的好，挡着不让娃娃出去，说在村里种土豆还不是一样地挣钱，到城里还不是一样地受苦。还说，城里有啥好的，杨尔萨媳妇撒鱼儿是城里人，还不是嫁到村里来了。老年人的话当然有道理，但年轻人还是听不进去，城里有比种土豆、比挣钱更多的东西。

走的人多了，村子里就有些空。

撒鱼儿的大眼睛里也空了。

撒鱼儿说："村里死气沉沉的。"

撒鱼儿说："山上连棵树都没有。"

撒鱼儿说："河里的鱼都没了。"

撒鱼儿说："就不能种点别的，怎么都种土豆？"

撒鱼儿说："土豆怎么开那样的花，看得人心里难受。"

撒鱼儿说出这些话来，杨尔萨心里惶惶的。

心里更惶的是秃疤疤牛旦。人都走了，谁种土豆？谁在厂子里干活？没人种土豆，没人干活，厂子咋办？秃疤疤牛旦想把人留住，可人不是河里的水，修个水坝就堵住了，人从水坝上走出去，谁也堵不住。建水坝本来是为了堵住水，留住人，没想到人却从水坝上走出去了。

这些年，雨水少了，清水河的水也小了。不光是小了，上游建了几个大坝，把水截住了。跟河湾村一样，上游的人也办厂子，砖瓦厂、造纸厂啥的，都要用水，就建了水坝，流下来的水更小了，抽水泵抽不上水来，秃疤疤牛旦没办法，也建了个水坝。凭秃疤疤牛旦当然建不起个水坝，建水坝也是牛奔出的力。在清水河上建水坝，县上批不了，报的是滚水桥。牛奔给跑着，不仅批了，还列到县上的工程项目里，钱也是项目上出的。滚水桥是用石头水泥修的，很坚固，也很宽，不仅能走人，连车都能跑。以前村里没有桥，村里人过去要出门，必须蹚水过河，有了滚水桥，就方便多了，就都夸牛奔，说他当了官没有忘本，给村里办了好事。也顺带着夸秃疤疤牛旦。秃疤疤牛旦修滚水桥，是为了堵水。水堵住了，成了个水坝，淀粉厂用水就方便了。滚水桥上面能跑车，往来拉土豆，往出送淀粉，都便利了。可是不久，清水河发了洪水，洪水泥沙大，没有冲垮滚水桥，却把水坝淤平了。一河的泥沙，没办法挖出来，秃疤疤牛旦就带着人，把滚水桥加高了一截。发一次水，滚水桥就加高一截。加来加去，就不像是个桥，真像个水坝了，上面越来越窄，车没办法走了，勉强还能走人。村里人进进出出的，就是从水坝上走。

为了不让村里人出走，秃疤疤牛旦想了很多办法。正好赶上新农村建设，牛奔把全乡的试点就放在河湾村。一是搞试点，国家的配套政策好，扶贫资金，危房危窑改造的资金，都能整合使用。牛奔想给乡亲办点事情。二是自己的乡亲，话好说，工作好推进。工作推开了，是他的政绩。他现在是乡党委书记，要想往上升，就得有政绩。牛奔也是有些私心的。还有一点是，村里这几年办厂子、种土豆，条件比较好，盖新房的钱能拿出来。说是这样，但村里还有一些人家拿不出多少钱来，也有些抗着不拿钱。秃疤疤牛旦就从厂子里拿出些钱来，补上了。就选了一块河滩地，给村里每家每户都盖了一套新房子。新房子统一规划建设，全是红砖蓝瓦，显得气派、整齐，真有个新农村的样子。但村里人还是说出话来，有的说，新房子好是好，就是不像个农村人的家，柴草杂物没地方放。有年轻人说，都一个样子，连自己的家都认不出来了，晚上出门撒尿进错门，睡到别人婆姨被窝里咋办。还有的老年人说，房子建在河滩上，要是发了大水，全给冲走了。说啥话的都有，好像并不领情。秃疤疤牛旦有些胀气，牛奔跟他说，给老百姓办点事，不要指望他们说好，他们心里会记着的。秃疤疤牛旦听不出牛奔说的是官话，还是实话，他心里还是有些胀气。更叫他胀气的是，住上了新房子，村里的年轻人还是一个个地往出跑。

马占河却回来了。马占河回来不是给秃疤疤牛旦帮忙的，是跟他拼命的。

马占河也算个恓惶人，眼睛有点毛病，不算大毛病，不是瞎眼，不是萝卜花，只是眼睛红。眼仁子红，眼皮也红，眼睑红得更厉害，烂兮分的，村里人俗称“烂眼子”。马占河的烂眼子不算是病，是给烟熏的。他家祖传的会烧碱，就是把碱草烧成草碱。河滩上有很多碱草，有水蓬、骆驼蓬、马奶子草啥的，绿莹莹地铺满了河滩。这些草吸了河里的碱水，碱气太大，牛羊都不吃，只能砍了烧碱。院子里搭个炉灶，把碱草放在上面烧，能烧出青黑色草碱疙瘩来。草碱疙瘩看着像石头一样，但敲下一块来，用水化开了，和面做饭做馍馍，面筋道，味道醇，比小苏打好得多。

包产到户前，马占河烧了草碱，主要是供村里人用，换点粮食，换点鸡蛋啥的。包产到户后，村里人到城里打工去了，马占河眼睛不好，没办法出去，就烧了草碱卖钱。他砍草烧碱，媳妇拿到县城里去卖。县城里的人大多都是农村去的，认得草碱，知道草碱的好。马占河的草碱就卖得好。有几个拉面馆还专门订下了，叫按时送。马占河媳妇是个伶俐人，在给拉面馆送草碱的过程中，看出了做拉面的门道，还看出了拉面馆能挣钱。她和马占河商量，也在县城开个饭馆。说是商量，其实是媳妇做主，马占河啥都听媳妇的。开饭馆要本钱，媳妇说把土地卖了，耕牛卖了，院子也卖了。马占河就张罗着把土地卖了，耕牛卖了，院子卖了，一家人到县城租了一间房，半间住人，半间开了个小饭馆。主要是卖拉面，也做一些黄米黏饭、荞面搅团之类的农家饭菜。城里人都爱个农家的土味，还有到城里打工的爱凑合着吃个拉面，生意还不错。挣到了钱，媳妇高兴，一个人主厨兼着跑堂，打发马占河回来烧草碱，采买黄米、荞面啥的。

村里的土地全改种了土豆以后，马占河回来收不上黄米、荞面了。这个好办，河湾村不种糜子、荞麦，还有其他的村子里种，马占河就到别的村子去买。烧碱就不好办了，没有碱草不行。碱草就长在清水河边，其他没有碱水的地方不长碱草。可河上建了些水坝，流下来的水少了，碱草也长不起来了。特别是，厂子里的脏水排到河里，碱草全死了。没有碱草，就烧不出草碱来。没有草碱，饭菜的味道就不对。饭菜味道不好，来吃饭的人就少。正好那一段，饭馆的生意不好。马占河就觉得是没有草碱的事，是他的事，心里愧着。

他想给媳妇帮忙当跑堂，媳妇不让，说："你那个样子，还不把来吃饭的人恶心死！"他想给媳妇帮着洗碗筷，媳妇也不让，说："你眼睛麻麻踏踏的，能洗干净个碗呀！"他想给媳妇帮着烧火，媳妇还是不让，说："你笨手笨脚的，能烧旺个火呀！干啥干去！"媳妇这样说，马占河也不生气，已经习惯了。他知道媳妇嫌弃他，以前在村里的时候，媳妇怕乡邻说闲话，还给他留点面子，到县城以后，谁也不认识谁，媳妇说话就不顾他的脸面了。

媳妇不光说话不顾他的脸面，做事也不顾他的脸面。饭馆旁边是个水果店，卖水果的是个三十多岁的男人，也是从乡下来的。媳妇去水果店买水果，男人来饭馆吃饭，一来二去，两个人就熟络了。先是打牙撂嘴的，马占河假装没听见。后来动手动脚的，马占河装作没看见。再后来，两个人干脆睡到一起了，叫马占河有一回撞见了。

媳妇先说："你说咋办？"

马占河说："你改了，再不跟他了，就行。"

媳妇却说："那不行！"

马占河说："不行还咋？"

媳妇说："离婚。"

媳妇铁了心要离婚，马占河没办法，就离了。离了，马占河没地方去，只能回河湾村。可村里没有他的家，没有他的土地，真连个立脚的地方都没有了。马占河越想心里越不是个味儿，越想越觉得是秃疤疤牛旦的事。要不是秃疤疤牛旦办厂子修水坝，河滩上的碱草就多。要不是厂子里排脏水，河滩上碱草就不会死。碱草不死，他就能烧碱，媳妇就不会嫌弃他。饭馆的生意好，媳妇也不会闲得没事，跟卖水果的闹到一起。这样一想，他就去淀粉厂找秃疤疤牛旦，要跟他拼命。秃疤疤牛旦厂子里人多，很快就摁住了他。他只能血红着眼睛，叫骂了一阵。

倒是秃疤疤牛旦度量大，也是可怜他，给他安排了一份工作，看水。在水坝那里盖了间房子，叫他住在那里，看水坝不要出问题，看水泵不要停了，还看着不要叫村里的娃娃在水坝里耍水。水坝里水不深，但稀泥很深，娃娃们下去耍水，怕给淹死了。以前没有水坝的时候，河湾村的娃娃经常在河里耍水。河里水浅，砂石底子，淹不死人。建了水坝，娃娃们还偷偷到水坝里耍水。大人辖制着，还是去。特别是，有些人家大人出去了，就留下了娃娃，没人管束，跑到水坝里耍水，差点淹死了人。秃疤疤牛旦就找人看着，不让娃娃下水坝耍水。

河湾村的规矩是，大人不到河里耍水，不管男人还是女人。要洗身子，也是挑了水回家洗。撒鱼儿刚嫁过来的时候，想到水坝里洗澡，杨尔萨挡住了。撒鱼儿说她会游泳，淹不死。杨尔萨说，村里有规矩。撒鱼儿说，哪来那么多臭规矩。杨尔萨说，城里有城里的规矩，乡下有乡下的规矩，这没办法。撒鱼儿说，我才不管什么规矩不规矩。等杨尔萨出去跑车了，撒鱼儿还是偷偷到水坝里洗了几回。村里人发现了，话说到杨尔萨跟前。杨尔萨就说了撒鱼儿。撒鱼儿就撒娇地说，我的名字叫鱼儿，鱼儿就爱水嘛。那时候是刚结婚，杨尔萨还迁就着撒鱼儿，轻言慢语地劝说。过了些日子，就拉下脸子拦挡。撒鱼儿说，你知道我的脾气，人越拦挡的事，我越想干。再后来，撒鱼儿不到水坝里洗澡了，不是村里人说闲话，也不是杨尔萨拦挡，是她自己的新鲜感过去了。打麻将也是，村里人说，公公说，婆婆说，杨尔萨说，她都不管，等她自己的新鲜感过去了，就不打了。不光是麻将，好像所有的新鲜感都过去了，她跑到山上去，呆呆地能坐一早上。她跑到河边去，呆呆地能坐一下午。看着她空茫茫的大眼睛，杨尔萨就有些担心，怕她出啥事。每次出门跑车，都给母亲说，叫看着她些。母亲说：“一个大活人的，我咋看？怕她跑了？跑了就跑了，啥活儿都不会干，连个娃娃都不生，跑了再要一个。”杨尔萨心里也有些厌烦了，不是怕撒鱼儿跑了，是怕她出事。

果然出了事。杨尔萨出去跑车路上，收到撒鱼儿的短信：我实在受不了了！我走了，别恨我！杨尔萨赶紧打过电话去，关机，再打过去，无法接通。他忙给家里打电话。母亲在屋里找了，没有；在村里找了，还是没有。母亲回话说，说不定在哪里待着呢，也说不定回娘家了。母亲的口气叫杨尔萨有些生气，但母亲的话还是提醒了他。他赶紧给撒鱼儿的哥哥打电话。哥哥说，没有回去。哥哥接着打过电话来说：“你拐走了我妹妹，那是我妹妹愿意，我没办法。我妹妹要是出了啥事，我跟你没完！”杨尔萨真慌了，车上的货没有卸，就赶着回来了。家里挨房挨屋地找，没有；村里挨家挨户地找，没有。山上沟沟坎坎的找了，河边弯弯岔岔的也找了，还是没有。有人说，在水坝那边看到了。杨尔萨就跑着去问马占河。马占河看水，撒鱼儿要是在那里去过，马占河应该能看到。却找不到马占河，他好像是故意藏起来了，房子里没有，水泵跟前没有，水坝周围也没有。他四处张望着，却发现水坝里面有东西，仔细一看，有点像人的头发。他心里乱跳起来。定神一看，真像是人，只露出个头顶，头发一漾一漾的。杨尔萨喊了声撒鱼儿，那人的头发好像动了动。杨尔萨又喊了声撒鱼儿，那人的头发又好像动了动。杨尔萨认定是撒鱼儿，扑进水里，要去救她。刚到水里，脚就陷进泥里了，一动往下陷一截，一动往下陷一截。他赶紧趴倒身子，慢慢地拉出腿脚，爬上岸来。惊魂稍定，他又看水坝里，撒鱼儿的头发一漾一漾的。杨尔萨赶紧跑回村里，带着哭腔喊了几个人，找了几根绳子，跑到水坝边。

杨尔萨腰里拴上绳子，慢慢地往水坝里爬。岸上的几个人拽着绳子，慢慢地放。杨尔萨爬到跟前，果然看到是个人。半截身子陷进泥里，已经淹死了，泡胀了。他大哭起来。边哭边往出拉人，岸上的人拉绳子，把人拉上来了。杨尔萨大哭着，觉得那就是撒鱼儿。其他人却发现，拉上来的不是撒鱼儿，是马占河。看到不是撒鱼儿，杨尔萨才大声哭起来。哭过了，就去找撒鱼儿。他不知道撒鱼儿去了哪里，不知道还能不能找回来，但就是想找到她。

至于马占河，他为啥淹死在水坝里了，是去看水泵，不小心陷进泥里了，还是他不想活了，谁也不知道。村里人议论了些天，就不再提了。还有很多更大的事。

最大的事是清水河发了大洪水。洪水来得没有一点儿显迹，村里并没有下多大的雨，是上游下了大雨。洪水滚滚而来的时候，谁也没想到。洪水像一群野驴一样嘶叫着、蹦跳着冲过来，被水坝挡住了，激怒了，在水坝里左冲右突的。后面的洪水不断冲进来，水坝很快就聚满了。洪水溢出水坝，漫进淀粉厂，漫进村子。秃疤疤牛旦先还指挥着堵水，要保住厂子，看到水越来越大，堵不住了，才想起赶紧转移村里人。他呼喊着、催促着，把村里人都聚到上坡上了。好在是大白天，人都没有跑散。站在山坡上，看到那么大的一坝洪水翻滚着，悬在半空中，真有些吓人。忽然，轰隆隆一阵巨响，水坝崩塌了，洪水直泄而下，地动山摇的。秃疤疤牛旦没顾上心疼水坝，他吓呆了。

净土

洪水过后，清水河改道了。

人走直路，河走弯道。水不像人，不急着往前走。清水河从南向北流过来，不是直直地流，而是忽东忽西地拐着大弯子。弯过去的地方，把对岸冲成沟坎，这边是河滩。弯过来的地方，这边是沟坎，对岸是河滩。在河湾村附近，向东一个大湾子，向西一个大湾子，两个湾子套着，站在山顶上看，就像是个太极图。一场大洪水，从中间生生地冲出一道壕沟，把河道拉直了，却把太极图撕成两半。村里人当然不会注意到这些，村里人关心的是人不要淹死了，房屋不要冲塌了。庆幸的是，河道从新村子的旁边穿过去了，没有把村子冲走，那些新盖的房子只是进了水，地基有些塌陷，房子有些歪斜。更庆幸的是，村子里没死人，一个人都没有。只是淀粉厂靠水坝近些，淹得厉害，土豆、淀粉给冲走了，厂房塌了，机器也给砸坏了。秃疤疤牛旦看着，揪心地痛。

牛奔领着县上乡上的人来视察灾情，给秃疤疤牛旦说，没有死人就好，有人就有一切，厂子可以从头再来。牛奔说的是官话，但说得也有道理。秃疤疤牛旦心里还是难受。他领着村里人清理淤泥，加固房子，收拾机器，看着多少年的心血都毁掉了，心里更加难受。难受得厉害了，他就抓头发，抠头皮。头皮越抠越痒痒，抠出脓血来了。过了几天，长出疮了。疮疤上流出黄水来。秃疤疤牛旦照镜子一看，头顶上起了一些疮疤，就像是他小时候得过的癞头疮。他心里有些惊，有些怕，也有些羞。小时候得癞头疮，那时候还不知道羞，现在是村长，是淀粉厂厂长了，再得了癞头疮，他真有些不敢见人。他找了个帽子戴上，白天晚上都戴着，怕村里人看到了，也怕婆姨麦燕看到了。糟糕的是，婆姨麦燕也嚷嚷着头皮痒痒，也不住地抓头皮，叫秃疤疤牛旦给看看。秃疤疤牛旦一看，婆姨头上也长了癞头疮。他叫婆姨不要声张，悄悄地找了些黄油来，给婆姨抹上了，给自己也抹上了。他记得小时候的癞头疮就是黄油抹好的，想着抹上黄油，过几天就好了。可黄油抹上好几天，不但不见好，反而更严重了。他头上洇得到处都是，戴上帽子也护不住了。婆姨也是，头上长满了疮，头发一把一把地掉，快成秃子了。不知是现在的黄油不对，还是疮不一样，秃疤疤牛旦想不明白。他又想起用火禁，多年前，他就是用火禁治好了婆姨的毒疮，婆姨才嫁了他。秃疤疤牛旦想起过去的一些事来，恍惚觉得，好像是回到多年前了。定神想了想，可不是回到多年前了。这些年拼死拼活干出来的，叫一水冲走了，却把癞头疮冲回来了。水冲走的，找不回来了，但说啥也得先把癞头疮给治好了。

秃疤疤牛旦找了个铁铲子出来，烧红了，想给婆姨火禁。看着烧红的铁铲，他却半天不敢用舌头舔。婆姨骂他："你那时候的胆子那么大，现在胆子哪里去了？"秃疤疤牛旦也不知道胆子哪里去了，就是不敢舔火铲。硬着头皮舔了，不是很烫，就是满嘴的毦毦气。他把带着毦毦气的唾沫喷在婆姨头上，也是学以前的样子，每次火禁三遍，每天火禁三次，连续火禁三天，可婆姨头上的癞头疮还是不见好。婆姨说："病又不一样，你乱治着，能好呀！"想想也是，那时候婆姨得的是毒疮，火禁能禁好，对癞头疮，火禁怕是不起作用。婆姨说，还是去医院。秃疤疤牛旦不想去医院，他还是怕人笑话。拖了些天，他和婆姨头上的癞头疮不见好，两个儿子头上也开始长疮了。儿子头上长了疮，婆姨就骂秃疤疤牛旦给一家人都惹上了。秃疤疤牛旦也觉得是自己给一家人都惹上了。儿子却说，学校里好多娃娃头上都长了疮，家里人头上也长了疮。学校老师说，是洪水过后的疫病。听儿子这样一说，秃疤疤牛旦才感觉事情有些严重，赶紧带上婆姨娃娃，还有村里长了疮的人到县医院去看。

医院的大夫看了，也说不清到底是啥病，只说是疫情。打针输液消炎的，过了几天，却都好转了。秃疤疤牛旦这才算松了一口气，想着给牛奔说一下。牛奔是乡上的书记，村里出了疫情，得给他报告一下。他给牛奔打电话，牛奔的电话关机。他又给牛奔家里打电话，牛奔的爱人接了。秃疤疤牛旦报了名字，说要给牛书记说点事，叫牛书记接电话。牛奔爱人说，牛奔病了。秃疤疤牛旦问啥病，牛奔的爱人口气一下就变了，大声说："啥病！你是真不知道，还是假装不知道？"秃疤疤牛旦赌咒发誓说不知道。牛奔爱人这才说："牛奔停职了。"秃疤疤牛旦问："为啥？"牛奔爱人说："还不是你们水坝塌了的事！"说着就挂断了电话。

秃疤疤牛旦没想到，牛奔给停职了。这些天只顾着癞头疮了，一点信儿都没听到。牛奔是他的堂弟，也是他的上司，是他的主心骨，得去看看他。牛奔的家就在县城，秃疤疤牛旦赶紧带着几个村里人，到牛奔家里去看。牛奔真睡倒了，秃疤疤牛旦几个人进去，他挣着想起来，却没能起来。秃疤疤牛旦赶紧劝他不要起来，劝他保重身体，劝他说官丢了就丢了，不是个啥大事。牛奔说："不是官的事，就是气不过。"秃疤疤牛旦问到底为啥。牛奔说，是大水把下游的几个村子淹了，毁了庄稼，还死了人。本来这是天灾，于他没有多少关系，可他正在跟一个人竞争副县长的位子，对方抓住这一点做文章，说水坝是牛奔出面建的，把他搞倒了。还告他贪污受贿啥的，先停了职，纪委也要调查。秃疤疤牛旦听了，气得不行，想想是自己害了他，也愧得不行。秃疤疤牛旦知道这样的事，自己帮不上忙，不知说些啥好，就赶紧带了人往出走。人都出来了，牛奔爱人又叫他进去，说牛奔要给他说话。秃疤疤牛旦又进去了，牛奔拉住他的手，想说啥，却半天说不出来。看着牛奔人瘦了一大圈，没有官样了，倒像小时候的样子，秃疤疤牛旦真有些痛惜。他以为牛奔是想凑钱摆平事情，就说："要多少钱，你说，我回去凑。你这些年给乡亲们做了多少事，大家心里一本账，我们全村人凑钱，也要把你保住！"秃疤疤牛旦说得有些动情，牛奔也有些动情，他说："有这话就行了。不是钱的事。你给我找点干净的土来，我，我想吃点。”秃疤疤牛旦说：“这没问题，我今儿就回去找，明儿就送过来。”

秃疤疤牛旦记得，牛奔小时候就有个吃土的毛病，还很严重。别的娃娃也吃土，但一般到两三岁，就不吃了。牛奔上了小学，还吃。父母挡着不叫他吃，他就偷偷地吃。找村医马有国看了，说是缺锌，开了些药吃了，也不管用，牛奔照样吃土。父母看到了，打他，把土从他嘴里往出掏，他还是吃。上小学的时候吃，上中学了还吃。要是一天吃不上土，他就乏塌塌的，没有精神。父母没办法了，就任由着他吃。他不是啥土都吃，专吃墙上的土，墙上的土干净、干爽。在村里上小学的时候，他自己抠墙土吃。到乡上、县上上高中了，父母给他带干粮的时候，还要特意给他带一包墙土，他在学校里偷偷地吃。

当了干部以后，他才慢慢控制着不吃土了。秃疤疤牛旦这些年没听说他再吃土，想着他吃土的毛病改掉了。没想到这一停职，他的病又犯了，又想吃土了。秃疤疤牛旦心里就有些感叹。

回到村里，秃疤疤牛旦就找干净的土。他想着这么大个村子，找点土还不容易。可真找的时候，却并不容易。旧村子拆了，土墙都给推平了，新村子全是砖墙，墙土是找不上了。河滩上被洪水淹过了，也找不上干净干爽的土。山坡上的田地里，这些年种土豆，铺地膜，上化肥，土也不干净了。最后在山头上的一块荒地上，才找到些干净的土。秃疤疤牛旦闻了闻，尝了尝，真是干净的土，有一股久远的土香味。

生生不息

大地震前，麦尔燕已经是家破人亡了。男人穆萨多年前就只身到麦加去朝觐，一直没有回来。女儿法图麦也得病早夭了。儿子亚瑟给抓了兵，这些年没了音信。家里就剩她一个人孤孤地过着。

娘家也没啥人了。父母没得早，她是奶奶抓养大的。奶奶是平凉城里的富家小姐，本来是汉民，奶奶家在平凉城里有一个很大的绸布庄。爷爷是个脚户，拉着骡子给商户驮货物，经常去平凉，到她家的绸布庄驮布匹绸缎。爷爷能唱很好听的花儿。正是那些花儿把奶奶的魂儿勾住了，随爷爷私奔到这干旱苦焦的山里来。来以后，奶奶没有看到多少花儿，却能时常听到爷爷唱花儿。她就住了下来，举行了入教礼，和爷爷正式成亲了。因为是私奔而来，又入了回民教门，她再没有去过平凉老家。爷爷也从此断了平凉那条路。他还是当脚户，改到沙漠里往出驮盐。奶奶劝他回来种地，他听不进去，他在外面野惯了，就像他唱花儿唱惯了。不过每次回来，他都给奶奶唱花儿，听着花儿的奶奶就满足了。她的脸上和心里都开了花儿。

那年月世道乱。爷爷赶骡子吆脚，半道上碰上了土匪。土匪抢盐，爷爷拼着命地护盐，就给杀了。侥幸逃脱的人来说了，奶奶就是不信，在此后的十几年里，奶奶一直认为爷爷还活着，还在赶骡子吆脚，还在唱花儿。她总是拉着麦尔燕站在大门口等爷爷，她说："你听，你爷爷又在唱花儿哩。"

奶奶是饿死的。那年大旱，绝了粮，麦尔燕和奶奶野菜草籽地熬了几个月。有点吃的，奶奶尽量俭省着，叫麦尔燕多吃点，奶奶就不行了。奶奶说麦尔燕是家里唯一的血脉，血脉不能断了，叫麦尔燕出去逃荒，麦尔燕说啥也不肯，她不能丢下奶奶一个人出去逃荒。又熬过了些日子，奶奶只剩下一丝儿游气了。她穿上当姑娘时从娘家穿出来的那身红缎子衣服，安静地躺在炕上，就那样去了。临去时，她脸上一片灿烂，她说："你爷爷在那边唱花儿哩，我得去找他。"

麦尔燕打小就听奶奶唱花儿，跟奶奶学花儿，她不知道奶奶为啥那样地看重花儿。在麦尔燕看来，花儿到啥时候也抵不了吃的。尤其是在讨饭的过程中，她更感受到一口热饭有多么的贵重。

奶奶去世后，麦尔燕就一路讨饭来到清水湾，嫁给丈夫穆萨，落脚到清水湾。生了儿，育了女，她本想着能平平安安地过上一辈子，却没想到，家里接连出了那么多的事。

女儿夭亡了，丈夫穆萨和儿子亚瑟却是活不见人，死不见尸。她认定他们都还活着，她得等他们回来。这样想着，她也就能活下来了。她还不到五十岁，种粮种菜，喂鸡养羊的，啥活儿都能干。麦尔燕还有一种魔力，能让野物儿都变得驯化。她从山上抓来几个小呱啦鸡，它们一点儿都不认生，把这里当成家了。长大后，又繁殖了一些，变成一大群了。它们还把山上的野呱啦鸡都引到家里来了。每天早晨呱啦啦一阵都飞出去，晚上又一片黑鸦鸦地飞回来。看着一大群呱啦鸡飞出飞进的，麦尔燕心里觉得满实，也不多想穆萨和亚瑟了。他们都是风中的鸟儿，想落都落不下来。

也许是一大群野呱啦鸡从麦尔燕家飞出飞进的，村里人感觉到了怪异，也许是想到麦尔燕的女儿曾得过怪病吧，村里有娃娃中了邪祟的就来找她去看。最初，麦尔燕对这种邀请有些反感，因为这往往勾起她对法图麦的念想。但她还是去了。去了，捏捏拍拍的，娃娃还真就好了。一来二去的，请她的人越发多了。娃娃头痛脑热拉肚子的也来找她，麦尔燕只好也去。她摸索着用针扎，用艾灸，用火罐拔。她记得小时候见过奶奶这样给人看病。她不知道奶奶又是从哪里学来的。一个商户人家的小姐，她能从哪里学呢？也许她还是从她的奶奶那里学到的，她的奶奶也许又是个庄户人家的女儿。这样一想，麦尔燕觉得人和树一样都有根，有些根扯得很深很悠远。奶奶因为山歌，随爷爷来到这个穷山沟里，就生出了一条根，没有这条根，也许就没有她麦尔燕。而麦尔燕又因为一场旱灾来到清水湾，把根又扯到清水湾。这都是安拉造化好的呢，还是人自个儿折腾自个儿？人心真是个奇怪的东西，奶奶的心偏偏就能被山歌给打动。若是爷爷有万贯家财也许都娶不来她，而几支山歌就把她的人她的魂都勾来了，奶奶也不怨。她得到了她认为最好的东西，即使在爷爷早逝后，那些山歌一直都活着，活在奶奶的心中，奶奶也算是幸福的了。奶奶的一辈子因为山歌而改变了，走向贫困，最后饿死了，奶奶的一辈子也因了山歌而饱满，饱满得像熟透了的麦粒。

麦尔燕托村里到平凉吆脚的人打听奶奶的娘家，平凉仁和绸缎庄的张家。还真给打听到了。信儿不好，仁和绸缎庄早就关了，张家也一个人都没有了。听说是张家给乱党资助了银子，叫官家抓住了，定了通匪的罪。家里的男人都给砍了头，女人娃娃给人为了奴。

虽然那是奶奶娘家的事，距离她很远了，但麦尔燕听了，还是有一种揪心的痛。她觉得，那也是她的一条根脉，一条根脉嘣地断了，她心里就有些痛。她也为奶奶感到庆幸。要是奶奶不随着爷爷来，也许还就给人砍了头，或者是为了奴。

奶奶来到这里也许是安拉的指派，也许是她的先见。奶奶是那样的特别，不光是她会看病，会认字，会说一些让人想都想不到的话。她说话走路都透出一股子灵气儿，飘气儿，就像是活在云彩上。就算是落在土地上，脚上也从来都不沾尘土。麦尔燕觉得自己也多少有些奶奶的那种飘气儿，那是在骨头里有的东西。她就努力地往下落，踏踏实实地落到地上。她不光摸索着给清水湾的娃娃们看病，还给生娃娃的女人接生。给娃娃看病，她还跟着奶奶学了一些，给女人接生，她真是无师自通。那几年，清水湾几乎所有的娃娃都是她引领到这个世上来的。

清水湾村有四五十户，几姓人，都是回民，也还相安，只是日子过得难肠。不过，庄户人家只要能填饱肚子也就心里念知感了。尽管收成不好，还有天灾和人祸，但人还得活下去，苦日子还得过下去。人们只盼着有个好一点的年成，只盼着不要遭灾。但灾难好像跟这里的人有亲戚，不时地来走动一回。

地震那年的收成还算好。冬闲了，人们忙乎着娶媳妇嫁女儿，走亲戚串门子，谁都没想到会有地震；地震前有很多的显迹，但事前人们并不明白。

先是有小娃娃们踢毽子跳房子时嘴里唱着："人吃人，狗吃狗，鸦儿老鸹啃石头。"都以为是娃娃们的胡说胡闹，没人理会他们念叨这些话的意思。接着，娃娃们又唱起了摇摆歌："大豌豆开花，摇一摇，麦出穗；不是王法吆，摇摇摆，咱两个睡。一碗羊肉，摇一摇，白花了；世上的好人吆，摇摇摆，贼杀了。"还有的唱："园子里长的绿韭菜，摆摆摇，货郎子哥哥快挑来，摇摇摆，货郎子哥哥不挑来，摇摇摆，地摇了，稀哩哗啦塌散了，哗呀哗啦摇，咯呀咯噔摇。"

接着清水湾有一口水窖里发出牛样的叫声。打水的媳妇儿听到了，吓得把水桶扔了，跑开了。这话传开，村里好多人都围在窖口听，确实听到了牛样的叫声。

“怕是癞呱呱叫呢！”

“癞呱呱没个这么叫的。”

“癞呱呱也叫不出这么大的声儿。”

“不是癞呱呱，那还真是牛叫不成？”

“牛咋到水窖里去了呢？”

“大概是地下面的牛，是支着地面的那四个牛在叫呢！”

人们议论纷纷，可谁也说不出那叫声的来源。

过了几天，那口水窖里的水又发浑、变黑。人们越发奇怪，说啥话的都有。有些老年人心里就嘀咕：安拉哟，怕是要顿亚临尽了。可是谁也没想到会有啥事儿发生，会有啥灾难又降临到清水湾。

地震的那天，落了一场大雪。雪是从早上下起的，没有风. 雪片慢悠悠地落下来，很快就把地给盖白了。就在那天早晨，麦尔燕冒着雪去给村里一家的媳妇子接生。那媳妇子是头生，又难产，折腾了大半天才听见了娃娃的哭声。是个女娃儿，但哭声却响亮。麦尔燕没想到这个女娃会与她以后的生活发生什么关联，她已经接生过好多娃娃了。麦尔燕在那家人的千恩万谢中洗了娃娃，又洗了血手，喝了碗给月婆子熬的小米汤后，就踩着雪回到自家的窑洞。

她照例在窑洞门口站了一会儿，向西面伫望着。雪花很稠，看不远。清水河看不清了，通向外面的路也看不清了。村道上出现了行人，又很快融进雪中不见了。这样的天气，即使穆萨和亚瑟回来，远远地也看不见。看不见，但能听见。在簌簌的落雪中，不时浮出一些奇怪的声响，还有一串铜铃的悠响，是骡马脖子上的铜铃声。穆萨走的时候，就骑着一头大青骡子。她在大青骡子的脖子上拴了一串铜铃。穆萨骑走了大青骡子，却把悠远的铜铃声留在麦尔燕的耳畔。她记得穆萨走的时候，挂在骡子脖项上的铜铃铛敲出细碎忧伤的调子，骡子的蹄声也一下一下敲在麦尔燕的心尖上。她感到了痛，但没有哭。她望着穆萨的背影说：“我等着你！”为这句话，麦尔燕等了几十年。麦尔燕不知道他淹蹇在半路上了，还是留在哪里不回来了。还有儿子亚瑟，自从给抓走后，一直没有回来，也没有音信回来。当兵打仗的，命悬在半空中，挑在刀刃上，不知能不能活着回来。但麦尔燕相信他们能回来，她每天都等着他们回来。

突然而起的一阵土黄鼠“争——争——争”的尖叫使她浑身一颤，这才失望地回到窑里。

雪还在落着，麦尔燕坐在热炕上，心里一折一折地胡思乱想着，手里纳着一双千层底的大鞋，思绪像屋外的雪花那样静又那样纷乱。手里的大鞋不知是给男人穆萨做的，还是给儿子亚瑟做的，她自己心里也含糊。

大雪一直到后半晌才停了。雪把一切都盖住了。一片白亮，天色却早早地暗下来。麦尔燕赶着做了点饭，刚吃过，屋里已经暗得很重。她正准备点上油灯，忽然听到院子里的雪咯吱咯吱地响，分明是有人走进来了。麦尔燕想也许是亚瑟，也许是穆萨回来了。麦尔燕没来得及点油灯，开门出屋，见门口果然有个人，却是个女人。女人用围巾把头脸捂了个严实，只露出一双黑幽幽的眼睛。她的眼睛里有一股乏气儿，身子也显出走了长路的样子。她胸前紧抱着个蓝布包袱，像是裹着个娃娃，但裹得严实，看不清。麦尔燕还以为女人是走娘家串亲戚的，到半路上遇了雪，天又快黑了，找来借宿的。她就把女人往屋里让。女人却不进屋，也不出声，瞅着麦尔燕，眼睛里盈起了泪。麦尔燕正纳闷，女人像终于下了决心似的，突然把包袱往麦尔燕怀里一塞，哽咽着说了句啥，转身就走了。等麦尔燕反应过来，女人已快步走出院子。麦尔燕忙边“欸欸”地喊边追上去。女人急急地走，连头也没回。麦尔燕怀里抱着包裹，小脚不稳，雪又滑，等她追出去，女人已经消失在路拐角，只在雪地上隐隐留下一串脚印。

麦尔燕站在大门前的那块台地上四处张望，哪个路口处都没有出现女人的身影。雪停了，可天上的云还没有散尽，灰灰的一片，地上的雪反射出冷亮的光。清水湾像被这场大雪从地上抹掉了一样，只有淡淡的几点灯光还能说明这是一个村庄。谁家的狗怪怪地叫了几声，有好几只狗都跟着叫起来，还有牛羊的叫声。忽然，怀里的包袱动了一下，有小娃娃的暗暗的哭声。麦尔燕这才知道，包袱里果真是个娃娃。她把包裹开着的那一角掀开，一股热乎乎的奶腥气冲出来。麦尔燕熟悉那股味道，那是只有吃奶的娃娃身上才有的味道，又腥又香，粉扑扑的一股味儿。借着幽暗的雪光。麦尔燕还隐隐看到了娃娃的小脸。她怕冻着了娃娃，赶紧往窑里走。回到窑里，点上了油灯，她才看清那是个男娃，五六个月的样子。棉布包袱里还夹着小衣裤小尿布。

女人为啥要把这个娃娃塞给她，转身走了呢？麦尔燕想不通。

灯光一刺，娃儿睁开了眼，有些好奇又有些疑惑地瞅她。娃儿的眼睛亮汪汪的，像汪在草叶上的露水珠子。麦尔燕心里就有一种扑簌簌的感觉，那是母亲的感觉。麦尔燕爱娃娃，法图麦和亚瑟先后都离开了她，她更加稀罕娃娃。接生了那么多娃娃，但那都是别人的娃。自己生活中要是再有个娃娃，那就太好了。麦尔燕细细地瞅着娃儿，他眉清目秀的，他妈把娃娃操心得也很干净，很讨人喜欢的模样。只是在他的眉宇间有一股说不出的神情，或者说是一股气，一股看不见但能感觉到的气。麦尔燕恍然想起在穆萨和亚瑟的眉宇间就有这种神情这股气。那是他们特有的，麦尔燕太熟悉那种神情了。只是穆萨和亚瑟眉宇间的那股气要浓重一些，郁成一个结，凝在那里，而这个小娃眉宇间的气要淡一些，散散地飘着。这娃儿难道跟这个家族关联？他难道是亚瑟的娃娃？这个念头让麦尔燕又兴奋又疑惑。若是亚瑟的娃娃，就是她的孙儿了。亚瑟没结过婚，哪来的娃娃？若是亚瑟的娃娃，那女人又是谁呢？麦尔燕仔细琢磨那女人的相貌神情，天太暗了，她又蒙着脸，真的没看清。但她很显然认识自己，不然她也不会遮住了脸，她也不会走得那么急，她也不会贸然地把娃娃交给自己。她难道是清水湾人？或是清水湾附近的人？

这一连串的疑问使麦尔燕心里不安，她裹好娃儿，抱上了又到大门外去看那女人。她临出门时，几只老鼠“吱吱”叫着也随她往出走。老鼠的小眼睛很亮，很惊慌，像有猫在追着它们。草棚子里的呱啦鸡也咕咕地叫起来，像遭了鹞鹰野狐子。今儿咋全是些奇怪的事？麦尔燕边往出走，心里边嘀咕。站到大门外，天色更幽暗了，根本不见那女人的踪影。狗呜呜咽咽地乱叫着，牛羊的叫声也失去了往常的调子，清水湾笼罩在一种怪异的氛围中。麦尔燕心里有了不祥的预兆。冷风一激，浑身都凉飕飕的，她就往屋里走。

正在这时，沉闷的雷声从地底下传过来，雷声闷暗，可刺得人心里发潮。麦尔燕刚压下胸腔里的一股恶心气儿，地面抖开了。抖动只持续了一眨眼的时间，地面又筛起来，麦尔燕像站在一个巨大的筛子里，筛子被啥人左右上下地颠簸摇晃，麦尔燕突然重重地摔倒了。

麦尔燕临摔倒时只记得两件事，一是紧抱住怀里的娃娃，再就是连念了几句清真言。

地面颠了好一会儿才停了，麦尔燕挣扎着抱住娃娃站起来。雪光里，只见清水湾漫起冲天的尘障。自家院里也扬起呛人的尘土。鸡狗的叫声更尖厉了，又掺杂上了人的惊叫和哭喊。

麦尔燕这才明白是地震了。

那场罕见的大地震把清水湾一带大部分的窑洞和草房都摇塌了，人畜死了有一大半。那场地震的来势之猛、威力之大，直到几十年后还被人们不时地提起。在那场地震中的人看到了怎样的景象，谁也无从知道，幸存下来的人由于处在不同的地方、不同的情形中，看到的地震的模样都不一样。有人看到麦场上打场的石磙子像要把戏样地跳起半人高，还翻着跟头；有人看到地面生生地被掰开了一道口子；还有人看到窑洞被揉碎了样地坍塌下来。幸存下来的人虽然保住了性命，但心灵上受到的震撼让他们欷歔了几十年。那不可知的力量让每个人都心生恐惧。

地震把村子揉碎了，像揉一块破布，拧一个麻花，山走了，地扭了，村子完全变了个样。本来是很远的两家，地震后成了邻家；本来是并排的两家，地震后成了对门。说是人家，哪里还有个人家，窑塌了，房倒了，都成了一堆了，有些人家一个人都没活下来，活着的人也认不出自己的家了。清水湾整个像是一片废墟。

在最初的惊恐和哭喊过后，幸存下来的人开始了清理废墟的工作。这项工作进展得很缓慢，持续了一个月有余。但清水湾人表现得很执著，很有耐心。从废墟中清理出了各种姿势各种情态的尸体，也找出了些折胳膊断腿的活人，还有一些能用的家什和粮食。

清理中也发现了许多奇迹。同在一个塌窑洞里，有的血肉模糊，有的则毫发未损。还有更奇的。一个月后，人们挖开了一孔坍塌了的窑洞后，在一角未塌下来的地方，有个老人呆痴地坐着。他叫锁有成，靠一缸咸菜活了一个多月。

清理中人们还发现，几乎所有的娃娃都在父母尸体的怀里，有些一起被砸死了，有些靠父母尸体的支持存活了下来。可以想象在地震最初发生的那一刻，父母们想到的首先是儿女，把儿女都收揽到怀里。在窑洞往下塌的时候，他们又把脊梁迎上去。他们以为自己的脊梁能抵挡住山一样的重压，他们中有些还果真做到了。因此，那场地震中存活下来的娃娃就比成年人多，有许多娃娃都成了孤儿。也有些人活不见人，死不见尸。地震在暴露许多秘密的同时，又制造了许多秘密。

人们在草草掩埋了死者后，生活又艰难地开始了。

麦尔燕家的两孔窑洞中塌了一孔，儿子亚瑟住过的那一孔新窑塌了。她住的那孔旧窑没有完全坍塌，顶上裂了一道缝，掉下来一堆土，端端地堆在炕上。麦尔燕要不是追出去找那个女人，就给埋住了。麦尔燕觉得，这也是早就注定的，要不是女人送来那个娃娃，她也说不定就给压死了。

没有压死，就得活着。寒冬腊月的，再没地方去，麦尔燕把坍下来的土挖出去，把屋子扫了扫，又住进裂了缝的窑里。还有两个娃娃。她在这场地震中得到了两个娃娃。一个男娃，就是那个神秘的女人在地震前送来的。那个女人也在地震中消失了。按理，她若是想出村的话，还没有走出清水湾；若是还在清水湾，可又没有找到她的尸体。不过，有许多尸体都是血肉模糊的，辨认不出是谁来。麦尔燕不知道那个女人是死是活。麦尔燕还领养了一个孤女。巧的是那女娃正是她在地震的那天早晨接生的。女娃的耳后有一个血痣，麦尔燕记得很清楚。女娃一家人全在地震中丧生了。只有这个出生还不满一天的女娃，在她母亲的身体和一叠枕头被褥的夹缝中活了下来。麦尔燕就领养了她。

在抱回那个女娃的时候，麦尔燕想到女娃的母亲在生育时痛苦扭曲的脸，还有她声嘶力竭的哭喊。当时是难产，那个小媳妇在努力了几番都失败后，脸上有了绝望的神色，还有对死的恐惧。她一遍又一遍地问接生的麦尔燕："我会死吗?""我怕是不行了!"麦尔燕边教她怎样用力，边安慰她："女人都这样，得过这一关，娃娃一出来就好了。"当她用尽最后的力气，终于把女娃生出来后，她的身体瘫软了，但她的脸上是摆脱了险境和初为人母的双重欣慰。她以为摆脱了死神，没想到只躲开了半天时间，死神没有在生育时带走她，却在随后的地震中带走了她。这都是命，是安拉的造化，麦尔燕这样想。生娃娃的那会儿，她的时辰还没到。安拉要让她尝到当母亲的苦痛和幸福后，才收走她。她要是迟生一天——不用一天，只用一会儿，怀着娃死了的话，按经典上讲，她就万罪全消，能进天堂。但那样的话，这女娃就不能出世了。女娃能生下来，能在地震中活下来，说明她是该来到这个世上的。难产也好，地震也好，都挡不住。她也是该活下去的，麦尔燕觉得这些都是造化的机密，造化的机密谁也猜不透。

地震不仅把村子揉碎了，也把人心揉碎了。地震把村子的魂都震飞了，把人的魂都震飞了。活下来的人都呆了，傻了，好些天不知道该干些啥，不知道该咋样活下去。村子里没有一点儿活气，尤其是到了晚上，村子真的就死了。

村子不能死，人心不能死，一个老人出主意叫挂灯，在村头上挂一盏灯。他说，人心里得有一盏灯。

地震不光死了很多人，还死了很多牛羊，死了的牛羊肉不能吃，但做蜡烛能行。几个年轻人就把牛羊的油剥下来，做了好些蜡烛。又糊了个灯笼，高高地挂在村头上。每天晚上都点一根蜡烛，灯笼每天晚上都亮着。

灯把人心照醒了，把悲伤和恐惧驱散了。人们开始把地震中死了的人都埋葬了，重新挖窑洞、盖房子，开始治病疗伤，开始生火做饭。几个月后，雨水又一次润湿大地，草木又一次发芽，人们又开始种上了庄稼。寡妇再嫁了男人，光棍又娶了媳妇，许多家庭都进行了新的组合。当地里的庄稼又结满了籽粒，当女人的肚子又鼓起来，当麦尔燕又一次开始接生时，村子完全活过来了。

这期间，麦尔燕用一只奶山羊的乳汁喂养着两个娃娃。奶山羊的乳汁能喂饱两个娃娃的肚子，却喂不饱两个娃娃的心。他们刚会爬，就钻进麦尔燕的怀里，一边一个，咂她的奶头。

麦尔燕刚过五十岁，乳房还没有完全干瘪，但早就没有乳汁了。为了哄两个娃娃，麦尔燕就把空奶头叫他们咂。刚开始的时候，两个娃娃咂不到乳汁，就使劲地嘬，把她嘬疼了，不舒服，但看着两个娃娃的样子，麦尔燕还是让他们嘬。日子长了，习惯了，也就不感觉疼了。两个娃娃咂得更欢实了。

有一天，两个娃娃钻在怀里咂着，麦尔燕忽然感觉麻酥酥的，像有一股细流往出涌，就像是给亚瑟和法图麦喂奶时一样。她觉得奇怪，从娃娃的嘴里揪出奶头，发现娃娃的嘴里含着白白的奶水。麦尔燕想不到，自己竟然又有了奶水。她想，这是给两个没娘的娃娃的造化，也是给她的造化。

麦尔燕就用自己的奶水把两个娃娃喂养到一岁多。

地震后，麦尔燕和村里人一起忙着救命，一直没顾上给两个娃娃起名字。村子活过来了，麦尔燕才请阿訇来给他们起名字。阿訇给男娃取名叫哈塞，女娃取名叫阿依舍。

到哈塞和阿依舍都会说话的时候，两个不知因果的娃娃都把麦尔燕当成了母亲，都叫她妈。麦尔燕曾有过亚瑟和法图麦两个娃娃，他们先后都离她而去了，她心里一直惦念着。在哈塞和阿依舍叫她“妈”的时候，她心里非常高兴，恍惚间觉得时间又退回去了，退回到几十年前了，她抓养的哈塞和阿依舍就是当年的亚瑟和法图麦。哈塞和阿依舍就是她亲生的儿女。

麦尔燕没有等来丈夫穆萨和儿子亚瑟，却把哈塞和阿依舍一天天抓养大了。

阿依舍就是我奶奶，麦尔燕算是我的太奶奶。太奶奶麦尔燕活了八十三岁，直到我奶奶阿依舍结婚，有了娃娃。我奶奶阿依舍今年九十四岁，重孙子都结婚了。我们几个孙子辈的有一回坐在一起，仔细算了算，奶奶阿依舍的后人有八十多口人了。哈塞爷爷的后人也有七十多口人。这样算来，太奶奶麦尔燕的后人有一百五十多口。

讨 白

民国二十五年（1936 年）6 月 9 日，西征红军十五军团进至宁夏豫旺县。

10 月 20 日，陕甘宁省豫海县回民自治政府在同心城清真大寺成立。选举马和福任回民自治政府主席。

10 月 25 日，豫海县回民自治政府发布公告，号召全县农村、乡镇积极行动起来，反对马鸿逵统治，团结一致抗日。

11 月中旬，红军撤离本县，向山城堡出发。

是月，豫海县回民自治政府主席马和福在锁家岔不幸被捕。

1937 年 2 月，豫旺县苏维埃政府在盐池王家寺遭到惠安堡民团和环县民团的袭击。政府人员牺牲 7 人，被捕 20 余人。

4 月 3 日，豫海县回民自治政府主席马和福在同心城西门外英勇就义。

——摘自《同心县志·大事记》

马亚瑟用了十二年时间，才在一个叫马家大山的村子找到了锁拉西。

说是个村子，也只有十几户人家，散居在几个山旮旯。村子四周都是山，底部有一条沟谷，像用黄泥烧成的一个陶罐的底部裂了一条缝。沟谷是被山洪冲出来的，很凌乱。村子就在沟谷的上面。

马亚瑟发现那个村子完全是一种意外。他走在山路上，正是夏天的中午，天热得要冒火，随身带的水喝光了，他感到焦躁难耐。那种焦躁不仅因为口渴，焦躁还在心里的某个地方发出来。他隐隐感觉到有什么事要发生。也许会遇到狼？狼在正晌午会找泉水喝。遇到狼他也不怕，这个地方的狼一般不会成群结队地出现，多是孤狼，至多是两只。遇到两只狼要麻烦些，遭遇到一只狼马亚瑟就不在意。他身上带着铁锤、钢凿等家伙。他曾几次遭遇到狼。有一次，一只狼和他在山道上正面碰上了。山道很窄，想避让都没有可能了。马亚瑟就照直了往前走，狼先是一犹豫，也下定决心似的往前走。人和狼的眼睛对视着，但脚下都没有放慢步子。也许是人和狼都从对方的眼睛中看到了警惕和戒备，谁都没有贸然出手。狼就擦着马亚瑟的裤角过去了。又走了几步，马亚瑟猛一回头，看到狼已一溜烟跑远了，他这时候也才感到浑身湿透了。

走了一段路，并没有什么事，但心里的焦躁却越来越重。他干脆停下来，四下打量。周围是馒头一样连绵不断的山头，没有树木，没有雾霭，一切都一览无余。天上的几朵云也干巴巴的，那里面也不会隐藏着什么。忽然，马亚瑟看到不远处的一座山包后面冒出烟来，烟是一缕，不是野火冒出的烟，那一定是炊烟。从那缕烟中，他能嗅到五谷的气味，感受到一碗热汤面的滋味，他甚至能感觉到那一家人贫穷的但又其乐融融的气氛。这种感觉一出现，他身体上的焦躁更严重了。马亚瑟决定先到那户人家去，哪怕只讨一口水喝也行。

翻过那座山包，果然有羊和人走的小路。山下是锅底样的一块平缓的坡地，最下面是条沟，半坡上果然有几户人家。有一户人家的烟囱真的还冒着烟，这会儿烟淡了、蓝了。凭经验，马亚瑟知道那是饭快做好了，灶膛里的柴火红透了。马亚瑟就向冒炊烟的这户人家走去。

和所有山居的人一样，这户人家也是从山坡上劈出一块陡壁来，在陡壁的下方挖了几孔窑洞。只是这家的主人更勤劳更细心些。劈下的陡壁很光滑，白净得像一块镜面，与周围长着野草的山坡形成很大的反差。劈陡壁挖下来的土和掏窑掏出来的土垫起了很大的一块场院，场院周围都打起了土墙，形成方方正正的一道院落。还砌了简易的门楼，装上了柳木板做的大门。这在山村是很少见的，山村一般都是篱笆门。砌了门楼、装了大门的要么是商户，要么是富裕殷实的人家，或是被贼偷、被土匪抢怕了的。一般山民家里没些啥，再加上民风淳朴，不会在院落上花工夫。大门两旁一字排开，栽了几棵树，有榆树有柳树。树叶子被太阳晒蔫了，但仍能感觉到它们活得很旺。这些树木和这山里的人一样，有极强的生存能力。树木的枝干还不大粗壮，大概有十多年的树龄。枝叶还算繁密，掩掩映映的，使这户人家有了更多的生趣，能感受到主人很会过光阴。大门这会儿一扇掩着，一扇开着，可以看到院子里很洁净。院子里竟还有不大的两间房子，这在山里人家更不多见。房子的式样、整个院子的格局都和他老家一带的很像。马亚瑟心中一动。

离大门还有一二十米，就见一条大黑狗从半开着的门里气呼呼地冲出来，扑到离马亚瑟两三米处才刹住脚，一声憋得很有气势的狂吠这才喷出来。一声怒吠过后，它并没有像其他狗那样不断地大呼小叫，也没有扭来扭去地扑咬。它静静地站住了，龇开牙，嗓眼里只拉出一种威严的呼声。凭经验，马亚瑟知道这种狗最厉害，最难对付。但他并不怕。他又迈开脚步往前走，那狗却一步步地往后退，只是身形始终保持着随时要扑上来的姿势，嗓眼里的呼声也越来越响。快退到大门上时，狗撑不住了，吠叫着左右扑咬起来，那架势真让马亚瑟有点相惜，没硬往里走。

狗叫声惊动了这家人，就出来个三四十岁的女人。可能是她正忙着做饭，又没想到会来什么生人，她没有搭盖头，只戴着一顶白帽子，面庞黑里透红，很健壮的样子。她轻斥了一声，狗不叫了。她这才疑惑地看着马亚瑟。马亚瑟忙说："我是个石匠，路过这里，讨口水喝。有活计的话，我能干。"

山里客少，来个讨吃的都显贵，再说粮食刚收，打场磨面都要石磙石磨，家里的石磨也老了，得再启一启了。女人就把马亚瑟往屋里让，让进那两间房子里。大黑狗也随着进了院。它似乎是感激马亚瑟没硬往里闯，给它留了面子，尾巴不住地摇动着。

女人倒了一盖碗水让马亚瑟喝着，说掌柜的赶牲口驮粮食快回来了，回来了一起吃饭，就到对面的窑洞里去了。马亚瑟真的渴了，就喝了一口水。盖碗里没有茶叶，更不像大户人家那样有八宝，清水里漂着几个山枣，倒也显出清香，显出主人家待客的厚道来。

马亚瑟边喝水边打量房子。房子是土坯建的，房顶上的椽子也显然是砍来的树棍，很不端正，但四壁用黄泥抹得很光滑。靠房脚一盘土炕，席子上很规整地铺着一块线毯，那是主人礼拜用的。炕上面的墙上有一块手绣的克尔白图。克尔白是圣地，是每个穆斯林向往的圣地。屋里没有什么家具，只有马亚瑟身边的一张方桌，桌子是粗柳木做的，没上漆，但擦拭得光滑干净。方桌上方的墙上挂着一对阿拉伯文的条幅，也是手绣的，白粗布底，黑线绣出的字。马亚瑟念过《古兰经》，认识阿文，知道那是"清真言"。这家人穷是穷，但心里有信仰。

一个四五岁左右的小女娃进来了，进门先道了"色俩目"，但是被马亚瑟的模样吓着了，没敢说话，朝马亚瑟瞅了瞅，赶忙跑出去了。

院子里的大黑狗又出了门，这回是一路小跑，摇着尾巴，嘴里欢快地呜咽着，显然是去迎接主人。果然，不一会儿，大门里先后进来了两个人，牵着两头牲口。牲口是一头骡子、一头驴，都驮着麦捆子。牲口后面随进来的是大黑狗，它显得很欢快。两个人，一个是四十上下的壮汉子，一个是十一二岁的小伙子。到院子中央，壮汉子先把自己拉的骡子身上驮的麦垛子卸下来，又去卸小伙子拉的驴驮的麦垛。很显然，是这家的男人和儿子。这时候，屋里的母女俩也赶出去了，不知说了什么，壮汉子就朝这边房子里望了一眼。这一望，马亚瑟突然发现他就是锁拉西。刚才进院时，他看着身形就像，这会儿看到面容，马亚瑟可以肯定他就是锁拉西。他突然有一种说不清的激动。由于马亚瑟在屋里，在暗处，锁拉西却没有认出马亚瑟来。他又卸下了驴驮的麦垛，把两头牲口的缰绳递给小伙子去拴到槽上，又接过女儿递上的唐瓶和毛巾洗脸。他也见老了，但胡须还是那么浓密。他洗得很从容，连胡须上的尘土都洗到了。马亚瑟见过锁拉西的这种从容，每次战前磨刀的时候，他就是这副样子，只是神情中多了一份欢娱，少了一份凝重。锁拉西洗好擦干净了，又整理好白帽子，向这边走来。他的腰稍有些佝偻，但脚步依然坚定有力。他有力的脚步踩在马亚瑟的神经上，马亚瑟有些不知所措。锁拉西到门口时，马亚瑟不由自主地站了起来。

锁拉西进门向马亚瑟道过了“色俩目”，这才认出了马亚瑟，突然也怔住了，脸上的表情极为复杂，有惊，有喜，有疑惑，也有恐惧。马亚瑟看着，感觉到自己的脸上也一定是同样的表情，脸也一定被那些复杂的表情弄得扭曲了。

两个人对视着，谁也不知道第一句话该怎样开口，直到锁拉西的女人端上了一木盘饭过来。女人看到这情景也有些惊异，问询地瞅着男人。锁拉西这才缓过神来，急急地对女人说：“你想不到是谁来了，快摆饭，快把儿女都找来。是他马亚瑟大伯来了！快呀，还等啥呢？快呀！”

女人放下盘子刚想向马亚瑟问候，锁拉西催得这么急，就只瞥了一眼马亚瑟就出去了。一会儿又领着一双儿女来了。锁拉西激动地说：“尤素夫，快见过大伯。阿米乃，来见大伯！”尤素夫正在变声，粗嘎嘎地叫了声大伯，阿米乃却没敢抬头，蚊子似的叫了声大伯。马亚瑟应了，也随口问几句。但他冷漠惯了，对小辈也不知该怎样热乎。

孩子们问过了就出去了，女人让了几句快趁热吃饭的话也出去了。家里来了客人，女人和孩子是不能陪客的，这一带的规矩就这样。锁拉西说：“来，快吃饭。是今年的头茬麦子呢。前天驮回来，你弟媳心急，大中午的就打下来了些。连夜地又在磨上推了，说是今天做了给我们尝个鲜呢。新麦子面的味道香，你尝尝，看香不香。来，把菜也调上，韭菜也是自家种的，有味，还有盐面，我知道你吃盐重，多调上些。吃，趁热吃……”锁拉西的话很多，显得很激动，好像真是家里来了多少年没见过面的兄长。马亚瑟十多年来千万次地想过见到锁拉西后第一句要说的话，但这会儿怎么也说不出来。

锁拉西吃了很多，吃得很香，也劝着马亚瑟吃了很多。女人添了几次饭，看到男人少有的高兴，她的脚步也轻快了许多。到收拾碗筷的时候，面对马亚瑟已满是亲情和喜色了。马亚瑟心中就是一拧。

锁拉西看了一眼日头的影子，惊呼了一声：“今儿迟了。晌礼要迟了。”他忙去灌了一唐瓶水，先让马亚瑟洗了小净，然后自己也洗过了，两个人就在炕上跪向西方，做了晌午的礼拜。

晌礼结束后，锁拉西仍然面向西跪着，马亚瑟也没有起来，和他并排地跪着。

一只苍蝇就叫得很凄凉。

锁拉西先开口：

“你到底还是找来了。”

“我找了你十二年。”

“十二年，过了一轮了。你都见老了。”

“你也见老了。”

“日子真快呀！”

“日子也很慢。”马亚瑟说。

“你这些年咋过的？”

“找他们。还有，你。”

“我等了你十二年，怕了你十二年，想了你十二年。”

“我也是！”

“你成家了吗？”

“没有。成啥家呢，马主席托付的事没办成。”

“马主席托付的事，啥事？”

“报仇，惩治叛徒。”

“我不是叛徒！”锁拉西突然高声说。

“可你跑了。”

锁拉西又激动了，连声说：“我没有叛变！我只想安安静静地过几天日子。”

“临阵脱逃，和叛变一样。”

“不一样。红军走了，自治政府散了，我不跑咋办，等死吗？”

“红军走的时候，叫马主席一起走，他走了吗？马主席被抓了，其他人走了吗？”

锁拉西不说话了。

马亚瑟说：“马主席咋说的，咱回民的事，得咱自己人流血。你忘了吗？”

“我也是豁上命跟着马主席干的。”

“马主席死了，你却跑了。”

“我不是逃跑。红军走了，马主席死了，我看是没希望了。”

“谁说没希望了，听说当年的红军就要回来了。”

“真的吗？”

“真的。你跟我回去吧。”

“我回去了，给当成逃兵毙了，还不如死在你手里。我们是兄弟。”

“不杀你，我也没法交代！”

“啥时候动手？我先洗个大净，念个讨白，给家人安顿一下行吗？”

“给你三天时间。”马亚瑟侧身望着锁拉西说。锁拉西笑了，不是苦笑而是那种很解脱的笑。

“我知道迟早有这一天，我也盼着这一天。人总是要见安拉的，早死早得脱离。要是当时就战死了，那该多好。”锁拉西的语气平静了，但平静中又有伤感。这份伤感马亚瑟也有同感。

锁拉西又问：“马主席、尤舍儿还有伊斯玛尔奈几个人的坟头还在吧？你给上过坟吗？”

“上过了，每年到忌日上都去给上坟。”

“我死了，你也给我上坟吗？”

“一定上。”

两个人这才起身下了炕。从炕上下来的时候，他们又像是多年未见的兄弟了。他们似乎忘记了三天后一个将会被杀死，另一个要担当杀人者。

当天下午，锁拉西出去了，说是有些账债要清一清，有些人情要还，不能把账债带到后世里去。马亚瑟一个人无事，就翻出锁拉西家的石磨石碾石磙子，重新起槽刨光。锁拉西的女人不时地给他端茶递水。尤素夫赶了牲口到山坡上吃草去了。阿米乃则慢慢地走到马亚瑟跟前，看马亚瑟轻松地把巨大的石碾石磙翻过来掉过去，轻巧地把坚硬的石头凿得碎屑飞扬，就惊得吐舌头。但她这会儿已经不怕马亚瑟了。她试探着问：“你是我大的哥哥吗？”

“嗯！”马亚瑟边干活边说。

“那你咋一直没来过我们家？”

“家远。”

“要走几天呢？”

“十二年。”

“十二年？那么远呀！那你们家到天的那一边了吧？还是我们家近。”

“你大的家也在那里。”

“我大咋没说过，没回去呢？”

“你大不认得回家的路了。”

“小娃娃不认得路，大人也不认得吗？”

“大人有时候也不认得。”

阿米乃更加不解了。看到马亚瑟凿石头像凿豆腐一样，她又问：“石头到你手里咋就软了？”

“我用铁锤和钢凿。”马亚瑟说。

“铁锤和钢凿最硬吗？”

“不，还有更硬的。”

“最硬的东西是啥？”

“最硬的是人心。”马亚瑟回答得这样奇怪，阿米乃就问不下去了。她又静静地瞅了一会儿，一蹦一跳地跑远了，像一只蝴蝶。

小女孩无心的问话却让马亚瑟心中拧了几个圈。

锁拉西到太阳快落山的时候才回来，他一脸的轻松。马亚瑟还没有把石活做完。山窝子里太阳升起得迟，落下去得早，但太阳落下去后，天还亮着。马亚瑟就赶着把活计做完，锁拉西给他帮忙。

吃过晚饭，做过了晚礼拜，两个人就在小房子里的炕上睡了。两个人都睡不着，东拉西扯地说了一夜闲话。

第二天一早起来做过了晨礼拜，太阳还没露出脸，锁拉西就张罗着要宰羊，说是过个尔麦里，顺便也给自己念个讨白。

一只黑蹄脚黑眼窝的绵羊被拉出来了。羊还没有睡醒，有些迷糊也有些不知所措。锁拉西抬手举过了“乜帖”，就动手绑了羊的四蹄，把它放倒了。羊有些无奈也有些委屈地“咩咩”叫了几声，可没怎么挣扎。锁拉西要马亚瑟宰羊，说村子小，盖不起清真寺，也没有正式阿訇，马亚瑟念过《古兰经》，能宰牲。马亚瑟就没有推辞。

锁拉西找到一把刀子，递给马亚瑟，他就帮着按住了羊头。马亚瑟接过刀子，发现那就是锁拉西曾用来杀敌防身的腰刀。十二年过去了，刀子仍然冷光闪闪。马亚瑟接过刀蹲下身。绵羊也许是看到了刀子，浑身颤抖了一下，眼睛水汪汪的似乎有泪，但眼神中没有恐惧，没有乞求，平静得近乎超脱，近乎神圣。这时候尤素夫和阿米乃也出来了，好奇地望着。马亚瑟不想叫他们看到宰羊的场面，就叫他们走开。尤素夫拉着阿米乃走到远处，背转过身去。

马亚瑟提起了刀子。刀子很沉，他的心也很沉，绵羊突然在他的眼中就成了锁拉西。他的心颤抖着，颤抖着，忽然一硬，刀子就宰了下去。血喷了马亚瑟一手，血很热，也很鲜艳。羊挣扎着，血汩汩地喷射着，马亚瑟却看不下去了，他觉得他宰了锁拉西。

锁拉西则显得很平静。他一手按着羊头，一手按着羊身，等待羊的挣扎平静下来。

马亚瑟到这时才看清他并没有宰了锁拉西，也看清了斜躺着的还在抽搐着的羊。他确信没有宰杀了锁拉西，但从心里，他把锁拉西已经宰杀过一次了。

到中午，全村男女老少都被请来了，锁拉西家里像过喜事一样的热闹。锁拉西显得很兴奋，也很热情，来的每一个人他都问长问短地往屋里让。锁拉西的女人在忙里忙外地煮肉炸油香。尤素夫则少年当家似的干外面的活儿，阿米乃难得这样热闹一回，和村里的一群小娃娃玩游戏。嬉闹声使马亚瑟突然想起了自己童年的一些事来。来的人都不认识马亚瑟，打过招呼，就互相扯些庄稼儿女的事去了。马亚瑟身处一群人当中，却有些孤零零的感觉。

十几个男人围在一起诵了《古兰经》，又念了求祈词，锁拉西提出还要给他念个讨白。村庄上的乡亲就纳闷了，说又没个病头灾难的，身体好好的，干啥要抢着念讨白？锁拉西笑着说，回回穆民迟早要归真，谁知道安拉哪天收你。晚上睡下了，谁知道早上还能不能醒来，早念个讨白好。村民们也就恍然大悟似的随声附和，也就顺便给他念了个讨白。

仪式结束后，肉呀菜呀的端上来了，摆了满满的几桌子。乡村人心实，待客厚道，总想着端上得越多就表示心越诚。乡亲们也放开了吃，大声地说笑，用海吃海笑来表达对主人的祝福和谢意。他们都以为锁拉西今天过的只是个普通的尔麦里，因此都吃得油光满面。吃好了，道过了都瓦，才道色瓦布辞行。临走，锁拉西又亲手给每个人都打点一份油香。乡亲们一边推让，一边又给锁拉西祝福。说，诚心舍散能挡住灾祸，安拉会保佑你平安的。锁拉西就微笑着，没有点头，也没有摇头。

打发了乡亲们，时间还在半后晌，锁拉西说要到自家的地头上去看一看，还约马亚瑟一起去。马亚瑟答应了。锁拉西的女人则觉察到一些啥，怪拉拉地瞅着男人和马亚瑟，想说啥可终于没有说出来，目送二人出了大门，上了山坡。

锁拉西家的几块地都在山坡上。种了麦子的已经收割了，麦捆子垛在地头上，金黄的一堆。种了糜谷的则绿油油的一片。这年的年景还算不错。锁拉西每到一块地头，都要抓一把土，细细地摩挲半天。他给马亚瑟说开这些荒地的艰难，也说收获的喜悦。他的手在摸着一块长了有四五寸高的糜谷绿苗的田地时，停留了好长时间，五指都伸展了，像在梳理着女儿的头发。马亚瑟突然感到，生活本来就该这样。

晚上，锁拉西没有和马亚瑟一起住，他说得把他的事跟家里人说说，把后事安顿一下。马亚瑟送锁拉西出门时，山头上有夜猫子的叫声大笑样地响起，叫声在几座山之间来回地滚响了许久还回音不绝，一直响在马亚瑟的心上。

马亚瑟睡不着。

他看到锁拉西和女人先到了儿女住的窑洞，一家人应该是说了许久的话，一盏油灯一直幽暗地亮着。马亚瑟的眼睛也亮着。星星把院子照得冷亮的时候，锁拉西和女人才出了儿女的屋子。女人一手端着灯盏，一手遮挡着一点橘黄色的火苗，像在呵护着一个生命。火苗一闪一闪的，马亚瑟真担心它会熄灭了。它却终于闪进另一个窑洞，马亚瑟才松了一口气。

窑洞的眼睛又亮了，比星星的光要暖得多。锁拉西和女人又说起了什么，嘈嘈切切的。过了一会儿，女人开始了低泣。隐忍着的哭声更具有穿透力，院子里的星光都快给撕破了。

又过了许久，在马亚瑟的意识里，伴着暖暖的灯光传出一阵奇特的声响。先有闷雷在极远的地方有节奏地一声声震响，虽然声音并不足以震耳，但能感受到它万钧的神力。大地便焦躁地絮语着，树叶沙沙地响起来，青草有节奏地一起一伏，众鸟都又惊又喜喃喃地叫着，翅膀随着风张扬，像鼓满的一张帆。雷声由远而近，频率也不断加快，还有了闪电。闪电使灯光有了锋芒、有了节律。第一阵急雨骤然而至，落在炽热的大地上，像落在滚烫的火炉上，激起一阵更加燥热的有腥味的烟尘。大地在雷电中感动着、颤抖着，用高昂的山峰去承接、去应和……马亚瑟从没有听到过这种声响，但他却认定这是创造万物、创造生命的声响。果真有了生命的声音，生命最源头上的声音，一个男人和一个女人的声音。男人的声音雄壮而张扬，女人的声音也变得毫无顾忌肆无忌惮。两个声音缠绕着、搀扶着，爬向一座高峰、一座山巅。一道奇异的光芒照彻了山峰，两股声音融合了，化为一道战栗。马亚瑟感到这种战栗比千军万马的刀枪相搏生命相搏的战场上的战栗更深刻，更能穿透人的灵魂。马亚瑟没结过婚，但这会儿还是全明白了，这种把极致的快乐和极致的痛苦天衣无缝地融合在一起的战栗，只有在创造生命的过程中才会有，生命正是在这种战栗中诞生，也许是一株草，也许是一棵树，但终究是一个生命。

战栗一波一波地漾出来，撕破了由新月和星光织成的一道虚幻的幕，向四周播散开去，带着细雨的声音播散开去。万籁都被润醒了，先以一种空谷幽鸣似的轻响而起，渐高，渐亮，形成一种生命的大响。东方在这一刻突然发白，星光一下子收敛得一滴不剩。

一声清亮的鸡啼，万籁突然又归于沉寂。所有的声音都跑得一丝不剩。只有空壳还留在马亚瑟的耳边。马亚瑟也成了一具空壳，他的灵魂被听到的那些声音掏出来，挂在三尺高的上方，连他自己都有些认不出来了。

锁拉西突然进来了，在幽暗的晨曦中，他的脸上有少年般的亮光。他双手托着一把刀，就是他曾经用来杀敌的那把刀，就是马亚瑟宰杀了那只绵羊的那把刀。刀被重新擦拭过了，冷亮得真像是铁。

锁拉西把刀子递给马亚瑟，急切地说："天亮以前动手吧！再看到太阳，我会难过的。趁他们这会儿都睡着，快动手。他们看到了也要难过。”

马亚瑟机械地接过刀子，看着锁拉西，他眼中是那只宰杀过了的绵羊。绵羊的眼睛里没有恐惧，没有乞求，空得近乎神圣。

锁拉西面向西方跪着，闭上了眼睛，嘴里小声地念着。

马亚瑟知道他是在给自己念讨白。马亚瑟有些恍惚。

锁拉西则再一次催促马亚瑟：“快动手吧！你还等啥呢？”

马亚瑟被喊醒了，他这才真切地看到锁拉西。第一缕晨光已透进屋子，马亚瑟的手突然捏紧了刀把，举起刀子。刀子在晨光中像月牙一样。月牙慢慢地落下来，“当”的一声掉到地上。

一阵光影乱动。锁拉西的女人，他的儿子尤素夫，还有女儿阿米乃都慌慌地进来了。很显然他们一直在外面听着。

马亚瑟这时候已经拿定了主意，他对仍在跪着的锁拉西说：“那个临阵脱逃的锁拉西已经被我宰杀过了，你起来吧。”说完这句，马亚瑟就走了。锁拉西一家人早呆了，谁也没有送他。

马亚瑟走出大门的时候，大黑狗问询地向他叫了一声。他没有回头，向太阳即将升起的那个山头走去。

带着男人去北京

女人肩上挎着个包，两手各提着一个包。女人瘦小，几个包简直要把她给缠裹住了，走路都有些吃力。男人要给她提一个包，她说啥不给。她还想把两个包腾在一只手里，空出一只手来扶男人。男人甩开手，不让她扶，这样被照顾着，他似乎有点烦。女人看了看他，不再坚持扶他。上车的人太多了，像一群羊，被看不见的鞭子赶着，往前拥挤。女人随着人流往前走，怕男人给挤着了，她就走在前面，用包给自己开道，用自己给男人开道。她的样子有些像张开翅膀的老母鸡，男人在她后面，却不像小鸡，而像一只瘦高的骆驼。女人往前挤开一截，回头看一下男人，她的眼神就是缰绳，牵着男人，男人一直跟在后面。

上了车，更不好走，车厢过道窄，女人只能把一个包举在前面，一只手拖在后面，担着担子一样，侧身向前挪。走了一截，女人一回头，身后是一个小伙子。扭头找，才看到男人，给隔到两三个人后面了。男人也看到她了，怕她不放心，向她点了一下头。女人想等男人，后面的小伙子推着箱包，嚷嚷着，走呀。前面上车的还挤在过道里，找铺位，放箱包，嘴里嘟囔着，挤啥？女人不敢跟生人理论，只能被推着往前走。

女人从没坐过火车，看着一间一间的小房子，不知道自己的铺位在哪里。她有点不知所措。男人经常出门打工，找到铺位了，喊她。她回身挤过来，看到真是18号。她买的是18号上铺和下铺。上铺便宜，是她的；下铺方便，叫男人睡下。但这会儿，下铺上坐着一男一女，凑在一起说话，旁边一黑一红两个背包，也凑在一起。另一边的下铺半躺着个女孩，低着头玩手机，两条光腿长长地伸开。

男人没地方坐，站在过道里。女人也站在过道里，身上手里的包不知该往哪里放。那一男一女抬眼看了一下，继续说话。女孩头都没抬，继续玩手机。女人回身出去看了一下，是18号，她大着胆子，冲着一男一女说，这是我们的位子！

男的女的这回都抬起头来。女的三十多岁，披肩长发，染成黄色了，看着像个城里有工作的女人。男的肉脸亮脑门，像个干部。

女人看着一男一女，心里有些怯。

男的看到女人衣着土气，身上包包蛋蛋的，似乎有些不相信下铺是她的，说，你的？

女人说，就是我们的，我有票。说着，想掏票，两手都提着包，没法掏。

女的说，不管谁的位子，先坐着，车还没开呢。男的赶紧附和说，就是，车是公共的，坐下就是了。说完，转头又跟女的说话去了。

男人的脸势有点不好，想要和那一男一女理论。女人看出来了，赶紧拦住男人，不能叫男人动气。男人压住了气，却冒出一头汗来。

看着男人急成那样，女人忽然有些生气了，赌气把手里的包放在铺位上，把肩上的包也拿下来放到铺位上，三个包很大，把一黑一红两个背包给压倒了。女的看到了，尖叫一声，我的包！男的赶紧把一黑一红两个背包抢过去，拍了拍，放到身后了，抬头瞪了女人一眼，冲着女人说，包放到铺位上干什么，放行李架上去！男的一副当官的训惯了人的口气。

女人怕官，没接他的话茬，心里说，占了别人的地方，还不叫别人放包。我花钱买的铺位，我偏放。女人出门少，不知道行李应该放到行李架上。再说了，她也不想把包放到行李架上去，包里装着不少东西，还有救命的钱，她怕丢了。

女人把几个包拢了拢，腾出一块地方来，扶男人坐下。她站在男人旁边，看男人头上的汗更多了，就佝身从包里掏出一条毛巾来，给男人擦汗。男人有些烦，不让她擦，抓过毛巾去，自己胡乱地擦了两把，把毛巾递给女人。

女人也把脸上的汗擦了擦。一路挤上车来，她早就身上脸上都是汗了。这会儿，火车还没开，很闷热，汗又出来了。

男人有些疼惜地看了她一眼，屁股挪了挪，叫她也坐下。她怕挤着男人，没有坐。她问男人，你喝点水吗？男人摇了摇头。

车厢里越来越闷热了，男人头上又冒出汗来。男人坐着，她站着，男人的头就在她胸口的位置，她看得很清楚。虚汗从男人额头上、鼻子上、脸上不住地涌出来。细汗珠连成大汗滴，歪歪扭扭地往下流。女人干农活，经常流汗，也经常看到别人脸上流汗，但她从来没有这样仔细地看到汗水涌出流下的样子，她心里有些惊恐。这些天，她照顾着男人，看到男人身上有点细小的变化，她都心里惊恐。她真怕男人有点啥事。

男人不光是头上冒汗，脸色也有些灰黄。她给男人擦了汗，男人这回没有拦挡。男人的脸色越来越不好，出气也有些重。他是累着了，躺下缓缓才行。

女人心里着急了。她冲着一男一女说，你们让让行吗？我男人有病，得躺下缓缓。

男的女的这回都抬起头来，看了看女人，又看了看男人。男的说，有病？啥病？不是传染病吧！女的搡了一下男的说，说啥呀，走吧！

男的女的来到走廊里。走廊里这会儿没有多少走动的人了。走廊窗户那里有个小茶几，他们按下伸缩椅，面对面坐下了。男的还想跟女的说话，女的脸朝外，看着窗外，有点不想理睬男的。

女人也不想多看他们。她要扶男人睡下，男人却不睡。男人有点生气了，拉着脸子，直着脖子。女人知道是自己说了他有病。男人一直都不承认有病，更不想让别人知道他有病。

女人哄了半天，也是他实在坚持不住了，男人才睡倒了。女人贴着男人坐下，看着他。男人扭过头，闭上眼睛，似乎是不让她看。

女人叹了口气，转过头来。

对面的女孩正看着她，两人的目光接上了。女孩的目光软软的，善善的。女人就冲她点了下头，还笑了一下。女孩大概二十出头的样子，扎个小马尾辫，白净、清秀。女人就想起自己的女儿。女儿也上大学了，在武汉。女人很少记住外面的地名，但记住了武汉。不光是记住了，武汉在地图上哪个位置，她都记住了。每天电视上播天气预报的时候，她都盯着地图上武汉的位置看，那里阴了、晴了、刮风了、下雨了，她都注意着。女儿打电话回来，她就唠唠叨叨说武汉刮风下雨的事，好像她就在武汉，经了武汉的风雨一样。实际上，她没去过武汉。女儿入学的时候，她和男人本来想着要去送的，可一算账，要多花几千块钱，就没有去。女儿一个人去报名上学了，她知道女儿委屈，可有啥办法呢。她和男人商量着，手头宽裕点，去一趟武汉，看一回女儿。可谁想，男人又有病了。男人有病的事，她没有给女儿说。有啥事她一个人担着，不想叫女儿吃力。女儿也懂事，花钱俭省，还一边上学，一边给人当家教。女儿好像感觉到家里有事，一遍一遍地打电话。女人都说家里好好的，叫她好好上学。女儿上学出来，有了工作，就好了。还有儿子，儿子上高中，学得也好。儿子心很大，说要上北京的大学。儿子心大，但人还小，不懂事，不知道家里的情况。他知道父亲有病了，但不知道是啥病，以为到医院看看，也就好了。只有女人知道男人的病有多严重。要是男人真的有个啥事，天就塌了，两个娃娃上学，都没办法供了。所以，女人打定主意，想啥办法，也要把男人救活。

火车开动了。车上的喇叭也开始说话：旅客朋友们，大家好，欢迎乘坐本次列车，本次列车从银川开往北京……

车就是开往北京的，女人心里踏实了。上车到现在，她一直担心着，怕上错了车，怕车不是到北京的。喇叭上说是到北京的，她就放心了。在她心里，北京是个神圣的地方，要啥有啥，啥事都能办到，有多大的病，北京都能治好。

对面的女孩大概是看到她脸上宽慰了，这才开口问她，阿姨，你们是去北京看病？

女人回头看了一下男人，男人闭着眼，但还没睡着，眼珠在眼皮下面动着。男人最不愿听人说他的病。女人不好说，就冲女孩点了下头。女孩也聪明，看出来了，就不再追问。

一会儿，男人真的睡着了，嘴微微张开，有了轻轻的鼾声。女人看着他，想起过去没病的时候，男人的呼噜打得很响，雷一样。病了后，呼噜声小了，出气都轻了。女人有时候真害怕他的那口气儿没了。偷偷用手在他鼻孔和嘴边试试，有丝丝的热气儿，女人就放心了。那口热气儿撑着男人，也撑着她。要是那点热气儿散了，她真不知道该咋办。

她怕男人着凉了，想给他盖上被子，但被子压在男人头下面。这会儿取出来，会惊醒了男人。女人就从包里面拿出一条小毛毯，给男人盖上。女人准备得很充分，包里吃的穿的用的都有。出门再买，太费钱了。给男人看了半年病，家里的钱早就花光了。好在公家还报销了些，要不然早就没办法了。在当地看，公家给报些，到北京去看，听说公家不给报。不给报就不给报，她还是坚持到北京去看。她背着男人，把家里的几亩土地买了，凑了点钱。土地是一家人的命根子，但她想着，只要人在，啥都会有。

女孩打了个电话。女孩说，车开了，整点发的车，有两小时就见到你了。你准备好了吗？现在干吗？谁送你？你妈你爸都来？见我？车就停几分钟，怎么见？我有点紧张。他们要是不喜欢我怎么办？车停了我下去？我穿啥衣服？我现在就穿个短裤T恤？真不用换？我还是有点紧张……

女孩打完电话，真显得有点紧张，一会儿坐下，一会儿站起来，一会儿整整衣服，一会儿捋捋头发，脸上也潮红潮红的。她从床下拉出一个粉红的箱包，找出几件衣服，似乎是想换上，却又装进箱子里了。她又从箱子里拿出一个塑料袋，塑料袋里满是零食。她胡乱地抓出一些，剥开了吃起来。

女人明白了。女孩这是要见未来的公婆，心里有点怯。女人想起自己第一次见男人、见公婆的时候，也一样心里怯怯的。她和男人是媒人介绍见面的。媒人是她三姨娘。男人是三姨娘婆家的侄子。两头都沾着亲，三姨娘就做了媒。三姨娘先把侄子领到她家来，叫她和父母家人看。男人那时候是个小伙子，高个子，宽肩膀，看着是个粗人，可他的眼光却温温的、软软的。她一眼就看上了，父母也都觉得满意。三姨娘是个实诚人，也是给姐姐的女儿做媒，怕落下不是，就明说了，他家里穷，就两箍窑，再啥都没有。父母听了，就迟疑着没答应。正好又有一个来提亲的，媒人是女人的堂嫂，给她的兄弟做媒。堂嫂是个花哨人，鼻子眼睛都动弹，领来的兄弟也眉眼儿很活泛，看到她，眼睛上下地瞅。他眼睛里像有一杆秤，上上下下掂量着她，看她值不值钱、赚不赚钱，这叫女人很不舒服。堂嫂说，她娘家盖着大瓦房，养着拖拉机，吃穿根本不用愁。堂嫂没有说谎，那时候包产到户了，堂嫂的父亲又种地又做生意发了财，是那一带有名的万元户。堂嫂还说，她弟弟也学着做生意，精明得很，是个赚钱的料，嫁过去享福去。父母听了，当然高兴，要许了堂嫂的弟弟。她却死活不愿意。

现在想想，要是当年嫁了堂嫂的弟弟，生活又是另一个样子了。要说后悔，还是有点的，但眼下不是后悔的时候，重要的是，把男人的病治好。男人不光是她的靠山，一起过了几十年，血肉都连在一起了。男人身上疼了，她心里就疼。男人大概也是怕她心里疼，有病以来，从没喊过疼。有时候睡着了，才疼得吭出声来。

女人回头看看男人，男人这会儿睡得很安静，没有吭声，只有轻轻的鼻息声。

女孩这会儿也安静下来了，不再吃东西，躺下来看手机。

那个男的和女的，在走道小桌上面对面坐着说话。男的大脸上一直带着笑，像开着一朵大花，女的脸上也回应着笑。男的说话多些，女的也一直应承着。

男的说，你“七一”那个活动搞得不错。

女的说，真的？

男的说，真的挺好。你很有组织才能嘛。

女的说，哪里呀，那是赶鸭子上架。

男的说，不要太谦虚嘛！我看你是个办公室主任的料。

女的说，你又哄我。

男的说，哄你就不带你出来了。知道我为什么带你出来吗？

女的说，谁知道你……

女的声音有些妖。男的脸上的花开得更大了。

男的说，到北京开会的机会不是谁都有的。

女的说，那我得谢谢你了。

男的说，就看你怎么谢了。

男的脸上的花像给风吹着，一颤一颤的。

男的又说，这次回去，我就把你调到办公室。

女的说，那张主任呢？

男的说，你先干副主任，我再想办法把那个榆木疙瘩弄走。

女的说，能行吗？

男的说，有啥不行的。

女的说，你说了……局长同意吗？

男的说，局里啥事不是我撑着，安排一个人，这点面子他还得给吧。再说了，他还能干几年！

男的脸上的花突然落了，挂上了冰霜。

女的赶紧说，局长一退，你自然就接班了。

男的脸上的冰霜化了，又开出一朵花来。

火车上的喇叭突然说话了，旅客朋友们，晚餐时间到了，本次列车为大家提供各种可口晚餐，请您品尝。餐车位于列车中部，是 8 号车厢，有需要就餐的旅客可到 8 号车厢就餐。

喇叭声把男人吵醒了。

男人睁开眼，愣了一会儿，眼神里有些惊惧。女人向他笑笑，他才心安了。

女人问，饿了吧？想吃点吗？

男人没有点头也没有摇头。

一个女声喊起来，雪碧可乐矿泉水，瓜子花生火腿肠。女声越来越近，推车声也过来了。另一个女声也紧跟着，有需要盒饭的吗？谁需要盒饭？

女孩也起来了，要了个盒饭，看了一下，闻了一下，小声说，太油腻了，又放回去了。女的和男的拿不定主意，女的说要盒饭吃，男的说要到餐车吃。两个人正犹豫着，盒饭车子推走了。女的抱怨。男的说，一会儿还过来，不过来我们到餐车吃。

女孩从包里拿出一桶方便面，还有肉肠榨菜，放在小桌上，收拾好了，出去接了开水泡上了。虽然盖子盖着，还是有热香味冒出来。车上各处也飘来饭香味。

女人感觉饿了，也从包里往出找吃的。女人带了馍馍、方便面啥的。

女人问女孩，车上有开水？

女孩说，有，就在前面。

女人就拿了一盒方便面，要出去找开水。

女孩说，我带你去。

女人向她笑了一下。

女孩带着女人找到开水箱，泡上了面。女人又拿了个水杯子，去接了一大杯开水。火车上有开水，她有点意想不到的高兴。

女人问男人，你吃点馍馍还是方便面？

男人没说话。

女人说，还是吃点方便面，热乎。说着，女人端起方便面。

男人说，我自个儿起来吃。

男人坐起来，吃了几口，就放下了。

女人问，再吃点吗？

男人摇头。

女人问，吃点馍馍吗？

男人还是摇头。

女孩递过几根肉肠来。女人赶紧摇着手，往开推。女孩坚持要给，女孩看了一眼男人，那意思是给男人吃。女人明白她的意思了，笑着说，多谢了，我们不能吃。女人这样说，女孩才收回去了。

男人说，我出去一下。

女人说，你去干啥？我扶着你去。

男人皱着眉头，拨开女人的手，自己出去了。

女人只能用眼光扶着他。看不见了，她才拿出一块馍馍，吃起来。

女孩看着她。女的男的也看着她。

卖盒饭的推车又过来了。女的买了盒饭，买了三盒。她走过来把一盒给女人，女人不要。

女的说，拿上吧，病人吃方便面哪行呢。男的也给帮腔说，就是嘛，方便面好人都不能多吃，病人越吃越严重。

女的白了男的一眼。

女人带着笑说，你们吃吧，我们不能吃，多谢了。

女的说，这是清真的，你看，有商标。

女人看到饭盒上有绿色的清真图标，抬头看到女的眼睛里也满是善意，心里忽然一暖，就不好再推了。

男的说，病人应该吃点有营养的。

女的说，应该的事情多着呢。

女人心里想，应该的事情真的多了。

男人却不见了。他出去有一会儿了，这么长时间不见了，女人心里着急，就跑出去找。

在过道里找到了。男人站在过道的窗子前看着外面，外面太阳快落了，红光照进来，把男人周围照得很亮，但他的背影却很黑。女人心里有点惊，但没敢多想。她走过去说，回去吃饭吧。男人身子抖了一下，回过头来，眼神也有些慌乱。女人还是没敢多想。女人说，回去吃点饭，我买了盒饭。她没说是别人送的，怕男人不高兴。男人没说话，跟着女人回来了。

女人端过盒饭说，清真的，你看。女人指着商标。男人扒拉了几口，又不想吃了。女人就劝。男的女的也跟着劝。

女的说，吃点饭，人才有精神。

男的说，不吃饭怎么行。吃饱了，才能与病魔作斗争。

男人抬头看了一眼男的，反而不吃了。男的有些尴尬，说到外面抽根烟，就出去了。

男人背转身在床上睡下了。女人没办法，把男人剩下的盒饭和方便面都吃了。

男的抽完烟回来，没有坐到过道的小凳上，而是坐到女孩的床边。有意无意看了几眼女孩的长腿。女孩感觉到了，蜷起了腿。女的也感觉到了，从小凳上过来，也坐在女孩的床沿上，挡住了男的。

男的打岔说，有点累，想睡觉。

女的说，我也有点累了。

男的说，那就上去睡吧。

女的说，怎么睡，那么高。连个下铺都买不上！

男的说，都是那个榆木疙瘩订的票。回来的时候坐飞机，到北京我就订票。你先委屈一下，到北京我给你补偿。

女的说，怎么补偿。

男的嬉笑着说，包你满意。

女的说，那好，先补偿一下吧。说着抬起一只脚，用下巴指了一下。女的脚上穿着黑色网眼皮靴。男的明白了，向周围看了一下，蹲下身，给女的脱了皮靴。女的笑着抬起另一只脚，男的又给脱了。女的没有穿袜子，脚指甲红红的。

女人转过头，不敢看下去了。

女的跨过来，往中铺上面爬。男的在下面帮着托。女的咯咯地笑。女的上去了，男的也跟着爬上去。女的叫男的下去，男的不下去。两个人都挤在一个铺上。

女人有点害怕了，怕他们做出啥事来。做出点啥事来，他们不羞，别人还羞呢。尤其是，对面还有个女孩，叫人家娃娃看见了，像个啥。好在女孩这会儿身子转过去了，面朝墙躺着，看不见他们在干啥。女人坐在下面，也看不见他们在干啥，但床铺咯吱吱地响。女人心里也咯吱吱地响着，有啥要塌了。她还怕床铺会塌下来。床铺塌下来，就砸在自己头上了。女人想躲开去，但一想男人还在床铺上睡着。不能给男人说，男人的脾气倔，也许会嚷起来。嚷起来难免受气，男人受不得气。男人也受不得磕碰，床铺塌下来，要是砸在男人身上，就麻烦了。女人就尽量坐直了身子，她想着，得给男人撑住点。想是这样想，但她心里还是害怕着，注意着上面的动静。女的大概也觉得不好了，叫男的到自己床铺上去。男的赖着。女的好像有点不高兴了，撵他，男的这才下来了。先探下一条肉腿来，又探下一条肉腿来，站在下铺上，头脸还不愿下来。女的又撵，他才下来了，头脸上充了血，像公鸡一样。下来了，他还有点不甘心，凑着大脸跟女人说话。他给女的说，我躺对面中铺上，咱们面对面说话。说着，就要往对面中铺上爬。

女孩突然转过来，大声说，中铺是我的！

男的有点恼羞了，质问女孩，你一个人占几个铺位。

女孩说，那是我朋友的，票都买了。

男的说，啥朋友的，我才不管。说着，继续往上爬。

女孩急了，从床上站起来，冲着男的说，就是我男朋友的，他下一站就上车。

男的迟疑了一下说，我到我自己的床铺上去，上铺总不是你的吧？真是的。

女孩不说话了，但还是不相信地看着男的。

男的真的爬到上铺去了。上铺窄小，他人胖些，吭吭哧哧好半天，才调转身子，骂骂咧咧地躺下了。这样一折腾，他好像也没兴味了，不再缠着和女的说话。

女人心里这才宽松了些。

女孩却有些紧张了。她出去洗了脸，回来又收拾头发和衣服，连床铺都收拾了一下。女人想起女孩前面打电话的事，她是要见未来的公婆了。

女人想着该和女孩说点啥，就问女孩，你去北京干啥？

女孩说，找工作。

女人问，你大学都毕业了？

女孩说，今年刚毕业。

女人想起自己的女儿，就问，大学毕业工作好找吗？

女孩说，也不好找。

女人问，咋不在本地找？

女孩说，我男朋友在北京工作。

女孩显得有点不安。女人就不好再问啥了。

火车慢下来。喇叭又开始说话，是说到一个啥站了，女人没听清。女孩却听清了，一会儿站起来，一会儿坐下的。女人看着女孩，像看着自己的女儿。

火车停下了。女孩拢了拢头发，抹了抹脸，下车去了。

女人有些替女孩担心，心里悬悬的，像是自己的女儿去见公婆。

女人的担心似乎有点多余，一会儿，女孩就上来了，脸飞红着，满是笑意。她身后跟着个男孩，一手拉着箱包，一手拎着个提袋。男孩到门口，看了一下，把提袋给女孩，把箱包举起来，放到行李架上了。

女人一直盯着男孩看，像验看自己的女婿。男孩深眼窝、浓眉毛、卷头发，长得有棱有角的，很耐看，但神色有点阴，显得比他本来的年龄要大些。女人不喜欢神色阴阴的男孩。男孩个儿不算很高，但很结实，穿着黑色的短袖短裤，胳膊上、腿上都有黑黑的毛发。女人也不喜欢毛拉拉的男孩。要是女儿找这么个对象，女人肯定不喜欢。

女人不喜欢，但女孩喜欢。女孩看着男孩的眼神里有火。

女孩举着提袋说，买这么这么多吃的呀！

男孩说，都是我妈，给你买的，怕你饿了。

女孩嘴角飞翘起来。她把提袋放到小桌上，翻捡着里面的东西。她一抬头，发现窗外有人，是男孩的父母。她一边给男孩说，一边向窗外招手，两只手都摇着。男孩却只抬了一下手。

窗外的两个人没有离开，使劲往里面看着，看自己的儿子，看未来的儿媳，两个人脸上满是笑。窗外已经暗了，两个人的面目看不分明，不知是城里人还是农村人。不管是农村的城里的，当父母的都是一样。女人想起，自己每次送女儿上火车也是这样，扒在车窗上，看不够。

女孩凑到窗玻璃前，向他们笑。男孩也凑过去，摆着手，还大声说，你们走吧，回去吧。窗外的父母不知是听到了，还是看明白了儿子的手势，两张笑脸退远了，模糊了，看不见了。

女人忽然感觉心里酸酸的。

火车又开了，越跑越快。车厢里亮起了灯。

男人起来了，说去上厕所。女人想扶他，他还是不让扶，女人就随着他出去。厕所边排着几个人，有男有女。一会儿，出来个女的，进去个男的。男的出来了，又进去个女的。这样男女混用一个厕所，她觉得有些别扭。

男人进去了，她在门边等着。男人出来，她本来也想进去，但在她扶男人的时候，一个女的挤进去了。她就随着男人洗了手，回来了。

女人看到男人嘴唇干干的，就赶紧把水杯子给他。男人喝了，但嘴唇还是干的。女人疼惜地看着他。男人说，你躺一会儿吧，我坐坐。女人说，我不累。男人也疼惜地看了看她。火车上人多，两人这样，就感觉别扭了。

女孩和男孩却凑在一起。男孩已经在中铺上躺着，女孩站着，趴在床沿上，头就在男孩头边，两个人咕咕哝哝地说话，像一对鸽子。真的像一对鸽子呢，不光是咕咕哝哝的，还互相梳毛。女孩还把手指岔开，探进男孩的头发里，梳着他的卷发，一下，又一下，一下，又一下。

男人轻轻地躺下了。女人也怕打扰他们，就出去上厕所。故意磨蹭了半天回来，男孩女孩还偎在一起。女人就看着窗外。窗外完全黑了，只有些模糊的影子闪过来，闪过去。女人的眼睛有点涩，心里也迷糊起来，坐着就睡着了。

喇叭突然惊慌地响起来，惊醒了女人。喇叭上问，有没有大夫和护士，说有个旅客得了急病，请过去帮忙抢救。女人的心飞到嗓眼上了，她感觉喇叭上说的是自己的男人。她赶紧看男人，男人好好地躺在床上，她的心落回了些。只是男人大睁着眼睛，他也是听到了，害怕了。

几个人急慌慌地从过道里跑过去，可能就是大夫和护士。车厢里嗡嗡嚷嚷的。不一会儿，几个人又走过来了，说是人死了。车厢里又嗡嗡嚷嚷的。女人耳朵里一片嗡嗡声，啥也听不清。她看着男人，男人眼睛里有一种光，是惊恐的光。女人不知该给男人说点啥。她伸过手去，抓住了男人的手。男人的手颤抖着，女人的手也颤抖着，两只颤抖的手紧紧地扣在一起，慢慢地才安稳下来。

车厢里的人被惊扰起来，这会儿都上厕所、梳洗，喧了一会儿，又静下来，大多都睡下了。

男人起来出去了，女人以为他上厕所，没有跟出去。等了好一会儿不见，女人出去找，又是在过道里找到了。男人站在窗边，窗外黑魆魆的，他不知在看啥。女人拉他回来，他有点恼，说不想睡，叫女人去睡。女人有点不放心，陪着男人坐着。

灯忽然灭了。男人这才躺下睡了。女人还是有点不放心，假装出去又上了回厕所，洗了把脸，回来悄悄坐在床边。男的女的睡了，男孩女孩也睡了。一时间显得很安静，连火车都跑得很安静。女人坐着，听男人打起了鼾声，她才爬到上铺上去睡。一时睡不着，想起一些事，她感觉有些恓惶。

醒来的时候，满车厢的阳光。还有嘈杂的人声，人们又都上厕所、洗漱。昨晚的事，人们早就忘记了。女人没忘记，慌忙翻起身，探头看下铺，看不见男人。女人赶紧往下爬。往下爬比往上爬更难，女人瘦小、腿短，爬到中铺，换了手，再爬到下铺。男人在，已经醒了，靠墙躺着，神色也正常，女人放心了。她冲男人不好意思地笑了下说，我睡过头了。男人说，你这些天累着了。男人好长时间都没说过这样的话了，女人心里一热。她又问男人，你上厕所吗？男人说，我上过了，脸也洗了，你去吧。男人说洗过脸了，可脸色还是灰黄的，但男人说开话了，女人也高兴。她就赶紧去上厕所洗脸。回来，她又去接开水，还把毛巾用开水烫了，热乎乎地给男人擦脸。男人这回没拦挡，任由她擦。

女人就细细地擦，眼睛、鼻子、嘴巴、耳朵都擦了，热毛巾擦过，男人的脸上有了点红润，就像个好人了。女人看着高兴，就细细地看着，看得满眼的泪花。

女的和女孩看着他们。

女人感觉到了，用毛巾也把自己的脸擦了一下，顺便把眼泪擦掉了。

女孩站起来，爬到男孩的头跟前，叫男孩起床。女的也转身拨了个电话，说，老公，你在干啥？我快到北京了……

那个男的好像一脸的不自在，一个人坐在走廊的小凳上。女的却坐在女孩的床上，打完电话，也没跟男的说话，两个人好像有点别扭。昨天还好好的，过了一夜，咋成这样了？夜里肯定发生了啥事，女人睡着了，不知道。不过，这样才好，女人想。

卖早饭的车子过来了。还是那两个声，一个喊，雪碧可乐矿泉水，瓜子花生火腿肠。另一个喊，有需要盒饭的吗？谁需要盒饭？

女人买了两个盒饭，一个给男人，一个给女的。女的推着不要，女人说，我们不能随便要别人的东西，得要口唤。女的这才接住了。女的有了盒饭，那个男的就出去了，大概是到餐车吃去了。男孩也要了盒饭，女孩还是吃零食。

男人这回吃得多，一份盒饭快吃完了。男人吃了，说出去透透气。女人就把男人吃剩的饭吃了，又掏出点馍馍吃。

女的看男人出去了，问她，你丈夫啥病？

女人说，大夫说是肾上的病。

女的问，是肾炎还是？

女人说，大夫说是肾衰竭。

女的说，肾衰竭？那得换肾。

女人说，我想好了，就换我的。

男孩插话说，还要配上型才行。

女人说，我想好了，配不上的话，就用我的换个能配上的。

女孩忽然说，阿姨，你真伟大！

女人苦笑了一下说，阿姨这是没办法呀！

几个人都沉默了。

女的说，也许没那么严重，小医院经常误诊。

女人说，我也想着怕是医生看错了，就想着到北京的大医院看看。

女的问，医院联系好了吗？

女人说，没有，我哪里去联系。

男孩插话问，准备去哪个医院？

女人说，我也不知道。就找最好的医院。

男孩说，协和医院最好。就在东单北大街，知道东单北大街吗？

女人说，不知道。

男孩就给她说怎么坐车，说了几遍，女人还是记不住。男孩从包里找出个笔和本子，详细地写下来，撕了个纸条给女人。女人接过来，给他说了谢，还冲他笑了一下。男孩也腼腆地笑了。他真还是个孩子。

男孩忽然想起来，说要是真要换肾的话，他可以在网上发个帖子，呼吁给她捐款。女孩也附和着。他们要了女人的电话，记下了。女的掏出一沓钱来，要给女人。男孩女孩见了，也要掏钱。女人说啥也不要，她站起来，出去找男人。

男人还是在过道里。

过道一边站着两个人，在抽烟，使劲地抽，冒出很浓的烟。男人站在另一边，看着窗外。窗外有个大太阳，刚升起来，还有树、房子。树和房子一闪就不见了，太阳却一直在那里，红亮着。男人看着窗外，女人看着男人。眼睛盯着男人，女人感觉不是树和房子在跑，是男人在跑，飞快地跑，和窗子一起跑。女人的心也跟着飞跑。女人忽然发现那里不是窗子，是门。男人的手抓在门把手上。把手拧一下，门就会开了。

恐惧一下子抓住了女人。男人这是要干啥？要跳火车吗？女人知道，有些人得了大病，受不了，就不想活了，跳楼的、跳河的都有。她怕男人也是。男人没有说，但她能感觉到。男人肯定知道了他得了大病，不想花钱治病，怕落个人财两空。

女人一动不敢动，她怕惊到男人。但那两个抽烟的人却啥也不知道，他们抽完烟，咣的一声盖上烟缸盖，出去了。火车上的烟缸是铁的，铁盖咣的一声，女人心都给敲碎了，她以为是男人拉开了车门，跳下去了。她一下子扑过去抓男人，她不知道能不能抓住，抓不住的话，就随他跳下去。没想到的是，她却结结实实地抱住了男人。女人瘦小，抱住了男人的腰。男人病的时间长了，腰细多了，但还是实在的，温暖的。女人的心落实了。

男人说，你这是干啥？

女人忽然抽噎起来、抽泣起来、哭出声来。女人把脸埋进男人的腰里，压住了哭声。哭声传进男人肉里、骨头里、心里。男人身子抖了一下。

男人说，放开手，人看见笑话。女人没动。

男人说，我不会那样，我想活着。女人这才抬起头来，看着男人。男人又说，我刚才想好了，我要活着。男人脸上有了亮光。女人心里也有了亮光。

他们回来，其他人都在收拾行李，应该是快到了。女人也随着收拾行李。女人心里高兴，快到北京了，她高兴；男人说的话，也叫她高兴。

火车慢下来，一个个高楼迎过来，又退过去。北京就是北京，楼房都显得很有气势。

车上的其他人这会儿也显得有些兴奋，不住地打电话，联系接站的，联系住的地方，就像是羊进圈、鸡归窝，各找各的地儿。

女孩对男孩说，下车了，我们住哪里？

男孩说，你住我朋友那儿，她们几个女的一起住。

女孩撒娇说，不嘛，人家就想跟你住。

男孩说，给你说了，我们七八个男的住一屋，你住进去！你傻B呀！

女孩嘟起嘴，不高兴了。男孩也阴下脸子。

女人想，现在的孩子，也不容易。

那个男的也回来了，打了几个电话后，给女的说，一会儿下车，我朋友来接我们，房也让他给开好了。也许是开房的话刺到她了，女的突然就火了，大声说，谁叫你开房的，你把我当啥人了？你住你的，我住我的，你走你的，我走我的。

几个人都没想到女的突然发这么大的火，那男的更没想到。他怔了怔，说，你咋回事？我好心给你开了房子，找人来接，你……

女的打断他的话说，你的好心我知道。你走你的。我自己会走，会住。

男的涨紫了脸说，你真不知好歹！说完，转身出去了。女的低下头，默默地流眼泪。

女人听出那男的话里的意思了，替女的担忧。心里想，做女人的，都不容易。

火车进站了，车还没站稳，男的就推着箱包走了。男孩女孩给女人打了招呼，也走了，女孩跟着男孩，他们好像没事。女的磨蹭到后面，给女人笑了笑，才走了。

女人又查看了几个包，包里装着吃的用的，还有救命的钱呢。翻开包，却发现多出一沓钱来，不知是谁放进去的。女人和男人互相看了一眼，赶紧提好几个包，下车找人。

人从各个车厢里出来，水一样合成一大股，向前涌着。男孩女孩、男的女的一个都看不到了。他们只好随着人流往前走。女人肩上挎着个包，两手各提着一个包。她走在前面，用包给自己开道，用自己给男人开道。

院墙

我们家打院墙的时候，我只有两岁多。

我当时并不知道自己的年龄，年龄是以后推算出来的。父亲后来说，我家打院墙是“一打三反”那一年。经过查证，那是1970年。我生于1968年，的确只有两岁多。

父亲那时候当民办教师，是村上为数不多的识字的人，被安排给革命群众念文件。文件上说的是要打击反革命破坏活动、反对贪污盗窃、反对投机倒把和反对铺张浪费，父亲没怎么担心。不久，风向有点变，学校墙上刷出“杀！杀！杀！杀出一个红彤彤的世界”的标语，父亲就有些担心了。父亲主要是担心爷爷。爷爷本来当公社书记，在我出生那一年给打倒了，回到老家来。最初还隔三差五地被抓去批斗一回，慢慢地，他们就忘了，不再来抓爷爷。爷爷就在家里种地。爷爷本来是农民，庄稼活啥都会干。种地就种地，爷爷没怎么在意，苦点累点没关系，只要不抓去批斗蹲牛棚就行。“一打三反”的时候，翻陈年旧账，他们又记起了爷爷，来了些人，把爷爷抓去了。这一次，他们不光是批斗，还准备好要给他判刑。爷爷暂时被关在一个黑屋子里，门给锁上了，还派了一个人看守着。爷爷害怕坐牢，就想办法逃跑，可门窗都关得死死的，根本出不去。爷爷没办法了，只能蜷在黑屋子里等着。到半夜的时候，看守的人却打开门，叫爷爷快跑。爷爷问他为啥要救自己，他说爷爷救过他一家人的命。爷爷说，他不认识那个人，也想不起咋救过他们一家人。当时惶急，连那人的名字都没问。那个人催他快跑，他就连夜跑回家里来。跑回来，但没敢在家里待，给家里人说了一声，就跑到后山藏起来了。后山里有山洞，还有放羊人挖的小窑洞，爷爷就藏在那些山洞窑洞里。第二天一早，就来了些人抓爷爷，家里没找到，村子里没找到，到山上也没找到，才悻悻地走了。他们找不到，三爷却能找到。三爷是村上的羊把式，放了半辈子的羊，熟悉山上每一个沟沟洼洼，知道每一个山洞窑洞。三爷一边放羊，一边给爷爷带去些吃的喝的。爷爷在后山躲藏了几个月，一家人都担惊害怕。我那时候还不知道爷爷的事，不知道害怕，也不知道家里人的害怕。

父亲张罗着打院墙，可能也是因为害怕。

打墙砌院子，一般都选择秋后农闲的时候。粮食收了，人肚子吃饱了，才能干重活。再说了，我们那里春夏干旱，秋后雨水还多些，土泡湿了，才能打墙。父亲却选在豆角成熟的时候打墙，很明显是有点着急。

豆角成熟一般是6月，比麦子早成熟一个月。那年月缺粮，人都饿肚子。尤其是麦子成熟前的一个月，最缺粮，正是所谓青黄不接的时候。去年的陈粮吃光了，今年的粮食还没熟。眼看着麦子拔节抽穗了，但还是一包汁水，没有籽粒，吃不到嘴里。好多人家都已经断了粮，靠野菜填肚子。人都熬乏了、熬瘦了，有些老人挺不住，就是在这个时候倒下的。因此，豆子虽是粗粮，但早熟一个月就非常重要，是救命的粮食。豆角熟了，麦子还没熟，那是一段农闲时间，也能打墙砌院子。最关键的是，豆子熟了，人吃饱了，才能干动活。

我们那里的豆子主要是麻豌豆，圆粒、绿皮、带黑点的那种。麻豌豆不挑地，薄地、旱地都能种。春分时节播下种子，稍有点墒情就能发芽长叶。长到五六寸高时，就开始扯蔓。豆蔓不是贴在地上，而是向上长。纤细的豆蔓探头探脑地扯出齐膝高。蔓上开黄花，花的样子像小贝壳，半开半闭的，里面吐出一个绿色的小豆角。豆角很快就长长了，肚子鼓起来了。这时候已经能吃了，连豆角带豆粒一起吃，有点甜，还有点奶香味，很好吃，就是不抗饿。人边吃着，豆角边长着，越长越长，慢慢变老了。里面的豆粒也越长越大，慢慢变硬了。这时候的豆子已经能抗饿，但这时候的豆子变苦了，生吃不行，需要煮熟了才能吃。父亲母亲叔叔婶娘还有村里来帮忙的一些人在打院墙时，我就端着半碗煮熟的豆角在院子里吃。

我们家的院子本来只有一面土墙，两个土箍窑。其他三面没有墙，院子敞开着。那年月家里穷，院子里没啥东西，不怕丢，很多人家院子都没有围墙。我们家也一样，没有啥东西需要围墙保护。父亲给村里人说，打墙是怕家里的羊和鸡跑丢了。

我们家确实有三四只羊，五六只鸡。那年头，养多了不行，只能少养几只。少了，就显得珍贵。尤其是，羊剪了羊毛，能换点钱，下了羊羔，也能换点钱。鸡下了蛋，能换盐换火柴换布头。因此，都把羊和鸡看得很重，跑丢了就是损失。羊一般老实些，不乱跑，白天村上安排人赶到山上去放，晚上回来就安静地待在羊圈里。鸡要野一些，公鸡带着母鸡到处乱跑，跑到村头上、田地里找虫子、找草吃，有时候干脆出去闲逛。跑得远了，它们就忘了回家的路，或者是就想自由自在地跑，不想回来了。想是那样想，可它们不会飞，也跑不太远。母亲看到鸡有一阵子不见了，就到村头上、田地里去找，一会儿就把它们找回来了。

鸡跑丢了，能找回来，要是给野狐子抓去了，就找不回来了。那些年，山里还有野狐子。天旱，野狐子也吃不饱，饿了，就半夜里跑下山来偷鸡吃。野狐子来偷鸡，院墙根本挡不住，它随便就能翻过来，把鸡咬死叼走了。它不光是吃鸡，要是谁家的娃娃不听话，野狐子也吃呢。母亲常拿野狐子吓唬我，你吃饭不吃饭，不吃饭野狐子就来了。你睡觉不睡觉，不睡觉野狐子就来了。你回家不回家，不回家野狐子就来了。我就觉得，野狐子是个吃人的大怪物。也许是我还算听话，野狐子一直没有吃我，但我们家的鸡确实被野狐子咬了。我家一只大公鸡给咬掉了上面鲜红的冠子，只剩下一小片，在额头那里耷拉着。大公鸡太大了，野狐子也许是饿乏了，没能咬死它。它活下来了，还昂着头，晃着一小片冠子，领着一群母鸡，到处乱跑。一只母鸡给咬破了嗉子，嗉子里吃进去的粮食虫子草叶子都出来了。母亲用针线缝上了，那只鸡竟也活了下来，和其他的鸡一样地吃食下蛋。

我在院子里吃豆角的时候，秃头公鸡领着一群母鸡就在院子里。它们先是围着我咕咕叫着，头一晃一晃地探看着我碗里的豆角。我给了它们几个豆角吃了，它们还不想走开，围着我打转转，等着我再给它们豆角。有一只鸡欺负我小，直接把嘴伸进我的碗里来叨。我赶紧护住碗口，把它们赶开了。它们不情愿地散开去，在院子里找草叶、虫子吃。打墙的土坑里不时地挖出虫子来，一群鸡就扑过去抢着吃。吃上虫子的，高兴地咯咯哒哒地叫；吃不上虫子的，也生气地咯咯哒哒地叫。鸡不会多说话，就会咯咯哒哒地叫。打墙的那些人会说话，一边干活，一边说笑，一会儿就是一阵笑声。我听不懂他们说些啥，也不知道他们笑些啥。

最能说笑话的是个叫野狐子的人。他身材瘦小，却长着一脸黄黄的毛胡子，模样长得像野狐子。他的眼珠子也像野狐子，黄黄的、亮亮的，看着怪拉拉的。但他的脸上、眼睛里一直笑眯眯的，不像吃鸡吃娃娃的野狐子。

他是打墙的把式。打土墙也是个技术活，不是谁都会打的。弄不好，墙就塌了，或者是错了方向，歪歪扭扭的，几面墙打到最后，合不拢了。勉强打成个院子，过不了几年就垮塌了。好的把式打出的土墙，走向端、墙体直、院子方方正正，几十年风吹不倒，雨打不垮，能传几代人呢。住人传家的院子，当然不敢马虎了，要请好的打墙把式才行。

打土墙的工具却很简单，就是几根椽子，几根绳子，几把杵子。七八根椽子绑成个木筏样，一头宽，一头窄。大头朝下，小头朝上栽起来，就是打墙的码头。还有八根椽子，一边四根，倚在码头两边，用绳子绑成个槽，充当模型板。里面填上湿土，用脚踩平了，又用圆头杵子筑瓷实了。筑起一层，把下面的椽子换上一层。一层一层筑上去，就成了下宽上窄的土墙，下面的墙基有一米多，上面的墙头也就五六寸。土墙上面拍打出个拱形的墙头，好看、利水。

我当时并不懂这些。我只是看着铁锨上上下下地抡着，椽子上上下下地换着，野狐子轻快地爬上爬下，绑椽子，看方向。土墙一会儿高了，一堵墙打成了，野狐子就蹲在墙顶上拍墙头。他拍打好一截，兔子样向后跳一下，再拍一截。他蹲在高高的墙头上，一边拍墙头，一边还不时地跟下面的人说笑话。我听不懂他说的笑话，但下面的人能听懂。下面的人刚歇缓下来，听了他的笑话，一个个身子笑软了，瘫坐在湿土上。野狐子也笑得胡子一颤一颤的。我担心他的身子要是笑软了，那就麻烦了，会从墙上掉下来。但他的身子却很稳当，还是那样拍好一截，向后一跳，拍好一截，再向后一跳。墙头拍好了，他有时还站起来在墙头上走走，好像是试试墙头拍得瓷实不瓷实，或者是显摆他能在墙头上走。我正担心他咋下来，他却轻轻一跃，还没看清，已经在墙下了。这大概才是叫他野狐子的真正原因。我后来听说，他们家世代都是打土墙的把式，到他这一代，正赶上世道乱，被抓去当了土匪。土匪看上他的，就是他上山下沟就像野狐子一样利索，翻墙上房也像野狐子一样轻巧。土匪让他翻墙过去，把大门打开，土匪们就能轻轻松松进去打劫了。解放后，土匪被剿灭了，枪毙的枪毙，坐牢的坐牢。他因为是被抓上山的，没有太多的恶迹，又没有人命，就给放回来了。回来后，他还是当他的打墙把式。他有满肚子的笑话，常常是一边干活，一边说笑话，逗得人们大笑，叫人忘了饥饿，忘了疲乏。人们也早忘了他曾经当过土匪的事。

想不到的是，给我们家打完墙不久，他当土匪的事，被人检举出来了。检举的人还说，他过去翻墙给土匪当帮凶，解放后老毛病不改，还爱翻人家的墙头。他翻别人家的墙，不是偷偷东西，而是偷人，偷女人。土匪加上偷女人，他就给打成反革命，判了刑，坐牢去了。直到1979年，我到公社上初中了，他才又回到村里。坐牢不到十年时间，他完全变了个样子，腰弯了，身材更瘦小，黄胡子变成了白胡子，眼珠子也浑浊了，像遮了一层云翳。见了人眼光躲躲闪闪的，一句话都不说，真像是个老野狐子，只是他的脚步变得很迟缓，走路也不稳当，没有野狐子的样子了。他一辈子没有结婚，没儿没女的，把老院子收拾了，一个人孤孤地住在里面。星期天放学回家，有时候就能碰见他，拄着根短木棍，慢慢地走着，和谁也不说话。我就想起他给我们家打墙时，说笑话的神情和从墙上跃上跳下轻捷的样子。

他跳下一堵墙，就算是打完了一堵墙。墙一堵堵地打成了，野狐子跳下最后一堵墙，院子完全合拢了。打墙的人在外面歇缓下来，高兴地跟野狐子说笑话，却忘了把我留在院子里了。

我最初也没有注意到院墙完全合拢了，我正在专心地种豆子。

煮熟的豆角冷了，不好吃了，我也吃饱了。我就把豆粒剥出来，一个一个地埋进土里。我当时的行为大概是模仿大人们播种，农家孩子从小就看见大人播种，自然就有了那样的行为。但我还觉得，播种是孩子的本能。在孩子们的心里，所有的东西都能生长；种下一颗糖果，就能长出满树的包着花纸的糖来；种下一个铁钉，也能长出一棵铁树的。我种下那些煮熟的豆粒，也希望它们能发芽、长叶、扯蔓，结出新的豆角来。我盯着看了半天，不见有新芽出来，也听不见它们发芽的声音。

我抬起头来时，却看到四面都是高墙，人一个都不见了，连那一群鸡也不见了。那些鸡看着呆头呆脑的，实际上心里啥都知道。它们也怕被圈在院子里，在最后一堵墙打起来之前，都跑出去了，只留下我一个。周围忽然变得非常安静，我有些不知所措地看着四面的高墙。北边的墙是黄色的，那是前年就打好的墙，土已经干了，斜斜的有一道光照着，更显出一种金黄来。东面的墙是前几天打的，也已经半干了，上半截墙上有阳光，显得亮些，下半截墙要暗一些。南面的墙照不上光，一堵墙比一堵墙暗，到西面，湿黑湿黑的。太阳被挡在西墙外面了，只有墙头上是光亮的。墙头上出现了一只猫，一只大黄猫。不知是谁家的猫，我不认识它，它也不认识我。它看着我的眼光很陌生。它在西墙头上慢慢地往南走，太阳光把它的毛照得透亮，毛梢子就像给烧着了，火苗一闪一闪的。它也许是被烧疼了，弓起腰，扭过头看着空空的院子。它大概是发现只有我一个人，就顺着墙爬下来，慢慢地向我走过来。我最初以为它是来跟我玩的，或者是来带我出去的。很快我就发现，它心里有了另外的想法，它把我当成了一只大老鼠，想要抓住我。它蹑手蹑脚地往我跟前走，快到我跟前时，它蹲下身子，像是要扑向我。它的眼睛里闪着红黄的光。我好像被它的眼光罩住了，哭也不敢哭，叫也不敢叫，就那样眼睁睁等着它扑过来。它冲着我喵呜地大叫了一声。它显得非常大，叫声也非常大，我从没见过那么大的猫，也没听过那么大的猫叫声。我害怕了，惊叫了一声。肯定是惊叫了一声，大黄猫也似乎听到了我的叫声，定定地看着我。突然，墙外面响起一阵笑声，它被啥吓着了，转过头去，四下望了望，又回头看了我一眼，不情愿地走到南墙拐角处，纵身一跃，就上了墙头。它在墙头上蹲了一会儿，心有不甘地又回头看了我一眼，才拉长了身子，伸了个长长的懒腰。墙头上有光，它身上又是一身火苗。突然，它跳下墙头，不见了。

院子里只剩下我了。

还有四面的高墙。

四面的高墙越来越高，越来越黑，也越来越向我压过来。我感到一种巨大的恐惧。四方形的，不断挤压过来。那应该是我第一次感觉到恐惧，它的形状、它的模样，在我心里留下很重的阴影。在以后的日子里，只要想起那天的情景，四面高墙就会向我压过来，浑身就冷汗直冒。有好多次在梦里，梦见了相同的情景，四面高墙向我压过来，我哭不出来，也叫不出来，只是使劲地挣扎。挣扎醒来，身上、被子上就全湿透了。我坐在床上，身心还被恐惧紧抓着。

即使在白天，身处四面高墙之中，我也不由得会害怕。

我的一个亲戚犯了法，关押在监狱里。监狱是过去的一个大堡子改成的——真奇怪，好多地方的监狱都是过去的大堡子改建的——我去看望他。一个警察带着我走进堡子，叫我坐在一间小的会客室等着。警察进去带我的亲戚了，剩下我一个人坐在那里。那种感觉突然就出现了，我感到浑身被抽紧了。警察带着穿囚服的亲戚进来了。警察是托人打过招呼的，对着我笑着。亲戚见了我，也冲我笑着。他们走到我身边，我却站不起来了。心里、身体里面一片冰凉，但外面却发热，头上在冒汗，身上在冒汗，脑子里一片空白，手脚不听使唤。我坐在那里，一声话也说不出来，快要窒息了。警察看我不对劲，过来扶住我，问我怎么了。我还是说不出话来，喘不上气。警察没办法，把我扶出了大堡子，我才喘上气来。

还有一次，是前几年的事。县政协组织了一个警示教育活动，带着政协委员到监狱里去参观。我是县政协的常委，也参加了。我想着，这么多年过去了，应该是没啥事了，而且是几十个人一起去的。但刚走进高墙大堡子，我就感觉不舒服。手脚有些发麻，走路有些僵硬。那种感觉一闪一闪地要冒出来，我使劲地抵抗着，硬着头皮往进走。我不知道同行的其他人有没有和我一样的感觉，好像是没有，他们只是表情有些严肃，动作并没有异常。他们也没有发现我的异常。走进一个囚室中，一群犯人列队站在那里，齐声高喊“领导好！”喊完了，警察喊出一个犯人，叫他说说自己犯罪的情况。那个犯人是一个高大的汉子，据说是因为偷电犯了法，给判了一年半。偷电也算犯法，还要判刑，我还是头一次听说，心里有点不舒服。我知道，农村人手头紧，没钱交电费，有些就想办法偷电。偷来的电并不能换成钱，也就是照明做饭取暖，跟偷柴草差不多。但电又不是柴草，捆一捆子放在家里慢慢用。电抓不住，只能在电表上做手脚。有的人的电表箱倒挂起来，据说那样电表跑得慢。有的冒险把电表上的线接反过来，据说电表会反着跑。还有的把电线从电表后面接过去，那样电表就不跑了。鼓捣电表很危险，有人还把命搭上了。而那个人据说经常偷电，累计偷了一千多块钱的电。我不知道一千多是咋算出来的，但折算成钱，就能量刑，他就给判了一年半。这样折算，叫人心惊。

他走出队列，看着一大群人，却说不出话来，他显得很羞愧、很紧张，头上脸上冒出汗来。他的紧张忽然就感染了我，那种感觉又出现了。我嗓子发干，眼前眩晕，耳边嗡嗡地响。一会儿，我眼前一黑，就啥也不知道了。等我醒来的时候，一群人围着我，掐我的人中，喊我的名字。我眼前慢慢地亮了，听到的声音也慢慢清晰了。带队的政协领导忙着给我喂水喝，叫几个警察把我搀扶出来。政协领导安慰地问我，你大概是中暑了，不要紧。你没吃早点，血糖太低了吧？领导的话语中是慰问的口气，但脸上分明是不解和疑惑。

同去的几个朋友也笑我，你又没贪污受贿的，你怕啥呢？

是呀，我怕啥呢？

现在想想，我的恐惧是从哪里来的？是童年的那次经历吗？好像是，不全是。还应该有更深的原因，对四面高墙的恐惧，应该是我们与生俱来的对囚禁的恐惧。

两岁多的时候，我并不知道这些。我只知道四面高墙向我越来越紧地挤压过来，我哭不出声，透不过气。我只能等着。等的是啥，我也不知道。

蜜蜂的嗡嗡声在我心里响起来。慢慢地，嗡嗡声响到我耳边，一只金黄的蜜蜂真的出现在我眼前。它并没有像那只猫那样想抓住我，也没想着蜇我。它一点都不理睬我，自顾自地一起一落地飞着，寻找花朵。院子里有零星的野花，红的黄的紫的都有。高墙挡住了阳光，一些花朵黯淡了，一些花朵干脆收拢了。蜜蜂有些犹豫不定，头脑一晃一晃，屁股也一抬一抬的，不知该选哪朵花。它终于选定了一朵粉红的小花。小花即将收拢，只有边沿还透出些粉色。蜜蜂落上去，从粉色的花沿钻进去。蜜蜂钻进去后，小花又合住了。被关在花朵中，蜜蜂着急了，在里面大叫起来，粉红的小花也摇晃起来。摇晃了好一会儿，小花的边沿被撑开了，蜜蜂终于探出头来，头上沾满花粉，接着，身子也一圈一圈蠕出来了，也沾满花粉。它停了叫声，缓了口气，用后腿梳了梳翅膀，扭了扭屁股，嗡一下飞起来了。它大概有点害怕了，不再寻找花朵，而是径直地向墙头上飞去。墙头太高了，它一次没有飞过去，返身绕了一圈，才飞过去了。

我不能像蜜蜂一样飞。我只能等待。

在等待中，我看到西面中间的一堵墙上出现了一个小洞，一个扁扁的小洞。小洞里透进阳光来，是紫红的炫目的光。直直的一束光照在东面的墙上，就像一个月牙儿。月牙儿慢慢地大了，墙上的小洞也变大了。那是在挖门，墙打起来，再挖出个一人高的圆门洞来，省得专门做门楼。

还没等门洞挖好，母亲的声音先从小洞里钻进来。母亲喊着我的经名：穆萨，穆萨，不害怕，妈在呢，妈在呢。母亲后来说，打墙的人劳苦了几天，终于打完了墙，都高兴地歇缓下来。他们忘了我还在院子里。母亲最初也忘了，但她感觉到我还在院子里，母子连心，隔着一道墙，她也感觉到了。她喊我的名字，听不到我的声音，其他人说我可能早就出去了，到哪里耍去了。可母亲认定我还在院子里，催促着赶紧挖门洞。

门洞刚能容一个人钻进来，母亲就钻进来了。门洞在半墙上，母亲只能头朝下栽下来，好在墙根有挖洞淌下来的软土。母亲从土堆里爬起来，向我跑过来，边跑边喊，穆萨，穆萨，不害怕，妈来了，不害怕，妈来了。

母亲抱起我来，抚摸着我的头，说，穆萨不害怕，妈在呢。你说话，你给妈笑一个。

我说不出话，也笑不出来。

母亲着急地说，我的娃吓住了。穆萨，害怕了，你哭一声，哭出来，就好了。

我哭不出来。

一会儿，门洞完全挖开了，野狐子跑进来，把我抱过去，一脸的毛胡子刷在我脸上，一对笑眯眯的碎眼睛也瞅着我。其他人也都进来了，逗弄我，围着我闹嚷嚷地说话。

“这个娃娃胆子大，一声都没哭。”

“这娃娃长大了不得。”

他们谁也不知道我内心的恐惧。

二手房

一

马六十和婆姨黑梅花买了一套二手房。

马六十、黑梅花，听名字就知道是一对农村婆姨汉子。农村人到城里，一般都是先买二手房。城里人换新房，农村人接旧房。旧房便宜，又省装修。还有一点，一般人不知道，二手房里藏着很多秘密，城里人生活的秘密。

他们买下这套二手房，当然不是要找啥秘密。主要原因是离他的五金店近，这样住家开店两不误。马六十和婆姨在这个城市里开着一家五金店。选择开五金店，是经过了好些年的准备，准备本钱，也看行情。城里人一般都开服装、电器啥的，再不行也要开烟酒、特产店。开那样的店，看着干净、整齐，也能挣大钱。马六十却没办法跟城里人学，开服装店，马六十自认没那样的眼光，城里人喜欢穿啥，他把不准。开电器，没有那么多的本钱。开烟酒、特产店，要熟人多、有单位照顾才行。马六十没有熟人，更不认识啥单位管事的，没办法开。开五金店脏些、累些，城里人喜欢干净，不愿受苦，都不愿意干。一般都这样，城里人不愿意干的，才能轮上乡下人干。城里人不愿意干，但还必须用。灯管灯泡、铁丝电线、钉子螺丝啥的，过日子都要用。城里人也得过日子，也得买这些东西。马六十就开了家五金店，生意也还不错。

生意是不错，就是不稳定。因为房子是别人的，城里人的。这些年，房价一个劲儿地往上涨，租金也是隔一段就涨。有的房东只是涨价，有的房东看他们生意好了，还撵他们走。啥原因不说，就叫他们搬走。马六十没办法，只能找房子搬走。七八年时间，已经换了四五个店面了。现在的这家房东还算好，开了两三年了，还没有要撵他们走的意思。马六十就及时地交房租，交房租的时候，还稍带点老家带来的土产。按理说，拿钱租房子，用不着这样巴结人的，但住家也好，开铺子也罢，谁都不愿多搬家。搬一次，损失一次。尤其是开铺子，那么多的货，搬一次又花钱又受苦。再说了，好容易开熟了，拉了点老买主，换一次店面，就又得从头来。马六十希望的是，能稳定地开下去。当然了，最希望的，是有一间自己的店面。

说实话，马六十这些年攒下的钱，也够买一间店面了。马六十很想买一间，可是婆姨不同意。婆姨想买住房。在先买店面，还是买住房的问题上，马六十和婆姨的意见不一致。马六十的意见是先买店面，说要是买下间店面，就用不着搬来搬去的了，每年还能省下三四万的房租。马六十想的是挣钱，婆姨想的却是过日子。婆姨说，几个孩子还在老家，没人管没人顾的，没娘娃一样。一年也见不上几次面，见了认生，就像是三下旁人一样。老人越来越老了，也没法照顾。这样几头子扯着，哪像个过日子的样子。钱挣少些，够花就行了，一家人在一起才像个家。

婆姨的话有道理，儿女才是他们的命根子，是他们最终的希望。他们有三个孩子，两个女儿，一个儿子。农村一般规定生两个，但没有儿子的，可以生三个。在农村，他们不算是超生，也不算是儿女最多的。农村，特别是山区，计划生育抓得松些，生四五个的都有。但在城里，就显得太多了。儿女假期过来，或者是有人问起来了，他说三个孩子，城里人就睁大了眼睛，张大了嘴巴，不敢相信他们生那么多，也不敢相信他们能养活三个孩子。他们还真把三个孩子养活了。早些年，他在外面打工，婆姨在家里抓孩子。后来，开了铺子，马六十一个人顾不住，就把婆姨也带到城里来了，孩子留给父母照看。他们只是按月给家里寄钱，供养孩子吃穿，供养孩子上学。几个孩子都长大了，大女儿上高中，小女儿上初中，儿子上小学，都在老家那边上。上得咋样，马六十也不知道。老家那边的教学质量不好，马六十想把孩子转到城里来上。但到城里来上学，得有户口，没有户口就得找人，还得花钱。花钱还不是三个两个，听说入一个学生得好几万。马六十舍不得花冤枉钱，再说了，来了也没地方住。有了房子，就有了户口，孩子就能转过来上学了。这里的教学质量好，孩子就能考上大学了。实际上可能没这么简单，但马六十就是这样想的。

马六十就决定了先买住房。穿衣吃饭量家道，有多少钱，能买多大的房子。大房子、新房子买不起，就想着能买一套小点的旧房子。这套房子的要价正好与他手头的钱差不多，就买下了。房子是六楼带阁楼的。六楼是顶楼，冬天冷、夏天热的，价钱就便宜些。再说了，现在的人，都不愿多爬楼梯，价格就更便宜些。九十多平米的房子，两室两厅，四十多万就买下了。关键是还带着阁楼。阁楼也装修了，铺着木地板。虽说是低些，容易碰头，但住人睡觉完全可以。马六十这些年一直都是前店后屋地住着。说是后屋，但并没有隔开，下面做饭，上面搭着个吊床住着，吊床离房顶也就一米多些，爬进去睡觉还行，坐起来都有些困难。这样一比较，就觉得阁楼上已经很高很宽敞了。要是让他选的话，他倒愿意住阁楼。阁楼还有个好处，老家那边来亲戚了，就可以住下。阁楼那么大，打地铺能住下十几个人。

房子咋住，马六十也想过了，并且跟婆姨合计过了。婆姨说，干啥都得有规矩，住房子更得讲规矩，啥人就得住在啥地方。下面两间卧室，主卧就像是家里的上房一样，得留给老人住。没有个小的住上房，老人住偏房的道理。马六十说，父母怕是不来。婆姨说，来不来的再说，房子先得留着。婆姨这样说，马六十心里就暖暖的，眼睛也暖暖地看着婆姨。父母这些年，拉扯一家人，的确不容易。老也老了，还下地干活，还操心他家的三个孩子。该把父母接过来，叫他们享享清福了。父母在农村住惯了，不一定来。但来不来的，留下一间房子，是一份心。婆姨说，另一间卧室，他们两口子，还有小儿子一起住。两个女儿就住在阁楼上，一边一个，想通着也行，想隔开的话，就中间拉一道帘子。

婆姨这样分，马六十觉得很周到。只是感觉有点委屈女儿。女儿大了，住在阁楼上，出进都得佝腰。佝惯了，到外面腰也伸不直。俗话说，穷养儿子富养女，不能太憋屈了女儿。可是又一想，过去的大户人家，都是把女儿养在楼上面的。楼上就应该是小姐的闺房。电影上也是那样演的，小姐款款地从绣楼上走下来，裙子在楼梯上拖着，感觉像仙女下凡一样，非常好看。不光是过去的大户人家，连外国人都是这样的。马六十记得上初中时，看过一本苏联小说，书中的小姐就是住在阁楼上。他那时候还不知道阁楼是个啥东西，长啥样，就是觉得好。小姐住的地方，一定是好地方。那本小说的名字、小姐的名字都忘了，阁楼倒是记住了。没想到自己家里也有了阁楼，自己的女儿也能住上阁楼了。

这样一想，更觉得婆姨分得好。婆姨比他念的书还少，只上过两年小学，只能识数、认几个字、会写自己的名字。婆姨的名字叫黑梅花。马六十平时不叫婆姨的名字，有事了就叫哎。有一回，婆姨在后面做饭，他在前面看着。铺子里来了几个顾客，马六十顾不过来，就喊婆姨，哎了几声，婆姨没有答应。马六十一着急，想起婆姨的名字了，就喊了一声黑梅花。这回婆姨听见了，就出来了。等顾客走了，他笑说婆姨，这才到城里几天，学上城里人了，不喊名字不答应了。婆姨说，啥呀，锅里炒菜，滋啦啦的，我没听见。你喊黑梅花，我还愣了呢，半天才想起我叫黑梅花。你说也是呀，农村女人苦死苦活的，连个名字都苦没了。婆姨的声音涩涩的。马六十就说，那我以后就喊你名字，说着，就喊了几声，黑梅花，黑梅花。

婆姨噗嗤笑了，说，行了，喊着咋这么别扭。

马六十说，我也觉着别扭。又笑着说，不是我喊得别扭，是你的名字本来就别扭。梅花本来是白的、粉的，叫白梅花、粉梅花都行，你偏叫个黑梅花，哪有个黑梅花？

婆姨说，我本来就姓黑，我大就姓黑，莫不成为了起个好名字，把姓也改了。

马六十说，不会再起个啥名字。你说你大咋给你起了这么个名字。

婆姨说，才不是我大起的，是小学老师起的。

马六十说，你们的老师水平也太低了。

婆姨有点恼了，说，就你水平高！你大水平高！你老师水平高！水平高，咋给你起了那么个名字？马六十，是六十岁了，还是六十斤重？我知道了，怕是考试经常考六十分吧。要是考八十、九十、一百的，不就考上大学了。考上大学，就能娶上个城里女人了，叫啥黑牡丹、黑玫瑰的，就不是我这个没水平的黑梅花了。怨我大干啥？怨我老师干啥？怨就怨，你没那个命。

马六十赶忙说，我早就认命了。你看，马六十、黑梅花，多般配，一听就不像城里人的名字。再看看我俩的穿着，油是油、土是土的，看着也不像个城里人。

婆姨冷着脸子说，人不像个城里人，心怕是像个城里人了。

婆姨看来是真恼了。

马六十赔笑说，开个玩笑，你还真气呀。

婆姨说，我不是气，是怕。前些天你就嫌我穿得不好，今儿又嫌我名字不好。你是到城里了，有钱了，不想要我了吧！

马六十忙说，叫你买件子衣裳穿，那也叫嫌你。我是看着你昏天黑地苦着，穿得又旧又脏，我心里疼的。

两口子平日里很少说啥疼呀爱的，说出个疼字，马六十低下了头。

婆姨说，我不知道穿新衣裳呀！你看这抓铁抓油的，能穿个啥好呢。再说了，紧攒着供娃娃上学，还要买房子呢，哪有个闲钱穿衣裳。

婆姨的声音也软乎了。婆姨是个贤惠女人，从来没讲究过吃穿。到城里这些年了，一点儿都没变，还是个农村女人的样子。马六十一方面觉得踏实，一方面也觉得对不起婆姨，心里还真有些疼。他想着，等将来日子好了，叫婆姨也好好打扮打扮，打扮得就像城里女人一样。

他买房的这家房主就是个典型的城里女人。

房子是通过房产中介买的，直到办过户手续的时候，才见到房主。房主是个女人，四十多岁——也许三十多岁，城里女人的年龄很难看清。同样没有看清的是她的相貌。应该是很清瘦的一张脸，但戴着一副很大的太阳镜，长长的直发又半遮半掩的，几乎没看清面相。衣服也是宽袍大袖的那种，看不出身材的胖瘦来。马六十起初以为她那天是有意那样打扮的，要过户拿钱，不想叫人认出来。或许还有不想让他这个新户主认出来、记住她的意思。但想想又觉得不对，她应该平常就是那样打扮的，那头发、眼镜、衣服，搭配得很协调，与她整个人很相随，与她的气息很相随。

说到气息，马六十想起来了。她身上有一种淡淡的艾草味，有点苦、有点甜、有点臭、有点香，混合在一起，是一种好闻的怪味。城里女人身上一般都有一股好闻的怪味。城里女人身上没有汗臭味，那样的味道，应该是香水味。城里女人一般都洒香水，不会熏艾草。艾草是长在乡村的，城里又不长艾草。也真是怪，女房主身上的艾草味就有些没有来由。

房间里也是一种淡淡的艾草味，马六十在收拾房子的时候，一直都能闻到那种味道，但始终没有找到那股味道的来源。

二

刚过完户，拿到钥匙，马六十和婆姨就张罗着收拾房子。

说是收拾，并没有找装修的，房子本来就装过，用不着重新装修，不必要花那个冤枉钱。收拾也就是打扫，把一些没用的东西扔出去。

只能是一个人去收拾，另一个得留下看铺子。想着刚开始垃圾古董的多些，就留下婆姨看铺子，马六十去收拾房子。

房子有大半年，也许是一年多没住人了，到处都落满了尘灰。地上散乱地扔着些纸箱子、旧书报啥的，显出搬过家的痕迹，但好像并没有搬走多少东西。沙发、柜子、电视机、洗衣机都在，连窗帘、床垫这些都在。马六十知道城里人换一次房子，就换一次家具电器，但这样搬家的，还是有些出乎他的意料。他记得家里搬到移民村时，啥东西都装上了，连烧火的柴棒都没落下一根。穷人搬家是怕过不好，富人搬家是要过得更好。马六十想不出女房主的新家是啥样子，就这个旧房子，他已经觉得很阔气了。地上铺着木地板，墙上贴着墙纸，各处都包满了柜子，顶上装着吊灯，还要啥。装修风格和屋里的摆设也洋气，按时新的说法是文艺气。马六十看着喜欢。马六十虽然没念多少书，但他上初中的那会儿，正是文艺最吃香的时候，满世界的文艺气。马六十也沾了点，只是后来打工赚钱过日子的，把那点文艺气给散没了。满世界的文艺气都给散没了。女房主身上还有些，就不错了。她不光是有点文艺气，还喜欢农村。窗帘是白底蓝花的，沙发是白底蓝花的，像过去农村人穿衣服的粗布。客厅的灯罩像是用麦草做成的，餐厅的灯罩是绣花的，就是农村人绣的那种花。尤其是，餐厅的墙纸是砖样的，顶上拉了许多的绿藤蔓，吊着好几个黄色的葫芦。只是拉的是葡萄的藤蔓，吊着的却是葫芦。她可能是分不清，但马六十分得清。不过，这样已经不错了，坐在下面吃饭，就像农村人坐在葫芦架下、葡萄架下一样。她喜欢农村，马六十就觉得有点亲切。她喜欢农村，最后把房子卖给农村人，这也算是一种缘分。

再一想，她也许就是想这样装修房子，并不一定喜欢农村，谁知道呢。好多城里人周末往农村跑，吃农家饭、住农家屋，高兴得不得了，真要叫他们到农村去，哪个都不愿意去。城里人总有些虚虚假假的东西。

比如说餐厅的暖气片，就装成壁炉的样子了。那样的壁炉，马六十在外国电影上见过，外面是个炉台，里面是红彤彤的柴火，那是真的壁炉。外面是炉台的样子，里面装着暖气片，当然就假了。假是假，但看着也挺好看的。

假壁炉上散乱地放着一些药瓶子、药盒子。那么多的药，咋就扔掉了？过期了？买那么多的药干啥，她有啥病？

假壁炉上还有一个很大的白玻璃瓶，圆形的，广口、窄腰、宽底，很像上初中时，化学课上老师做实验用的一种玻璃瓶，但更厚实，也更好看。马六十说不上那瓶子的样式，只是觉得好看。像一个女人一样，说不出的好看。马六十见过类似瓶子，在哪里见过却想不起来了，应该是城里人用水泡花的瓶子。花本来是长在土里的，城里人却喜欢用水泡花。花瓶里的水早就干透了，只留下一圈圈的水渍。花也早就枯死了。枯蔓从瓶口上耷拉到假壁炉上，又从假壁炉上拖到地上，在地上伸出好长的一截。马六十不知道这是一种啥花，竟能长出这么长的蔓来。蔓干枯了，蔓上的叶子也都干枯了，像长虫褪下的皮一样，白森森的，叫人感觉有些不祥。马六十想尽快把枯蔓从瓶子里揪出来，扔掉。可枯根粘在瓶子上了，马六十一揪，差点把瓶子拉倒了。马六十一手抓住瓶子，一手使劲一揪，才揪出来。几片枯叶飒飒地响着，掉到地上了。挂在半空中的一截蔓，没有依附，也随着起来了，但在地上的一截枯蔓却紧抓着地，很不情愿被扯起来，发出筋骨折断的声响来。马六十心里很不舒服，使劲扯起来，很厌恶地把它扔进垃圾桶里，真像扔一条死蛇。忽然，马六十发现，在枯蔓的梢头上，有一截是绿色的。仔细一看，真是绿的。四五寸长的一截绿蔓，两三片猫耳朵一样细小的绿叶。它竟然还活着！马六十想不到它是咋活下来的。主人离开后，瓶子里的水慢慢地干了。花根使劲贴着瓶子，想从瓶子上吸出点水来，可玻璃瓶能装水，却不能生出水来。花根慢慢地干枯了，临死前，把最后的一点水分、一点营养送给花蔓。这截花蔓也很快干枯了，把水分和营养送给下一截花蔓。就这样，一截死，一截生，再一截死，又一截生，一寸一寸，一毫一毫，把营养和水分往下传递，把生的希望往下传递。枯死的藤蔓也不放弃，从地上、从空气中绝望地吸收水分，往下传递，为的是最梢头的那截能活下去。

马六十忽然感动了，他想起家里的一些事情来。听父亲说，太爷是为了避乱，带着一家人跑到六盘山区来的。跑到山里了，还害怕被发现，就在一个深沟的下面，挖了几孔窑洞住下来，在山坡上开出些荒地种粮食。住在那样的地方，连麻雀鹞鹰都找不到，更别说是官兵土匪了。安生是安生了，就是见不上人，太孤了。见个囫囵日头都难，早上十点才升起来，下午四五点就落了。出行也不方便，换点盐巴布匹都困难。到爷爷这一辈，在山头上盖了几间草房，才算是亮堂了。不久，解放了，搞合作化，政府就把他们家迁到就近的村子里。村子在塬上，几十户人家。最初还安生，不久开始了一次又一次的运动。搞运动就得有对象，可村里实在找不出啥地富反坏的。村里其他人要么是本家，要么是沾亲带故的，就爷爷一家人来路不明。来路不明，就有了很多想象的余地。就像一块地，种啥它就长啥；就像一张纸，写啥就是啥。有说他们家是土匪的，有说他们是特务的，反正村里得有个批斗的对象，就把爷爷定了四类分子。大会小会的，都要拉到台上批斗。开始的时候，村里人还知道爷爷是凑数的，批斗也是走走过场。时间长了，爷爷的四类分子似乎就坐实了，批斗得越来越厉害。爷爷气不过，但没办法，为了一家人，只能熬着。没有熬到脱帽子，就去世了。爷爷六十岁的时候，有的马六十，就给他起名字马六十。爷爷去世的时候，马六十刚四五岁，依稀还记得他的模样。记得最清楚的是爷爷戴着高帽子的模样。爷爷去世两三年，才给脱了帽子。不久，包产到户。村里分土地的时候，其他人家分得多，也都分到好地，就马六十一家分得少，还是些薄地。父亲去理论，村里人说是父亲一家人是外来户，本来就没有地，能给分点地，就不错了。

父亲一气之下，想搬到太爷曾住过的地方。跑过去，却连点痕迹都找不见了。山顶上的草房搬家时就拆了，沟底下的窑洞也塌了，连洞口在哪里都找不见了。种过粮食的土地也早就荒了，和周围的荒山连成了一片。窑洞可以重新挖，荒地可以重新开，可住在那里，娃娃上学就没办法了。父亲对几个娃娃上学看得很重，特别是对马六十。父亲指望着他们能考上学，离开那个村子，走出那座山。可马六十弟兄姊妹几个没一个念成书的。其他几个小学毕业就不念了，马六十念得最多些，初中毕业。父亲没办法，只能叹气认命。

父亲是个倔人，娃娃考不出去，他认命了，但他不想叫娃娃们和他一样过一辈子。他一直想着离开那个村子，离开那座山。过了些年，搞移民搬迁，父亲想走，村里人也不想留，一家人就搬到移民村了。移民村土地少，收成不多，主要靠打工。马六十很早就到城里打工了，后来才扎站下来，开起那个五金铺子。马六十一直想着能在城里长久扎站下去。他不是为自己，是为了儿女。他想太爷把一家人带出灾祸，带到六盘山来。爷爷把一家人从山沟里带到山顶上，从没人烟的地方带到村子里。父亲又把一家人带出大山，带到移民新村。每一代人往前都走了一步。到他这一代，他要把儿女从村里带到城里。他来到城里十几年了，打工也好，开铺子也罢，他从来没感觉到自己是城里人。他没有城里户口，没有户口就不算城里人，没有户口儿女都不能在城里上学。获得城里户口的最好办法就是买房子，这座城市规定，有了房子，就有了户口。他现在有房子了，就自然有了城里户口了，是城里人了。最重要的是儿女从今往后，就是城里人了。

马六十小心地把那截绿的花蔓掐下来，托在手掌上，仔细地看着。马六十认不出那是啥花。马六十认识粮食，大麦小麦糜子谷子胡麻豆子的；认识野草，灰条棉蓬冰草苦蒿猫儿头狗牙刺啥的。马六十不认识花，叫不出多少花的名字来。虽说不认识，但花确实活着，花蔓掐断的地方有绿色的汁水，花叶也像地里刚长出来的嫩芽一样，闪着生命的光泽。虽然只剩下一截梢头，没有根了，但有点水的话，它也许能活下去，重新发出根来的。马六十决心救活它。他往那个玻璃瓶里倒了点水，把花蔓泡进去。玻璃瓶太大了，太深了，花蔓泡进去整个给淹没了。马六十觉得这样不行，花草和人一样，也得透气。他翻找出个水杯子，接了点水，泡上了。花蔓在水里，花梢花叶在水上面。马六十不知道它能不能活下来。他盯着看，一个细小的水泡从花蔓断口处长大了、冒起来了，又一个细小的水泡生出来了。有水泡，说明花蔓在吸水；能吸水，说明它能活。马六十这会儿非常希望它能活下去。

三

马六十把屋里扫了一遍，把窗台、灶台擦了一遍，又把地板擦了一遍，就不知道该收拾些啥了。男人家，不会收拾屋子，更重要的是，他不知道哪些东西该扔掉，哪些东西该留下。这家人留下的东西太多了，有几纸箱子衣物，都打好箱子了，也没拿走。这哪像是搬家，简直就像逃亡一样，就把金银细软拿上了，其他的全扔下了。虽然中介、房主都说过了，房子里所有的东西都是他的，由他处理，但不管是留下自己用，还是随便扔掉，马六十都觉得有些不舒服。留下用吧，好像平白无故地占了别人的便宜，还有点受人施舍的味道。马六十从来都不占别人的便宜，更不愿受人施舍。扔掉不用吧，又确实觉得可惜了。马六十是过了苦日子的，从来不糟蹋东西。

收拾不下去了，第二天，马六十守铺子，换了婆姨黑梅花收拾房子。

黑梅花找到房子就花了很长时间。黑梅花到城里四五年了，但总是不认路。她觉得城里的路好像都差不多，楼也长得差不多。在铺子附近走走还行，稍走远些，就会迷路。马六十鼓励她到街上转转，买点衣服啥的，她都怯着不敢去。马六十又不能陪着她出去，两个人都出去了，铺子就得关门，铺子关一阵，就是损失。马六十给她说好公交车路线，她也记不住；马六十怂恿她打车，她又舍不得花钱。所以，这几年，她就在铺子附近的商店里买点日常用品，在铺子附近的早市上买点蔬菜啥的，很少出去转街。

她随着马六十看了两回房子，但还是没有记住路，没有记住楼号楼层。找了好半天，才算是找到了。开门进去了，还怕是走错了。定神看了，房子就是。尘土扫掉了，垃圾收拾了，房子显得新了、亮了。黑梅花看着心里喜欢，但不敢相信这就是自己家的房子。房子里没有一件东西是自家的，没有自家的样子，没有自家的气息。住惯了的家里，有自家的样子，有自家的气息。这个房子的气息却是陌生的。她记得刚嫁到马六十家时，有过这样的感觉。结婚好些天了，她都觉得婆家的气息和娘家的气息不一样，她找不到家的感觉。慢慢地，她的气息融入了婆家，婆家的气息也融到她身上，她就觉得是自己的家了。

村子也是，刚开始也是生疏的，但后来，人、房子，包括牛羊鸡狗都分得清了。在农村，谁家的房子就像是谁家的，谁家的娃娃就像是谁家的。最神奇的是，谁家的牛羊时间长了，都像这家的人。模样像了，气息像了。城里就不一样，城里的气息是混杂的，没法分辨。房子是一样的气息，车子是一样的气息，人也是一样的气息。黑梅花一直都不习惯城里的气息。在城里四五年，她一直觉得不是自己的地方。现在明明站在自家的房子里，她还是觉得闯进了别人家。

惶惑好半天，才开始收拾。

收拾屋子，她当然要比马六十在行些。男人家收拾屋子，就像小娃娃洗脸，只顾脸蛋，耳朵背后、脖子根儿往往是不会洗的。只有女人才知道屋子最隐秘的地方，知道从哪些角角落落开始收拾。

女人眼睛最先看到的，总是厨房。厨房装得很简单，下面一圈橱柜，一个灶台。橱柜面子是人造石的，白底带黑点。这颜色新的时候鲜亮，但不耐脏，时间长了，会落下老垢甲。马六十昨天把尘土擦掉了，一些黑黄的油渍却现出来了。柜门是红色的，本来应该是鲜红的，时间长了，成了暗红色，也有些油点子。厨房上面并没有装柜子，只有一个抽油烟机鼻子一样突出在半墙上。油烟机是老式的那种，口朝下，张得很大。里面外面都有一层黄色的油脂子，吸烟管上也是一层灰土。黑梅花知道，厨房灶台就这样，天天用着看不出来，时间长了不用，油渍就跑出来了。虽然这样想，黑梅花心里还是觉得这家的女人不勤快，至少在做饭收拾锅灶上不勤快。听说城里的女人都这样，大多吃饭馆，不在家里做饭。就是做饭，也是凑合。城里女人有工作、有应酬，心思本来就不在做饭上面。哪像农村女人，一辈子就是围着地头、围着锅台转。女人苦，农村女人更苦。奶奶、母亲、婆婆，哪个活出个女人的样子。到她也一样。前些年，马六十在外面打工，她一个人在家里，要做饭抓娃娃，又要照顾老人，还要下地干活。在家里的时候，她还感觉自己是个女人，到了地里，她也不知道自己是男是女了。锄草、壅粪这些本来是女人的活计是她的，犁地、摆耧、种糜谷、种洋芋，这些男人的活计也是她的。一到地里，她就换上一身旧衣服，浑身沾满了土，看不出男女来。她有时还换上马六十留在家里的旧衣服。穿上马六十的旧衣服，最初是无意的。但穿上了，好像马六十就在她身边了，马六十就和她一起在干活了，她感觉不孤了，感觉温暖了，甚至感觉马六十的力量也传到她身上了。所以她下地的时候，大多都穿着马六十的旧衣服。村里人都夸她能干，公公婆婆也说她苦心好。大女儿有一回到地里给她送饭，冲着她喊了声爸爸，说她以为爸爸回来了。母女俩笑了，笑着笑着，都满眼的泪花。女儿是想爸爸了，她当然也是，可有啥办法呢。这些年，村里的男人都出外打工，哪家不是家没个家样，男人没个男人样，女人没个女人样。孩子更是，有爹有妈的，却过得跟孤儿一样。男人出去打工，说是为了家，家却散了；大人出去，说是为了孩子，孩子却失了怙。这都是咋了，黑梅花也不知道了。

这回好了，有了房子，一家人就能到一起了，能过上和城里人一样的日子了。黑梅花仔细地收拾着，真感觉是在收拾自己的家。洗干净油烟机抽烟管，洗干净了灶台橱柜。橱柜里还有些留下的锅碗瓢盆，两个炒菜锅，黑乎乎的，她不想用了，就没有洗。几个碗碟盆子的，她也不想用了，但还是洗出来了。洗干净了，也许还有用处。她想不通，好好的锅碗，这家的女人咋就这样扔掉了。

扔掉的东西不止这些。上阁楼的楼梯下面，装成了柜子。柜子上小下大，是三角形的，分成三层。最上面一层放的是包，各式各样的包。有男人背的，女人背的，还有些是文件包。她把柜子里面擦干净，又把那些包上面的尘土擦干净。擦干净了，那些包看着像是新的。仔细看了，才发现这些包全是新的，有几个包里衬包的纸和泡沫塑料都没去掉，包根本就没用过。不用，买这么多包干啥？新新的，为啥搬家没拿？黑梅花想不明白。

她盯着那些包看着，在一个包上看到了一行字，“西部大开发座谈会纪念”。她上过几年小学，认识一些字。认出这几个字，她才一下子明白了，这些包都是开会发的。城里人过年过节的，就发东西。当官的人家，没年没节的也有人送东西。这家人可能当着啥官，经常出去开会。开会发的包，这家人看不上，就塞在那里了，搬家的时候也没拿。

看不上用了，我们用。黑梅花心里说。她把那些包都分开了，有两个马六十能用，三个自己能用，还给大女儿分了三个，小女儿分了两个，儿子分了三个，就这样，还没有分完。剩下的，拿回去送给亲戚，就说是新买的。

她把那些包又一个个小心地放到柜子里，这回感觉放的是自己家里的东西。她忽然心里一惊，这是咋了？咋能贪念别人的东西呢！自己从来没有这样贪念过别人的东西。回去叫马六十打电话找那家人来，把他们的东西都拿走。

最下面一层是放鞋的。拉开柜门，满柜子的旧鞋。拖鞋、布鞋、皮鞋都有，还有几双皮靴子。这几年，连农村女人都穿皮靴子，黑梅花也想买一双的，但前些年下地干活，穿不成，这几年到城里了，没舍得买。皮靴子只是沾了浮土，擦干净，黑亮亮的，要是穿上了，谁也看不出来是穿了别人的旧鞋，只是看着好像有点小，自己怕穿不上。城里女人脚小，腿细。黑梅花也就是这样一想，并没有试着穿。她把鞋子一双一双地整出来，只有一只拖鞋是单个的，其他都是成双成对的。只是旧了，没有一双是破的，都还能穿。黑梅花心里又是一阵叹息。

叹息过了，她才发现，所有的鞋子都是女式的，没有一双男人的鞋。这个家里没有男人？女人是个寡妇？寡妇急急慌慌地搬家，是又嫁人了吗？她在城里这几年，也知道城里人爱离婚，过得好好的，说离就离了。这家的女人也是离了又嫁了？

黑梅花心里闪过几个疑问，她又赶紧把这个念头掐掉了，平白无故的，把人家想成个寡妇，这不是咒人吗。她把鞋柜里面擦干净了，把鞋子也一双双地擦干净了，整齐地摆进鞋柜里。连那只单个的拖鞋也放进去了，另一只也许还能找见呢。她想。她还想，女人还会来拿这些鞋子吗，要是不来拿的话……有这样的想法，她觉得不好，但在心里，她甚至有些希望她不会来拿。

鞋柜上面是一层敞门柜子，散乱地放着几把雨伞、几双旧手套，还有口罩手提袋啥的。一把红色的雨伞，已经坏了，半边能撑开，半边耷拉着。两把塑料雨伞还能撑开。手套口罩也全是女式的。还有一个旅行箱，紫色的，给啥东西压了，有点变形，拉链也没有完全拉上，像撇着嘴。黑梅花犹豫了一阵，还是把箱子打开了。里面空空的，只有一张粉红的火车票。夹层里有点鼓囊，掏出来，是一叠裤头，还有几个避孕套。避孕套她见过，但那样的裤头她却没有见过。不是平常穿的那种，好像是塑料做的，很薄。女人为啥穿那样的裤头，她不知道。过了好半天，她才想明白了。那样的裤头装在旅行箱里，明显是出门才穿的。出门不好洗，穿脏一个，扔掉一个。那她出门为啥还带着避孕套？她是跟自己的男人出门，还是和别的男人？听说城里人对那事很随便，男女对上眼了，就睡到一起了。也就是听说，黑梅花不敢相信那是真的。那样的事，咋能随便呢。前些年，马六十在外面打工，几个月大半年才回家一趟，她有时候也想，不想是假的。想了，就对别的男人多瞅了几眼。也就多瞅了几眼，她都觉得对不起马六十。村子是移民村，杂人杂姓的，也有男人想占她便宜，话来话去，动手动脚的事情也有过。她感觉不到也就过去了，要是感觉到了，她就觉得那个男人很恶心。也就那样，她都觉得自己脏了，马六十回来，她都怕他看出来。

这会儿手里拿着避孕套，还有那种女人的裤头，她虽然是个女人，又是一个人在屋子里，但黑梅花还是有些脸红心跳，好像是被人看见了，好像那些东西是她的，好像她要做啥事一样。她赶紧把裤头避孕套原样装进去，把箱子拉链紧紧地拉上了。拉链拉住，箱子嘴也不撇了，瘪下去的地方也起来了，鼓囊囊的，好像装满了东西，好像藏着很大的秘密。

中午到铺子里吃饭的时候，她几次想把这个秘密说给马六十，但刚想说，脸就红了。红了几次脸，也没能说出口来。马六十以为她是高兴的，也没有追问。黑梅花就被这个秘密压得饭都没有吃出滋味来。

四

下午，黑梅花主动去收拾房子。

她从铺子里拿了个电水壶，还有个电磁炉过去。电水壶、电磁炉都是进货的时候，厂家送的，还有电饭锅啥的。铺子里用的就是，她还攒了一套，准备着有新房子用的。这会儿虽说房子还没收拾好，急着拿过去，就是想在那个房子里放点自家的东西。全是别人的东西，没有自家的东西，感觉房子不是自家的。

两件东西放在灶台上，黑梅花心里踏实了些。她开始收拾储藏室。

储藏室连着厨房，不大，很潮，很乱。里面用木板隔出四五层来，每层都堆满了东西。有几个奶粉罐，铁的，挺好看。打开看，两个是空的，一个里面装着些杂粮，豆子小麦的掺和在一起。城里人肉呀菜呀的吃多了，也想着吃点杂粮。在黑梅花的心里，粮食是不能糟践的，不过这些粮食已经有了霉味，只能倒掉了。还有一个里面是半罐暗红的辣椒面，起了白虫子，把黑梅花吓了一跳。黑梅花是农村女人，但她还是怕虫子。有几个糖果盒、方便面盒，里面也装着些调和面啥的，黑梅花不敢再打开看了，她怕再有啥虫子钻出来，就倒掉了。有一个小竹篮，里面有些干叶子。干叶子的空里又伸出几根嫩芽来，像扁豆芽一样，又细又黄。她把干叶子清出来，那几根菜芽还在，细细一看，是从竹筐下面长上来的。她把竹筐翻过来，发现竹筐下面竟结着两块生姜，是新鲜的，润湿的，又生了根，紧紧地抓住竹筐。房子空了一年了，咋会有新鲜的生姜呢？这要是城里人，一定想不通。黑梅花是农村人，想了想，就明白了。这家人买了生姜，本来是放在竹筐里的。时间长了，竹筐里的生姜发芽生根了，没人管，它慢慢地长大，在竹筐下面结出新的生姜来。还没人管，新的生姜在下面又生根发芽了。农村人家地窖里放洋芋萝卜，时间长了不管，也就这样，洋芋芽萝卜苗在地下、在暗处，也能长疯了。黑梅花记得，村里有家人，搬到城里去了。走的时候，忘了地窖里的洋芋萝卜。洋芋萝卜却没有忘了生长，它们的芽在地下攒足了劲，冲开了地窖口，挤挤挨挨地长出来，看得人心惊。长出叶子还不算，还开了花，下面一定又结上新的洋芋了。没人管的话，它们会一年一年地长下去。黑梅花想，要是农村人都进城了，那些麦子豆子糜子谷子的，没人种，没人管，是不是也会这样自己生自己长呢？

黑梅花就能想到这些，再多的她不会想，也没时间想。她得紧赶着把房子收拾出来。

隔板上还有两个玻璃瓶子，里面红红的，不知是醋还是酱油。一个没开口，满满的；一个开了口，剩下半瓶了。黑梅花把瓶塞拔开，闻到一股浓重的酒味。是红酒。这家的女人也喝酒？一个人在家里喝？为啥？

地上一个泡菜坛子，上面扣着个碗。坛子重重的，好像里面还有泡菜。黑梅花不敢揭开碗，只把坛子挪出来，等马六十来了倒掉去。地上还有些石头，大大小小、奇形怪状的，不像是腌菜用的，像是捡来玩的。好多城里人都是，到河边、野地里捡石头玩。做了底座摆在家里，还有的卖了赚钱。黑梅花不明白，一个石头有啥好玩的。移民村那里过去是河滩地，满地的石头，年年往出捡，就是捡不完。她见了石头就泼烦。她把那些石头都收拾出来，扔进垃圾袋子里了。有一块石头不一样，仔细看，是石头刻出来的人头，细脖子、长脸、深眼窝，像个外国人。这个石头像她留下了，留下干啥，她不知道。

石头清理完，地上开阔了，显出些撒在地上的米面来。不管是城里人，还是农村人，米面都得吃。墙角处还有一卷黄纸，发潮了，上面有些水印。翻开看了，是黄表纸，里面还包着些印好的纸钱。女人的啥人去世了，她给烧纸呢？城里人的坟不知在啥地方，人都在马路上烧纸。

黑梅花刚来城里的时候，有一天擦黑的，看到马路边到处是烧纸的人，还把她吓了一跳。

她赶紧把那些纸装进垃圾袋子里。纸卷下面有一个黑乎乎的罐子，拿出来，是个熬药的砂罐，和农村人用的砂罐一模一样，和她家里用过的砂罐一模一样。婆婆一直有病，不愿到大医院里去看，就找个小铺子，抓些草药回去吃。黑梅花给婆婆熬药，熬出半碗黄汤，婆婆皱着眉头喝下去。喝了些草药，婆婆的病不见好，也没坏下去，就那样熬着。农村好多老人都这样。想不到城里人也熬草药，还用的是一样的砂罐。看到这个砂罐，她忽然觉得和城里人近了一些，和这家人近了一些。

收拾完储藏室，就开始收拾主卧室。

主卧连着阳台，显得很大。阳台上有一个洗衣机，一个烫衣板，还有些半瓶的洗衣液、半袋的洗衣粉啥的，一件旧线衣，几只旧袜子，也还有几块烂石头，显得很脏乱。靠近窗子的原因吧，尘土也多。好半天才收拾干净了。其他的都没用，不知洗衣机还能用吗。好像是全自动的，她还不会用，叫马六十过来看看再说。

主卧里没有床，地上放着个席梦思床垫。是床给搬走了，还是这家人就睡这样个床垫，黑梅花不知道。床头那边墙上从高到低装了三块搁板，那应该是放婚纱照的地方，现在却是空的。要是在的话，就能看看这家人到底长啥样了，尤其是这家的女人。黑梅花边收拾东西的时候，边想女人的模样，就是想不出来，模模糊糊的，只是个影子。影子还是马六十说的，马六十见过那女人，也没看清她的模样，说那女人留着长头发，穿着宽衣服，戴着大眼镜，好像故意不让他认出来。这又是为啥呢？认出来了也不会跟她家攀亲戚。也说不定就是怕农村人跟她攀亲戚呢！城里人就这样，本来的农村亲戚都不愿意认的。这样想过了，黑梅花又觉得想多了。谁搬家还能把婚纱照给扔下呢，就是搬多少次家，也不会把婚纱照给丢掉。黑梅花和马六十结婚的时候，也照过几张，最简单的那种，但她一直都保存着。搬家的时候，都是用床单包好了，怕给蹭坏了。要是往来搬家的话，也一定要拿过来，就摆在这几个搁板上。

她用抹布擦搁板，却擦出一只手镯来。不知是玉的，还是翡翠的，绿莹莹的非常好看，只是断成两截了，成了两个半环。黑梅花在电视上看过，知道这样的一个玉石手镯，好的要几万、几十万呢。这么贵重的手镯咋就弄断了呢？黑梅花觉得可惜。她把两截对在一起，看着完整了。要是用啥胶水粘一下，也许还能戴呢。黑梅花记得小时候，家里一口缸破了，都是找人箍起来。装水不行，还能盛米面、腌菜用。

没想到的是，在另一块搁板上，又擦出一对耳坠来。耳坠顺着抹布，掉到地板上了。她捡起来看，是白色的，有花纹，吊着细穗子。黑梅花细细地擦干净了，银亮银亮的。不知是银子的，还是白金的。要是银子的，还便宜些，要是白金的，就值钱多了。值钱多少，这是人家的。手镯断了，可能是人家不要了，耳坠子很显然是放在上面，忘记了，搬家的时候没有看到，落下了。人家不要的东西，可以留下用，人家落下的东西，那要还给人家。黑梅花把两截断镯子、一对耳坠子都放回到搁板上了。

黑梅花开始收拾衣柜。衣柜是包出来的，没法搬走。衣柜很大，从房顶到地上，占了一面墙。最上面是一层小门柜，太高了，够不上，黑梅花没有打开看。下面是衣柜，三个大玻璃门，推开看，同样还留下不少衣服，挂着的、叠着的，还有散乱地放着的。衣服的姿势好像是随时等着主人来用，好像是主人家昨天才取用过。细看，衣服上落了一层浮土，显然是很长时间没穿过了。

黑梅花把那些衣服一件件地拿出来，到阳台上，把浮土轻轻地拍掉了。羽绒服、小棉衣、外套、裙子、裤子、秋衣，啥衣服都有。全是女人的衣服，没有男人的。只有一件男人的衬衣，蓝方格的，但还装在盒子里，没有拆开。看来女人真是一个人过的，家里没有男人。但这件男人的衬衣，又是哪来的？搬家的时候，为啥又扔下了？黑梅花想不通了。收拾了一天屋子，她好像发现了一些秘密，好像知道了女人的一些事情，好像女人就近在眼前了。可是越收拾，女人的秘密好像越多了，女人的形象越模糊了，越远在天边了。

真的是远在天边。黑梅花觉得，自己和女人相比，一个在地下，一个在天上。自己这些年，苦死累活的，没穿过几件像样的衣服，没有几天打扮得像个女人。看着女人留下，应该是不要的那些衣服，黑梅花心里有些酸。

女人留下的东西，叫黑梅花知道了女人的一些不堪，但这些东西像一面镜子，也把黑梅花自己的一些不堪照出来了。

黑梅花默默地收拾着，手脚都变得慢下来了。突然，在一件秋衣下面，出现一堆头发，女人的头发。她感觉那是女人的头，吓得尖叫了一声，脑子里闪出很多恐怖的念头。她真想跑到铺子里，把马六十喊过来看。但她毕竟是农村女人，胆子大些，不习惯一惊一乍的。定下神来看，不像是人头，就是头发。小心地拿起来，是一个假发套。真头发做的，烫成波浪卷儿，染成淡紫色。

黑梅花忽然笑出声来。她不光是笑自己把假发当成了人头，还笑城里女人的头发原来都是假的。难怪那些女人，头发今天一个样，明天又一个样，看着那么漂亮，原来都是假的。她笑着把假发搭在自己头上，心里说，弄假的谁还不会呀。她不知道搭上假发自己变成啥样，在衣柜玻璃上看，看不分明。她又到卫生间的镜子上看，这回看清了。镜子里的自己烫发披肩，一下子变得洋气了许多。只是假发没有戴好，还露出自己的头发。她对着镜子，把假发慢慢地戴端正，把自己的头发完全盖住了。这会儿再看，根本看不出是假发，就像是自己的头发。长发披肩的样子是她睡梦里有过的，是她心底里有过的，但就是从来没有这样收拾过。前些年在村里的时候，田里爬、土里刨的，没办法，也没那个心情。这几年到城里，也是缠电线、抓螺丝的，也没那个心思。这会儿看着镜子里的自己，真像是做梦一样。

就当是做梦吧，要做梦就做个全乎的梦吧。她忽然想起女人的那些衣服来。她走到卧室里，把那些衣服挑出几件来，选定了一件白底碎蓝花的裙子，裙子的式样她说不上，反正看着好看。她把卧室的窗帘拉上了，把自己的衣服一件件脱下来，脱得只剩下内衣。胸罩旧了，松松垮垮的，平日里并没在意，但这会儿看着很碍眼，她一下子揪下来了。还有裤头，裤头少，洗得勤，线缝都开了，她缝补过了。这会儿不看，她都觉得难为情。她想起女人的旅行包里有一沓裤头，她遮住身子出去拿了一件来换上了。她把挑出来的裙子穿上了，裙子有点紧，她还是穿上了。一双肉色的丝袜，也穿上了，丝袜可松可紧，好穿。她站起来，穿上鞋。自己的鞋这会儿穿上，显得非常难看。她从鞋柜里拿出一双短靴子来，穿上了。鞋有点小，夹脚，靴筒也有点窄，勒腿，但她还是硬蹬上了。她这会儿没有一点穿别人衣服的感觉，她好像有点兴奋，又有点跟人赌气的意思。

都穿好了，她又到镜子前去看。镜子里的自己一下子变年轻了，变好看了，变得连自己都认不出来了。镜子里简直就是个城里女人，她这会儿不是看自己，就是看一个城里女人。她盯着镜子看，镜子有点小，看不到全身，她就踮起脚尖看。看着看着，她真有些恍惚了，感觉这就是自己本来的样子，感觉自己这会儿是穿好了要到街上去转街，要到单位去上班。但镜子里的自己不走，她也迈不开脚。她有些喘气，身上脸上有些热。镜子里的自己脸也潮红了，黑里透红的，那是自己的脸，但身子不是自己的，手脚不是自己的，连心也不是自己的。

她真感觉控制不了自己的心了，她的心被镜子里的自己控制了。镜子里的自己走开了，走到卧室里，是熟悉的卧室；走到客厅里，是熟悉的客厅；走到厨房里，是熟悉的厨房。她好像在这里住过好些年了，一点儿陌生感都没有了。她边走边看着，像看着自己的家。她还看了看窗外，窗外的样子也似乎是熟悉的。她还想到阁楼上去看看，去看啥她不知道，就是想上去看看。她踏上楼梯，楼梯有些陡，裙子有些紧，鞋也有点不合脚，但她还是往上走。阁楼上却有些陌生，走到别人家的感觉又出来了。她赶紧往下走。穿着高跟鞋下楼梯，更不好走，一下子就踏空了。她栽倒了，滚下来。幸亏是假壁炉挡住了，没有摔得很重。假发歪了，一只鞋子掉了，裙子的扣子也绷掉了。她一下子就清醒了，一瘸一拐地跑到卧室里，把身上的衣服全脱掉，把自己的衣服又换上了。

她跌坐在床垫上，好半天才缓过神来。缓过来了，她也没有动，愣愣地坐着，脑子里空空的，心空空的，整个人都像是给掏空了。直到感觉膝盖那里有点疼，额角那里也有点疼。大概是摔倒时给蹭破了。膝盖破了，藏在裤子里，谁也看不出来；额角要是破了，马六十问起来，咋说呢。她赶紧到镜子上去看，额角那里有点红，但没有破，她心里安稳了些。她又看了看镜子，镜子里是自己微黑的脸，是自己的身子，自己的手脚。刚才镜子里的那个女人不见了，一点儿痕迹都没有了。但她分明又看到了那个女人还在镜子里，虚虚的有个影子，好像印在镜子里了。黑梅花想，马六十要是看镜子，不知能不能看到。他要是看到了，会咋想？他要是看到自己今天的样子，又会咋想呢？

黑梅花忽然有些伤心，从来都没有过的伤心。她感觉眼泪就要涌出眼眶了，哭声就要冲出嗓眼了，但她还是压住了，没有哭出来。她已经隐忍惯了。

五

回到铺子里，她还感觉乏乏的。马六十问她收拾得咋样，她随便答了两句。她答话的声音哑哑的，就像真哭过了一样。好在马六十没有在意，马六十是个粗心的人，很少在意她身上的变化。有时候，她穿一件新衣服，马六十好几天才能看到。平日里已经习惯了，可是今天，她就对马六十有些怨。又一想，马六十要是真问起来，她不知该说些啥。她心里装不住事，也许会把穿别人衣服的事说出来，也许还会哭出来。她还真有些想哭出来。这一天真奇怪，黑梅花觉得自己有些多愁善感了。

黑梅花默默地做了晚饭，吃饭的时候也是低了头不说话。马六十端起饭碗，就来了个顾客。回来吃了半碗，又来了一个顾客。第三个顾客来，黑梅花赶出去看了。两人就没顾上说话。平常就是这样，但是今天，黑梅花觉得，饭都吃不好，这样过日子，图个啥呢。

想是这样想，铺子还是一直开到十点钟。平时就这样，反正闲着也是闲着，吃住都在铺子里，开着门，有时还进来换灯泡线板的，能卖点钱。更不可能有啥周六周天了，过年过节都没几天休息。黑梅花觉得，还是城里上班的好。不过，她没有说出来。

关了门，爬到吊床上睡下了。黑梅花才说，房子里还留着好些东西呢。

马六十说，就是，我也看着有些东西呢。

黑梅花说，你跟人家咋说的?

马六十说，说啥?

黑梅花说，那么些东西，人家要不要，你也不说。

马六十说，我也没管还有那么多的东西。

黑梅花说，你不是看了几回房子吗?

马六十说，你也看了呢。

黑梅花说，价是你说的。

马六十说，价是跟中介说的。

黑梅花说，中介咋说的？

马六十说，中介说的是囫囵话，就说整个房子都是。

黑梅花说，人家说没说房子里的东西。

马六十说，说是没说，我觉着是包着东西的。城里乡里一个道理，在农村买别人的院子，院子里的果树、园子里的韭菜，不能单算钱吧？

黑梅花说，果树韭菜拿不走，东西能拿呢。

马六十说，拿走拿不走的，道理一样的。

黑梅花说，道理是道理。你跟人家说开了吗？没说，好像是咱昧了人家的东西。咱穷是穷，不明不白的东西咱不要。

马六十说，对着呢。我记得中介好像说过电视机、洗衣机、沙发啥的，还说过我们搬进去就能住，不用再买的话。

黑梅花说，还有衣服、鞋啥的，说了吗？

马六十说，小东西没说。

黑梅花说，你还是打电话问问。

马六十说，今天晚了，我明天问中介。

黑梅花说，衣服、鞋啥的是房主的，最好问问房主。要是拿的话，叫她快来拿了去。

马六十说，房主的电话不知道。

黑梅花说，中介知道呢吧？

马六十说，我明天问。

黑梅花这才心安了些，但还是没落到实处，翻了几次身，吊床咯吱咯吱地响了一阵。马六十也翻了几次身，吊床吱吱嘎嘎地响了一阵。

干了一天的活，累了，两个人还是都睡着了。

早上起来，黑梅花想起昨天的事，不想去收拾屋子，就说电视机、洗衣机那些东西她不会弄，她看铺子，叫马六十去收拾。马六十这些年开五金铺子，电线电路的，学了些。闲了，还爱摆弄个电器啥的，电饭锅、电磁炉坏了，他都能鼓捣好。

房子里的那些电器，不知道人家要不要。不要的话，收拾好了还能用；要的话，就用不着收拾了。婆姨说得有道理，应该问好一下，不明不白的东西，不能用。

他就给中介打了个电话。

中介可能早就忘了他，删了他的电话。接了电话就问，先生你好，买房还是卖房？我们是大型房产中介，不管是买房还是卖房，保证你满意。

等中介把一大堆话说完，马六十才说，我前几天在你们那里买了一套房。

中介马上说，是吗？房款付清了吗？是要办贷款还是过户？你放心，不管是要办贷款还是过户，保证你满意。

马六十说，房钱都给了，过户手续也办了。

中介的口气立马变了，质问道，那你还有啥事？手续做过后，我们一概不负责了。

马六十小心地说，我不是找啥事，我就是想问一下，屋子里还有些旧东西，咋办？

中介说，旧东西？你自己扔掉不就行了。

马六十说，不知道房主人家要不要，麻烦你给问一下，我不知道她电话。

中介很不耐烦地说，哪个房子，你说，我查一下。真是麻烦。

马六十说了小区楼号房号，那边就挂了电话。

过了一会儿，中介回过电话来，就说了四个字，问了，不要。就又挂了电话。

中介的态度这样，马六十没法计较。有那四个字，他就放心了。收拾屋子的时候，心里也好多了。

他先收拾电视机。电视机是很大很厚的那种，早过时了，不值钱，也不好搬，但接上电，按下开关，屏幕亮了，只是没有图像。找到机顶盒，开了，还是没有图像，应该是欠费了。城里就这样，水电煤气电话啥的，都是先交费才能用，没费就停了。等搬进来住的时候，再去交费，或者干脆把铺子里的户转过来。

铺子里有个小电视机，是前几年房东家淘汰的，300 块卖给他了。300 块钱买个电视机，他以为占了便宜，以为是房东照顾他。过了几天，一个收旧电器的，把三轮车停在铺子门口，进来买螺丝。马六十看他是个乡下人，正好三轮车上有个电视机，就问价钱。那人说，你要的话，150 块，我 100 块收的。马六十没有回价，那人又说，真心要的话，130 块也行，我从楼上背下来，就挣个苦钱。马六十赶紧说，我就是随口问问，我有电视机呢。说着，还朝自家的电视机努了一下嘴。那人顺着马六十努嘴的方向看过去，看到了电视机，就说，老板，你是想卖掉旧电视吧，你这个小些，不过不用从楼上背下，我也给你 100 块，咋样？马六十忽然就动气了，大声说，我不买也不卖。

他动气实际上是冲着房东的，也是冲着自己的。他气房东这样算计他，也气自己笨，多花了 200 块钱。

马六十这会儿想起来，就觉得，房子里留下的电视机是给他的补偿。父亲一直都给他说，娃娃，要吃亏呢，吃了小亏，有大补偿呢。他一直按着父亲的话做的，一直都吃亏，可很少得到过补偿。这回算是真得到了。不光是电视机，屋子里留下的这些东西，都是给他的补偿。这样一想，他心里豁然开了，没有受人施舍的感觉了。

机顶盒旁边还放着个 DVD。他家里没买过，但他还是鼓捣着会用。插电，按开关，灯亮了，嘶嘶响着，软驱一出一进的，很顺溜。找个光盘放上，应该就能看了。洗衣机也是，通上电，按照键盘上的指示，按下按键，水就往里面淌。水淌满了，就转起来。马六十没往里面放衣服，就让它空转着。这样洗洗也好，城里人懒些，啥东西都放在洗衣机里洗。

煤气灶有些问题，不打火。煤气"出出"地响着往出冒，就是不见火。马六十拿打火机点了，火苗一下子蹿上来，差点烧了他的眉毛头发。他试着一手拧开关，一手点打火机。煤气一出来，就点着了。蓝火苗热烈地烧着，马六十看着高兴。有了火苗，就有了家的感觉。

热水器却打不开。热水器也用的是煤气，但和煤气灶不一样，没地方点火。马六十试了好多种办法，就是打不开。他想尽快把热水器收拾好，收拾好了，就能洗澡。铺子里吃饭睡觉没问题，就是没办法洗澡。他和婆姨有时候到附近的澡堂子洗洗，但那要花钱，所以大多时候，都是用湿毛巾擦擦。擦洗不干净，身上就一直有味道，农村味。爱干净的城里人就会嫌弃他们。城里人嫌弃农村人，往往就是嫌弃农村人脏。不是心脏，农村人心是干净的，是身上脏。农村人没条件洗澡，再说了，天天跟土打交道，也习惯了。城里人不一样，把洗澡看得很重，有些人天天要洗澡，还有些一天要洗几次澡。马六十觉得，一天洗几次澡，就有些过了。但现在在城里住下了，就得洗澡，要想成为城里人，就得洗澡。尤其是孩子们，以后就是城里人，就得学城里人的习惯。

这样一想，马六十觉得热水器是个大事，得找人来修修。他想起楼道里贴着些小广告，修水暖、通下水啥的，不知有没有修热水器的。他开门出去看，楼道齐人高的地方满是小广告，花花绿绿的。有些是纸片，有些是印章。印章比纸片好，想撕撕不掉。有个蓝印章就是修热水器的。马六十打过电话去，对方接了，问了小区楼号房号，说马上就到。马六十刚想问价钱，对方就已经挂了电话。

洗衣机还转着，马六十过去看。还没等转停，就有人敲门。隔着门问，说是修热水器的，还真快。开了门，进来一个小伙子。小伙子好像熟门熟路，进来就径直地走进储藏室，热水器就在那里挂着。马六十有些纳闷的时候，小伙子已经在热水器上拧了几下，又出来把洗手盆上的水龙头把手转了个方向，再抬起来。水龙头出水了，那边的热水器也响起来。小伙子又到卫生间，还是把水龙头转了个方向，抬起来，水喷射出来，这边的热水器又响起来，里面闪着红蓝的火苗。马六十这才明白，热水器的开关就在水龙头上。热水器好好的，是自己不会用，白白找了个人来修。他还在这样想的时候，小伙子说，好了，五十。

马六十说，五十？这么贵？马六十说的是普通话，有意无意说出普通话来，连他自己都有些憋。

小伙子说，上门二十，修理三十，都这价。小伙子说的不是普通话，有点六盘山一带的口音。

马六十说，你又没修。

小伙子说，没修咋好了？干了活不给钱是不是？

马六十说，不是不给，是你要得太高了。

小伙子说，上门二十，修理三十，就这价。这会儿嫌高了，玩人呢！

马六十说，老乡，便宜点。马六十用了老家的话。

小伙子说，啥老乡，我干活挣钱，你给钱。

马六十知道遇上愣头青了，就赶紧往出掏钱。掏出一把零钱来，数了数，只有三十八块五。他拿着钱，尴尬住了。

小伙子不接，看着他，眼神中的意思很明显，不够，再掏。

马六十说，身上就这点钱，真没有了。

小伙子又盯了他几眼，一把抓过钱，转身就走了，边走边说了几句不干不净的话。

马六十想追上去理论，又忍住了。他呆站着，有些恼，也有些愧。每当被城里人涮了，他都是又恼又愧。这回被老乡涮了，他觉得更恼更愧。他本来想热水器修好了，先洗个热水澡，这会儿一点儿洗澡的意思都没了。也不想收拾房子了，就回铺子里吃午饭。

吃饭的时候，他只说电视机、洗衣机、煤气灶都修好了，没说修热水器的事。婆姨听了，满脸的高兴。

六

吃过饭，马六十想了想，还是自己去收拾房子，要是婆姨去了，遇上这样的事，更不好。听说城里还有些人，假装查水表修煤气灶，进门抢东西欺负女人。抢东西家里没啥，女人要是给欺负了，那还咋活。看来住在城里，啥事都还要提防着些。以前看到城里人铁门铁窗的，谁敲门的话，还要隔着门镜看半天，这会儿也理解了。

他进屋先试了一下热水器，水龙头往右边一转，抬起来，水淌出来，热水器就开了。一会儿，水龙头里就有了热水。马六十苦笑了一下，吃亏长见识，有啥办法。想想，房主留下这么多东西，自己占便宜了，占了便宜就得吃点亏。吃亏也不大，才几十块钱，再说了，是占城里人的便宜，吃老乡的亏，也算值。遇上事情了，马六十总是这样解劝自己，解劝开了，心里就好些。

他又开始收拾房子。

阁楼上还有些电器。最显眼的是一套卡拉OK，一对高大的音箱，一台播放机，都整齐地摆放着，只是落满了尘土，几个话筒散乱地放在各处，话筒线蛇一样缠绕着，还保持着最后一次用过的样子。这样的卡拉OK机，他好些年前就见过，那时候他还在城里打工。年轻人精力好，白天干活，晚上没事干，心里躁，就和工友到外面唱卡拉OK。那时候唱卡拉OK，有些在房子里，更多是在大街上。房子里要钱多，他们进不去，大街上便宜，一块钱唱一曲。天一擦黑，卡拉OK摊子就摆出来了，放开音乐，一会儿男男女女的围起一大圈人，有城里人，有乡下人，有本地人，有外地人，互相不认识；有唱的，有听的，有看热闹的，还有故意挤出挤进揩女人油的。女人尖叫一声，或者是骂几句，都被卡拉OK的声音淹没了。卡拉OK音量开得很大，唱歌的人也扯着嗓子吼，半条街都给震动了。马六十那时候年轻，听着感觉很带劲，有时候也花几块钱吼上几嗓子。马六十不爱唱歌，五音不全，就是想发泄一下。大多数时间不唱，就是听着、看着，累了，觉得没意思了，才回工地上去睡觉。

马六十那时候就没想过哪一天自家买一套卡拉OK，这会儿还是觉得它没啥用。他不爱唱歌，婆姨黑梅花也不会唱歌。也许孩子们喜欢呢，他想。这些年他一直在外面跑，见面少，有时候连孩子的模样都忘了，孩子喜欢啥，不喜欢啥，他真的不知道。好像小女儿有点喜欢音乐，上小学的时候，嚷嚷着要参加学校的音乐兴趣班。参加兴趣班，就得买电子琴。电子琴要一千多，马六十没舍得买。女儿抱怨了几次，也就罢了。马六十当时给女儿说的，也是给自己说的理由是，学习最重要，学那些乱七八糟的，影响成绩。这几年他才知道，城里人把孩子的学习看得比啥都重，不光在学校里学，还让孩子参加各种辅导班，请老师在家里辅导。不光是学知识，还学钢琴、电子琴、手风琴，还有画画、写毛笔字啥的。说是要孩子全面发展，要孩子不输在起跑线上。自己的孩子呢，除了在学校里学的那点，再啥也没有了。学校也不好，考试也考不过城里孩子，已经是输在起跑线上了。想想，真是有些不公平。这样不公平的事情多了，马六十很少想，他这会儿想的是，有些对不住孩子。

他想把卡拉 OK 收拾好，孩子们来了，想唱就让他们唱一唱。他接上电，找到开关，却不见机子响，话筒也没有声音。鼓捣了半天，还是没有声气儿。也许是自己不会弄，也许是坏了。自己不会弄，慢慢找人再看。这会儿他不想找人来，怕跟修热水器的一样，涮他。就算是坏了，也舍不得扔了。卖给收旧电器的，也许能换百八十块钱呢。就是摆在那里，也是一件家具，挺好看的。再说了，阁楼上很空阔，没有多少东西。

拐角处还有个电脑桌，上面放着个电脑。也是很老的那种，鼻子疙瘩一样。电脑桌是蓝色的，电脑也是蓝色的，这家人好像喜欢蓝色。喜欢是喜欢，却还是扔下了，应该是换了新的了。有了新的，就不要旧的了。马六十家里从来都没有买过电脑，新的旧的都没有。他不会用，也觉着没啥用处。大女儿好像提过电脑的事，她在县城上高中，学了电脑，说电脑上能查资料，能帮助学习，还说有好多同学家里都有电脑。大女儿很懂事，很体谅他们，很少直接要啥东西，要的话，也是转着弯儿说说。马六十听明白女儿的意思了，但假装不明白，还是没有买。这个电脑旧是旧了，但说不上还能用。主机、键盘、鼠标啥的，很多的线，往哪儿接，马六十不会。先放着吧，女儿应该会接，等女儿来了再说。

电脑桌边有个光盘架子，上面插着很多光盘，旁边还堆着一些。这些光盘是干啥用的，马六十不知道，就整了整，依旧放在那里。

阁楼两边都包成了柜子，柜子里放着些书。马六十以前很爱看书，这些年几乎不看书了，但看到书，他还是很爱惜的。他爱惜书，一个原因是为自己。他只上过初中，没念成书，在心底里，一直是有着遗憾的。有时候想起来，觉得要是念成书，考上大学的话，现在的日子就不一样了，过的也许就是另一种生活了。也许婆姨不是现在的婆姨，孩子也不是现在的孩子了。这样的念头也只是一闪，不敢说出来，也不敢再往深了想。要是真的婆姨不是现在的婆姨，孩子不是现在的孩子，他还觉得怪怪的。自己已经这样了，还是这样最好。只是孩子们不能再走他的老路了，孩子们一定要多念书。他爱惜书，另一个原因就是为孩子。他不能给孩子们教多少知识，也讲不出多少道理来。他只是给孩子们说，要爱惜书，爱了啥多啥，糟了啥缺啥呢。孩子们要钱买其他东西，他还疼钱，要说是买书，他二话不说，就给钱。

这会儿看到这么多的书，马六十心里非常高兴。他慢慢地把那些书都整理好。顾不上细看，也不会分类，他就按照大小、样式整理起来，一本都不想丢掉。书里还夹杂着些本子、纸张，他翻开看看，写过的，就扔掉，没写过的，就留下了。一个带扣子的笔记本，翻开看，写过了，细看，是日记，写了满满的一本子。他只看了几行，就合住了。别人的日记，不能看。他单独放开了，还有些信件，也单独放开了。这些都是别人的秘密，要么还给人家，要么烧掉，看是不能看的。

有一把干花，很大的一把，本来应该是各种颜色和样式的花，这会儿都干透了，花的模样颜色都看不清了，扭结在一起，没有一丝儿生气了。干枯的花儿叫人看了难受。花儿是谁送给女人的？为啥放在这里干成这样了？马六十不知道。

一处柜子里是些颜料罐，还有调色盘、画笔。调色盘上还有些红的绿的蓝的颜料，都已经干结了，颜料罐也干了，挤不出颜料来。这家还有人画画呢，是女人，还是男人、孩子？他只见过这家的女人，没见过男人、孩子，无法想象他们。应该是女人，那个女人看着就像是画画的。还真找到了画儿，柜子边上立着两个框子，翻过来，是画儿。看不出画的是啥，把上面的土擦干净了，还是看不清。走远些看，才看清了。一张是画成的，画了些苹果、葡萄、香蕉，还有几个玻璃瓶。玻璃瓶上的白光很显眼。另一张画的是一个篮子里放着些花，叶子画上了，花却只有个轮廓。为啥没画成放下了？也许是有啥事了，也许是来人打搅了，也许是她心情不好，不想画了。女人心情不好，又是为啥？

马六十试着想那个女人，想她在阁楼上都做些啥。

女人在阁楼上看书。应该有个躺椅的，女人躺在摇椅上，翻开一本书，静静地看着。看累了，女人打个哈欠，眯上眼，睡过去了，一只手里还拿着书，在摇椅边。女人的手很白、很瘦，蓝色的血管清清楚楚。

女人在阁楼上画画。画画只能坐个小凳子，旁边是调色盘、画笔和颜料，前面是画架画框，画布很白，很洁净。女人拿起画笔，却好像是不忍心在洁白的画布上涂上颜色。女人皱了一下眉，还是涂上了，是一块蓝色，女人喜欢蓝色。是要画天空，还是要画树叶，女人犹豫了，举着手。女人的身姿很优雅。

女人在阁楼上喝茶。茶桌是树根做的那种，漆成黄亮的木色。茶壶茶杯都是白底蓝花的，很小巧。女人跷着一条腿，靠在木椅子上，端起茶杯，抿了一口，热气在她脸上散开来。女人的面容很清瘦。

女人在阁楼上唱歌。不是一个人，是一群人，女人约了一些朋友来。女人在中间，其他人在她周围，他们的面目很模糊。音乐响着，其他人唱着，唱得很杂乱，噪音一样。女人有点听不下去了，她忽然起身，抓过话筒唱起来。女人没有跟着音乐唱，她唱了一首很忧伤的歌，是她自己的歌。唱完了，其他人叫起好来，女人却低下头，头发垂下来，遮住了她的脸。女人的头发又黑又长……

女人好像真的在做着这些事。女人在做着这些的时候，马六十好像就在身边看着，女人好像就是他的女人。

马六十一段段地想着，他好像被女人迷住了，好像被摄了心魄一样，半天才醒过神来，心惶惶地跳了好一阵，才平静下来。

他不敢在阁楼上多待了，赶紧下楼来。

春天的日子短，太阳已经落了，外面一片红光。红光照进屋子里，又亮堂又虚幻。

虚的毕竟是虚的，该回去吃饭了。马六十忽然有个想法，叫婆姨黑梅花把饭送过来。他给婆姨打电话说了，婆姨说，铺子咋办。马六十说，先关掉，晚上开着，也挣不了几个钱。

七

黑梅花来的时候，屋里暗下来了。

马六十打开餐厅的灯，三个灯头，一个亮着，两个不亮。餐桌凳子也没有，马六十只能捧着饭盒，蹲在地上吃。好在这样吃饭，他早就习惯了。只是这样才发现，屋子里还是有很多东西被搬走了，真要住家过日子的话，还得添一些才行。

马六十吃饭，婆姨黑梅花挨屋转着看，还到阁楼上看了一趟。边看边说，你忙了一天，没见收拾个啥呀。

马六十嘴里含着饭说，我把电器啥都收拾好了。

黑梅花没听清楚，没再应声。等她转了一圈过来，马六十已经吃完饭了。这样三刨两咽地吃饭，也早习惯了。马六十捧个空饭盒蹲在地上，黑梅花就看到他的头顶。他头顶上沾满了灰尘，头发也显得灰灰的。黑梅花心里有些疼惜，伸手在他头上刨了刨，说，头都脏了，弄点热水洗一洗。

提到热水，马六十一下想起热水器来。他没说找人修热水器的事，就说热水器修好了。说着站起身，过去给黑梅花演示。他打开厨房的水龙头，一会儿，热水出来了。马六十怕热水白淌了，就用饭盒接住了。马六十高兴地说，你以后洗菜洗锅，就不用冷水了。黑梅花也笑着说，城里人洗锅洗菜，都是男人的活儿。马六十说，洗就洗，谁还不会呀。说着又到卫生间，打开洗澡的蓬头，一会儿，马六十手伸进浴房里接了，热水出来了。黑梅花也用手接，真是热的。马六十说，以后洗澡不愁了。黑梅花说，你这会儿就洗洗，看浑身脏的。

马六十说，要不你先洗，我在外面看着，我会弄，你不会弄。

黑梅花看着他，没说话，表情的意思是，能行吗？

马六十说，有啥不行的，这是我们家。

马六十豪气地说出“我们家”几个字，黑梅花也似乎受到鼓励了。她还是没说话，用表情说了，那我就洗了。

马六十说，你洗，我在外面看着。

马六十打开灯，关上门，出来到储藏室那边看着热水器。热水器呼呼地响着，里面的火苗烧得很欢实。马六十仔细地看，发现热水器上还有两个旋钮，一个是管火大小的，一个是管温度高低的。原来水温高低也是能调的。

他过来隔门问，水热着吗？黑梅花含混地应了一声。马六十又问，烫不烫？黑梅花还是含混地应着。隔着门，水声响着，她可能没听清。马六十干脆推开门问。门一开，黑梅花叫起来，你出去，快出去。马六十说，我就是问一句，热不热，烫不烫，我不看。说是不看，还是看了一眼。隔着浴房玻璃，又有热气罩着，就看到了一个影子。这样影影绰绰的，反而叫他心里一动。

黑梅花洗出来，马六十也洗了。人洗精神了，显得衣服更脏更旧了。黑梅花想起衣柜里有一件新衬衣，拿出来叫马六十穿。马六十问是哪来的，黑梅花说了，马六十就不穿。黑梅花说，你不是打电话问了吗，人家说啥都不要了，新新的衣裳不穿，还扔掉去吗？马六十这才穿了。穿上新衬衣，马六十一下子显得年轻了，亮堂了，帅气了。

黑梅花瞅着他，幽幽地说，咱以后也亮亮堂堂地活几天人。

马六十说，对，亮亮堂堂的。说着他起身把各屋子里的灯都打开了，整个屋子一下子亮亮堂堂的了。灯光把屋子照满了，屋子里的旧东西都变新了，真是一个新的家了。尤其是客厅里，壁龛上的两个彩色射灯亮了，把整个屋子都染成迷幻的了。这样的灯光，这样的氛围，黑梅花当姑娘的时候想过，在梦里有过，但醒来的时候，从没敢想过。这会儿，她反倒有点紧张，不知该说点啥、做点啥。马六十也是，他知道这样的灯光叫浪漫，城里人这时候会说点甜甜蜜蜜的话，做点腻腻歪歪的事，但他不会，他不知该说点啥、做点啥。他忽然说，电视机好着呢，就是没通，DVD也好着呢，我拿个碟来看。说着起身到阁楼上拿碟去了。

马六十腾腾腾地上楼梯，黑梅花的心也跟着腾腾腾的。马六十走开了，她轻松了些，但隐隐也有些失望。

马六十拿了个碟片，又腾腾腾地下楼了。他蹲在那里，开了电视机，又把碟片装好了。电视机闪了一阵蓝光，接着就有了画面。

马六十就和黑梅花坐在旧沙发上看电视。在铺子里，他们也是关了店门后，就看一会儿电视。看电视是他们唯一的娱乐活动。电视画面有点抖，有点模糊，慢慢清楚了，是一男一女，在做那事。现在的电视上，常有这样的镜头，一家人没法在一起看。要是孩子们都过来了，就把铺子里的电视机也搬过来，她和马六十看一个，孩子们看一个。黑梅花这样想着，以为电视上那样的镜头一闪就过去了。没想到，那一男一女还在做，动作越来越大，还发出了声音。

马六十忽然明白了，那是一盘黄色光碟，他赶紧关了 DVD，把碟片取出来。碟片是他随手拿的，谁知道那一堆碟片里还都有些啥东西。要是孩子们来看到了，那还了得。他又腾腾腾地上楼，把那些碟片全都抱下来，扔进垃圾袋里。看来，城里人留下的东西，有些能用，有些不能用。

黑梅花问，哪来的那个东西？

马六十说，我也不知道，顺手拿的。

黑梅花说，城里人咋看那些东西？

马六十说，谁知道呢。

黑梅花说，还是个女人呢。

马六十说，啥女人？

黑梅花说，这家的女人。

马六十说，这家的女人咋啦？

黑梅花说，这家的女人好像是个寡妇。

马六十说，谁知道是不是寡妇，不要乱说。

黑梅花说，一个寡妇在家里看那些干啥？

马六十说，改心慌呗。

黑梅花想起前些年，马六十在外面打工，她留在家里，有时也心慌。看来农村的女人有心慌的时候，城里的女人也有心慌的时候。女人搬了新家，有男人了吗？还心慌吗？她不知道。她这会儿觉得，城里也好，农村也好，穷也罢，富也罢，一家人在一起，不心慌，最好。她不由得把头靠在马六十身上。马六十伸手揽住她，出气有些粗。

两个人好长时间都没有这样依偎过了，两个人有些激动，越搂越紧了。马六十抱起黑梅花，到大卧室里，把她放到床垫上，就要开始。

黑梅花说，窗帘子没拉上，叫人看见了。

马六十喘着气说，看让看去，这是我们家。

黑梅花说，你瓜了。

马六十说，我就瓜了。我就想瓜一回，叫他们看看。

前些年，分开的时间多，见面的日子少。后来两个人到了城里，住在铺子里。吊床架在半空中，动弹一下，吱吱扭扭地乱响。他们就很少做，就是做，也是抬不起身子。这会儿，马六十就想宽天宽地地做一回，亮亮堂堂地做一回。黑梅花却不行，她坚持拉上窗帘，关掉灯，还翻出一条毯子来，盖上了。

做完了，拉毯子盖好，黑梅花才开了灯。

两个人躺着，没说话。

黑梅花心里一片橘黄色。眼前也是，橘黄的灯光照亮了橘黄的墙纸，整个屋子都是暖暖的橘黄色。墙纸不是纯色的，还有淡淡的浅绿色花纹，缠枝纹，也许是旧了，看不清，细细瞅，才能看清。她盯着床头上面的墙纸看，那些淡绿缠枝纹越来越清晰，从底色中浮出来，一个连着一个，连成一大片，不到头。这些暗处的花纹，叫她吃惊了。忽然，在花纹的缝隙中，出现了一些红的斑块，像是血。她翻身坐起来，看到床头边的墙纸上真有些暗红的血斑。

黑梅花惊恐地说，你看，墙纸上好像有血。

马六十翻身起来说，哪是？

黑梅花指给他看。

马六十看到墙上星星点点有些暗红的印子，好像是血迹。但他嘴里说，咋可能是血呢，墙上咋会有血呢。

黑梅花说，你说那是啥？

马六十说，对了，城里蚊子多，蚊子拍死在墙上，留下的血。就是的，没问题，擦干净就好了。

马六十赶紧拿了个湿毛巾来擦，能擦掉，一会儿都擦干净了。

墙上的印迹擦干净了，他心里的却还在。别人住过的房子，总有些不明不白的印迹。

八

马六十和黑梅花又收拾了几天，又发现了一些不明不白的印迹。

小卧室里面搬空了，只剩下一张床。尽管空着，但还是能看出有个女孩在里面住过。墙纸是粉色的，壁灯是带花的，墙上还到处是贴画。女孩是谁？是女人的女儿？她多大了？又去了哪里？

找到了好几个旧手机，从直板的、翻盖的到触屏的都有，还有一堆乱线，充电器、耳机啥的，都搅缠在一起。应该是一个手机，一个充电器，一副耳机的，但马六十找了半天，互相配不上。

还找到了一个小盒子，里面装的是钱。几张花花绿绿的小票子，还有一些钢镚子。都是外国钱。认不出是哪国的钱，但肯定是外国钱。女人哪来的外国钱？还是零钱？想想，明白了，女人是出过国。这几年，城里人好多都跑到国外去旅游。

马六十给婆姨黑梅花说了。黑梅花说，别人的钱不能要，不管是中国钱外国钱，还有那个耳坠子、手镯啥的，都该还给人家。

马六十说，不是问过了吗，她说了不要了。

黑梅花说，你又没说有钱有耳坠子，这些东西她说不定是忘掉了。

黑梅花坚持要马六十再打电话问一下。

马六十只好又给中介打电话。

中介这回记住了他的电话，接了就问，你还有啥事？

马六十说，我前几天在你们那里买了一套房。

中介打断他的话说，我知道，房钱都给了，过户手续也办了，你还啥事？

马六十说，我就是想找一下房主，问一下，还有些东西，问她要不要。

中介火了，又是旧东西？不是给你问了吗，人家不要了。你有病是不是！

中介挂了电话，马六十也没办法了。中介是他买女人房子的中介，也是他联系女人的唯一中介。中介不给联系，他就没法联系到女人。

不光是马六十想找，还有人也找她。

一天，马六十正在屋里，有人敲门。马六十没有在门镜上看，就开了门。马六十还不习惯看门镜。进来一个男人，人很瘦，戴个眼镜，有些书生样。男人看到他，有些诧异。

马六十问，你找谁？

男人说，这是季红的家吗？

马六十说，这是我家。

男人扫了屋子一眼，自言自语地说，没错，是这房子。

马六十问，你有啥事？

男人说，我找季红。你是季红的……丈夫吧？

马六十说，我不认识啥季红，我叫马六十。

男人说，我记得季红好像住这里。

马六十说，这是我的房子。

男人问，你住了多长时间了？

马六十说，我刚买的房子。

男人又自言自语地说，她把房子卖掉了。

马六十问，你说啥？

男人说，你是不是买的季红的房子？

马六十说，好像是，我忘了。

马六十隐约记得过户的时候，女人签的名字好像是季红，但又记不真切了。

男人说，她现在在哪里？你有她电话吗？

马六十说，我不知道她在哪里，也没有她电话。

男人说，我是她……朋友。我没别的意思，就是想找到她，你告诉我吧！

马六十说，我真的不知道。

男人说，你买她的房子，怎么会不知道呢？

马六十说，房子是通过中介买的。我真的不知道。

男人像是给马六十说，又像是自言自语说，我给她打电话，打不通，她肯定是换号了。她把房子也换了。

男人有些沮丧地转身出门，马六十关门的时候，他又回身说，你要是找到她电话的话，给我说一声，我把电话留给你。谢谢了！

男人慢慢地下了楼。

男人是谁？他找季红干啥？马六十不知道。

马六十把这事说给婆姨，黑梅花说，肯定是她男人。把女人甩了，走了。现在后悔了，跑来找了。男人都就这样。

马六十说，看你说的。

黑梅花说，我说错了吗？你是没钱，要是有钱的话，保不定也跑了。

马六十说，咋又扯到我身上了。

黑梅花说，你们男人都一样。你说他跑来找季红干啥？

马六十说，我不知道。季红是谁，我也不知道。

黑梅花说，房主是叫季红吗？

马六十说，我忘了。

黑梅花说，你还念了中学呢，连个人名字都记不住。

马六十说，我记住个女人名字干啥。

黑梅花说，记住了，好联络呀！熟门熟路的。哎，你说，他咋就找到我们房子里了，说不定还就是呢。

马六十说，城里的房子都像得很，也说不定是找错了。

在农村，一个村子就是一个村子，一个家就是一个家，一个人就是一个人，弄不混，找不错。到城里，就不一样了，说找不到就找不到了。活着别人不知道，死了别人也不知道。想到这些，马六十还真有些后悔在城里买房了。

后悔也只是一闪念。在城里有了房子，还是叫人高兴的。还有多少农村人，买不起房子，在城里租房子住。房子买下了，算是在城里扎下根了。

收拾完屋子那天，他发现泡在水杯里的那截绿藤，活了，还发根了。才几天时间，白生生的根芽有一寸多长了，还长了一片新叶子。马六十心里非常高兴。他盯着那片新叶子看，看到一种生命的光泽，心好像被拨了一下。新叶子很嫩，就是有些发黄，小麻雀嘴一样。马六十觉得，花草泡在水里不好，还是栽到土里好。他想找个花盆，找不到，只找到了一个空鱼缸。他到小区花园里挖了点土来，放到鱼缸里，把绿藤栽进去了。鱼缸里种花，马六十没觉得有啥不好。

收拾完屋子，马六十算是明白了，城里人的房子不光是用来居住的，还是用来潜藏秘密的。农村人的秘密藏在土地里，城里人的秘密藏在房子里。城里人心里事情多，当多得心里装不下时，就把它藏在房间的一个个角落里。

马六十觉得，这个屋子里所有的东西都收拾完了，这家人的所有秘密他都知道了。但叫他没想到的是，他在阁楼上面又发现了一个储藏室。储藏室装得很隐蔽，其他地方都装的是柜子，这一块用的是推拉门。推拉门拉得很严实，他和婆姨都没有看出来。尽管他收拾了这个屋子，但把储藏室的门打开时，还是把马六十惊呆了。储藏室前高后低，显得很幽深。猫腰钻进去一看，里面东西堆得满满的。草草地看了几眼，就看到了很多的旧衣服旧床单被罩窗帘沙发垫啥的，还有洗衣机电风扇之类的，还有几个毛熊玩具坐着躺着，光照进去，它们好像也受惊了，睁着黑黑的眼睛瞪着马六十。马六十赶紧往出退，不小心碰到了啥，铮铮嗡嗡地一阵响，他一看，是脚碰到了一把吉他。马六十不知道那里面还藏着些啥，还有些啥秘密。他甚至觉得那里面藏着老鼠、藏着蛇的。

消停下来想想，那应该是这家人上一次搬家的时候搬过来的。上次搬家的时候，这家人的日子应该还稍差一些，旧东西也舍不得丢掉，都搬来了。搬来，却没啥用处，就放在那里忘掉了。

把那些东西再清理出来，就能发现这家人过去的一些事情，但马六十不想再收拾了。等住下来，慢慢再收拾吧。发现别人的秘密，有些意思，但也是负担。人的秘密也是人的负担，换房子有时也是为了甩掉负担。他不想买了别人的房子，把别人的负担也背上。

想是这样想，但事情却并没有结束。

一天，他收到一条短信，是女房主发来的。女房主问他是不是马六十，说她是从中介那里找到他电话的，说有一件东西落在屋里了，她要来拿一下，说她过来的时候，再跟他联系。

她没说要取啥东西，但马六十感觉那一定是一件非常重要的东西。马六十想不出会是啥东西。他给黑梅花说了，黑梅花说，肯定是耳环手镯啥的，要么就是衣服，女人嘛，最看重的是衣服首饰。要真是的，叫她来拿去了，正好。

马六十却觉得不是。对女人来说，值钱的不一定是重要的。重要的往往是一些不值钱、不起眼的东西。也许是那个日记本，还有那些信。那里面也许藏着一段往事、一段情感。

马六十心里有些嘀咕。会不会是给清理掉了？如果是那样，该咋办？按说房子卖给他了，他有权利进行清理，但要真把她的一件重要东西扔掉了，马六十心里还是有些过意不去。马六十反复地想他扔掉的和留下的东西，想不出来哪件东西很重要，哪件东西不重要。他以为知道城里人的秘密了，知道女人的秘密了，这会儿才感觉到，还一点儿都不知道。

她要来拿一件啥东西呢？

鹁鸽

买六说，以后的光阴，家家院子里都有一对鹁鸽呢。

买六这话，明显有点预言的味道。一个农村老头，预言以后的事，本来就有些荒诞。何况是，他没念过书，脑子还有些毛病，平时说话就颠三倒四的，谁会相信他说的话呢。

买六说这话时，村里刚包产到户不久。土地、牲口都分了，各家各户都忙着自家地里的活计，过自家的日子。别人家的事，村里的事，很少有人管了。

村里来了测量队，也没人注意到，或者说注意到了，谁也没管。测量队的人盯上了东山顶上的那个山疙瘩。拉来些铁架子，雇了村里的两头毛驴，还有几个人，把铁架子运到山顶上去，在那个山疙瘩上搭起个三脚架来。铁架子明晃晃地矗在那里，村里人这才注意到了。不知道那些人是啥人，铁架子又是干啥用的。

村里人不知道，跑去问村长。虽说包产到户了，遇到大事，村里人还是要找村长。一问，村长也不知道。村里人不知道很正常，连村长也不知道，这事情就大了。村长是啥人，公社、县上的事情，他知道，连国家大事都是他给村民们宣讲的。外面来了测量队，要干啥，他不知道，这就说不过去了。村长爬上山头去，问他们要干啥，有没有介绍信。测量队的是几个南方人，说话快，听不清楚。好容易听清了，说是军队上用的。再问，说是军事秘密，不能说。那几个人态度也不好，村长就有些不高兴。要是其他事，村长不高兴，吆喝一声，村民们上去，拆了架子，赶走人。军队上的，村长就不敢冒失。心里窝着一股火，回来了。村里人问，他黑着脸，嘴里唔呀哇的，说得含糊。

村长嘴上含糊，村里人心里更含糊了。就纷纷猜测，有的说，那些人是探煤的，山下面可能埋着煤。还有的说，那些人是挖宝的，山疙瘩里面藏着宝物。说有宝物，最能引起人们的兴趣。正好那一段，一个羊把式在山上放羊的时候，羊四散吃草，羊把式闲着没事，用羊鞭捅一个老鼠洞。捅着捅着，捅出几个马钱子。羊把式继续捅，出来的马钱子越来越多。羊把式很聪明，怕白天挖出来，村里人哄抢。悄悄埋住洞口，晚上领着家里人，赶着毛驴去挖。挖出来好几口袋马钱子，毛驴驮了大半夜。这要在生产队的时候，不管谁挖出了宝贝，都得充公。包产到户以后，各干各的，谁挖出来的也就归谁了。

羊把式是村里人，挖出了东西，还说得过去，外地人也跑来挖宝，这咋能行，就又去找村长。一大群人到村长家去，我们一群娃娃以为出了啥事，也跑去看。大人娃娃站了半院子，村长婆姨不答应了，大声嚷嚷，已经包产了、单干了，各干各的，还都跑到我们家来干啥呢！村长婆姨过去不下地，养得白白胖胖的，说话也轻声慢语、拿腔拿调的。包产到户后，她也下地干活，人黑瘦了，说话也变得粗声大气的。村里人不好接话，愣站着。村长看了婆姨一眼，也没敢接话，回头说，走，到村部去说。

村部还在，就两间房，一群人进去，显得很拥挤。大人们在中间，围着村长，娃娃们就在外围。买六也是和我们这些娃娃在一起，甚至比我们这些娃娃还离得远些。娃娃们跑来跑去的，把他挤到一个墙角里。其他人商量的时候，买六凑不到跟前去，也说不上话。

买六那时看着就是个老头了，其实他当时也就四十岁左右。农村人本来就老相些。买六人瘦小，蜷着腰，一脸的皱纹，就更显老。尤其是，他穿的衣服都是别人捐的估衣，穿在他身上很宽大，为了拢身，就在腰里系一根布条，裤腿也卷起一截。这样一来，显得腿更短了，腰更佝了，真像个小老头。他似乎并不在意这些，甚至还故意显出一种老态来，慢慢地走路，慢慢地说话。

他性子慢，身体瘦弱，干活也不行，生产队的时候，挣的工分少，分的粮食就少。包产到户后，干不动活，收成也不好，又不会做生意，光阴就过不到人前面去。光阴过不到人前面，人就看不起，都把他当无巴立人。“无巴立”是村里的口语，就是可怜人的意思。

村里人厚道，对可怜人，一般不会欺负，有救济粮、救济款、捐来的估衣啥的，还会照顾着。这样的人，大多见人矮三分，在人前说不起话。可买六却偏偏不认为自己就该那样，还要凑到人前说话。有时还说出一些预言性质的话。好像他有先知先觉的能力，知道将来的一些事情。

村里人当然不相信了，都说，他要有那本事，就该知道明年的雨水咋样，是种糜子好，还是种谷子好，种啥成啥，粮食满仓了。做生意的话，就更好了，知道啥东西涨价，啥东西降价，稳赚不赔，随便就发了，还过那穷日子。买六好像确实不知道啥时候下雨、啥时候下雪。他家地里的庄稼，总是比别人家的还要薄些，至于做生意的事，他压根儿就不会。

买六三十多岁才娶了个婆姨，婆姨眼睛里有个萝卜花，看不清楚，家里也收拾不好，邋里邋遢的。又生了三四个娃娃，人口多。村里人的日子一天天好了，他家还是那样穷。

过着那样的日子，还说些神神道道的话，村里人当然不相信了，把他当半瓜子待。还有人调侃地问他，你给说说，明年的麦子成呢，还是豆子成呢？种啥好呢？还有出门做生意的，半真半假地问他，你说我这趟出去，是赚呢，还是赔呢？他不回答，还扭过头去，显得有些不屑。意思是，这样的小事，不值得他说。他关心的，都是大事。

他确实预言过一些大事。他说，过些年，隔着肚子杀一批人呢。不久，实行了计划生育。女人吃药打胎的，可不是隔着肚皮杀人吗。他说，将来的光阴，家家都有一台戏呢。多年以后，家家都有了电视机，不光是一台戏，还好戏连台的。这样的一些预言，虽然都实现了，但村里人慢慢发现，这些其实都不是他的话，是从经书上看来的，还有些是从别处听来的，是流传很久的话了。

村里有许多流传已久的话，平日里听着荒诞，但有时候，恰恰就会发生一些事情，与那些话对应上了，叫人不得不信。传说村子东边山顶上的那个山疙瘩里，埋着宝贝，这会儿有人来搭了铁架子，还在那里测量，看来是真的有宝贝。啥宝贝呢，传说里面埋着一对金鹁鸽。金鹁鸽本来是护佑村子的，按说不能挖出来。但这会儿被外人盯上了，就得挖了。让外人挖去了，还不如自己挖出来，卖了钱，分给村里人。

村里人和村长商量怎么挖出金鹁鸽的时候，买六一个人蹲在墙角里，几乎是自言自语地说，以后的光阴，家家院子里都有一对鹁鸽呢。

他说出这话，其他人并没有听见，只有我们几个娃娃听见了。其他人也许听见了，但没有丝毫的反应。我当时听了，也没有在意。我只留意他说到“鹁鸽”这样一个词。一个农村老汉，说出鹁鸽这样一个词来，叫人意想不到。我曾在老奶奶讲的古今里，听到过鹁鸽。古今里的鹁鸽是吉祥的、尊贵的鸟。一个男子，为了解救村里人、心上人，须找到一对鹁鸽，找到鹁鸽就找到了通往胜利，或者幸福的路。一个女子，救了一只受伤的鹁鸽，打雷的时候，伸出手去，手上多了一对金镯子。听古今的时候，我们不会把鹁鸽与平常见的鸽子联系起来，以为那是另一种鸟，是有些神奇的鸟，全身都闪着金色的光。

村里人说要挖金鹁鸽，我期待着，想看鹁鸽到底是个啥样子。最终还是没有等到，是村长不同意挖。村长毕竟是村长，做事稳妥些。他跑到乡上问了，乡上说，胆子吃大了，军队上的设施谁敢破坏。村长回来，传了乡上的话，村里人也不敢再说挖鹁鸽的话了。那几个南方人也没有挖。摆弄着仪器，测量了几天，也走了。我还是没有看到传说的鹁鸽。

心里疑惑着，鹁鸽到底是怎样的一种鸟呢？就去问老师。老师说，鹁鸽？那就是鸽子。老师一句话，把鹁鸽打回了原形，也把我的一些美好的想象给打碎了。我心里有些不甘，去查字典。字典和老师的话一样，鹁鸽就是鸽子，一种可以家饲的鸽子，身体上面灰黑色，颈部和胸部暗红色。字典和老师帮了我们不少，也扼杀了我们不少的幻想。

鸽子的确很平常。在我老家那一带，除麻雀之外，鸽子的数量是最多的。山坡上、野地里，时常会看见一群鸽子，散落在那里，急匆匆地走着，脑袋一晃一晃地找食吃。或者是呼啦一下飞起来，翅膀一会儿闪着瓦蓝的光，一会儿闪着银灰的光，盘旋了几圈，又落到另一片野地里。

鸽子很羞怯，对人总是一种敬而远之的态度，尤其是野鸽子，所以，很难近距离观察它们。悄悄溜到跟前，才看清楚，小脑袋、圆眼睛、红爪子，身上的羽毛是瓦蓝的，翅膀上是深蓝的，胸腹的颜色近于银灰。最特别的是脖子上的羽毛，蓝中带绿、绿中有红、红中透紫，而且随着脖子的晃动、光线的变化，颜色也发生变化，说不清到底是什么颜色。再想凑近些看，就被它们发现了，一下子飞起来。一只飞起来，整群几乎同时飞起来，扑啦啦打个旋儿，飞远了。

家鸽子稍微胆大一些，但也怕生人，歪着头，眼睛警惕地打量着，稍有动静，也就飞走了。家鸽子的颜色和品种很多，有一种白羽毛、红眼睛的尤其好看。不管是家鸽子还是野鸽子，在字典上都统称鸽子，也叫鹁鸽。字典上还有一句话说，鹁鸽肉咸、平、无毒，可用于解药毒，治恶疮、疥癣、白癜风等。原来鹁鸽是可以吃，还可以治病的。治病就不说了，吃鹁鸽肉，更叫人想不通了。

我们那里人是不吃鸽子的。据说是因为鸽子救过圣人，救过人类。阿訇讲的瓦尔兹说，圣人被追杀，藏进一个山洞里。眼看追兵快到了，蜘蛛赶紧在洞口拉起了一些蛛网，鸽子也飞到洞口，假装悠闲地整理羽毛。追兵据此认为洞内无人，于是跑到别处去了。还有一个故事，与《圣经》上诺亚方舟的故事差不多，说洪水滔天的时候，努哈圣人从方舟上放出一只鸽子，让它去探明洪水的情况，鸽子衔回橄榄枝，表示洪水退去，陆地出现，人类有了希望。正因为如此，老人们说，鸽子是不能吃的，如果要吃的话，须要用金刀刀宰，银盘盘接血才行。谁家里有金刀子、银盘子呢，实际上还是不让吃的意思。这样说，反倒显示出鸽子的尊贵。

村里也有打鸽子、吃鸽子的。有个叫三虎的，好像每个村子都有这样一个人，只是名字不同，二十多岁，不喜欢种地，就喜欢架着鹞鹰、端着土枪，抓野兔、打鸟雀。村里有句俗话说，看到鹰抓兔，庄稼买卖不想做（读 ZU）。三虎架着鹞鹰去抓兔子，村里好几个年轻人跟着去看、去学。我们一群娃娃也跟着去看热闹。三虎怕我们这些娃娃惊扰他的猎物，影响他收鹰，不让我们去，不时回头呵斥我们几声，还作势要放鹰啄我们。我们都怕他，也怕他手里的鹰，不敢靠近，远远地跟在后面。

到野地里，或者是山沟里。三虎选一个高地，站在那里，机警地四处瞅着。他手里的鹰也不时扭着脖子，向远处张望着。跟着他的人这时候都蹲伏下来，不敢出声，悄悄看着三虎和他手里的鹰。我们也远远地趴下来，紧张地偷着看。发现猎物了，三虎手一扬，鹰喳叫一声飞出去了。我们的眼睛都被鹰带着飞出去，身子也带着起来了。看到鹰打一个盘旋，向地上掠过去。一只野兔蹦起来，跳出老远，飞跑起来。鹰扑过去，抓住了野兔，叨了几口，停下来，等着主人过去。三虎很快就跑到跟前，摘下鹰，抓过兔子，一刀宰了。跟着三虎去的人，也跑到跟前了，接过兔子，庆祝地举起来。三虎呢，这会儿掏出备好的肉来，让鹰吃上几口。鹰抓住了猎物，一点儿不给它吃不行，它就没有动力了。吃饱了也不行，它就不想再抓了。

鹰吃上几口，三虎又架着到另一个地方去抓。抓野兔、抓呱啦鸡，有时还能抓住野狐子。抓够了，三虎架着鹰，被一群人簇拥着往回走，就像个得胜回朝的将军。我那时候也很羡慕他，想着长大后，能做他那样的人。

三虎还有一杆土枪，用土枪打呱啦鸡、打鸽子。土枪里面装的是铁砂，打出去一大片，冲着鸽群放一枪，打死打伤好几只。铁砂打不准鸽子的要害，受伤的鸽子在地上乱扑腾，叫人看了心里不忍。三虎呢，早就习惯了，掏出腰里的刀子，跑过去，捡起一只宰了，再捡起一只，又宰了。

村里的老人看不惯，劝他不要再打了，三虎不敢黑了老人的脸，当面说不打了，可过后照样打。买六不自知，也去给三虎说，三虎不光不听劝，还把手上的鹞鹰抛到买六头上，差点把买六的眼睛给啄了。买六不敢当面劝了，只给人们说，他这样，招祸呢。

果然，不久之后。三虎一次提着土枪去打鸽子，土枪炸膛了。他的额头炸出了一个血口子，端枪的手也给炸掉两根手指头。受了这样的伤，都想着三虎再不会打鸽子了。谁想到，伤好以后，他修好了土枪，继续打，打得比以前更厉害。好像是鸽子害他丢了手指，他要报复。他打红了眼，也没人敢劝了。

那一段，政策放开了。经常有外面的人，开着拖拉机，来村里收羊皮羊毛，换黄米小米。三虎的儿子六七岁，扒拖拉机耍，却不小心给轧坏了，拉到县城医院，也没救过来。三虎抓野兔、打鸽子的，看着人横，但对儿子，却心上命上的疼。他打来兔子、鸽子，也主要是给儿子吃。他说，他小时候挨了饿，要让儿子吃好。哪里想到，儿子却出了这样的意外。他像牛一样哭号着，村里人当面劝慰他，背地里却说，这都是他打鸽子招的祸，买六的话应验了。这本来是证明自己的好机会，可买六听了却说，不是他的话应验，这是报应。农村人都相信这个。三虎这回也相信了，放了鹞鹰，砸了土枪，再也不抓兔子、打鸽子了。人也一下子委顿了。

那以后，村里人对鸽子有了更多的敬畏。人们对鸽子的态度，鸽子并不知道，或者是，鸽子知道人们对它的敬畏，反而更加庄重和矜持。它们很少飞到村庄来，也不在村庄里筑巢，总是落在远离村庄的野地里。看到鸽子在野地里飞起来，落下去，咕咕地叫着觅食，没有人去打扰它们，更没有人去捕捉它们。可是，没有人把鸽子的高贵告诉鹞鹰，鹞鹰就把鸽子当成食物。

一只鹰在天空盘旋，它发现了鸽群。鸽群也发现了它。鸽子低着头觅食的时候，总是时时观察着天空。看到天空中的鹞鹰，它们并没有躲藏，而是一下子飞起来，互相紧靠着，形成一个整体，在半空中翻飞，像一股灰蓝色的旋风。随着翅膀的扇动，一会儿闪出瓦蓝的光，一会儿闪出银灰的光。鹞鹰的眼睛被晃花了，无从下手了。但鹞鹰有鹞鹰的办法，它先是在鸽群的上方盘旋着，像拿着一根无形的棍子，搅动着鸽群。鸽群被搅动，一圈一圈地翻飞。终于，一只鸽子被甩出鸽群，鹞鹰立即俯冲而下，扑向那只鸽子。鸽子的羽毛乱飞起来，我不敢看了。等回头再看，鹞鹰已经抓着鸽子飞远了，只有几根羽毛慢慢地落下来。跑过去赶紧捡起来，放在手心里，用另一只手摩挲。家里要是宰了鸡，拔下鸡毛来，我们就这样一边摩挲，一边念叨，鸡毛哥、鸡毛哥，鸡儿死了你活着。小娃娃弱小，不能阻止大人宰鸡，只希望挽救一根鸡毛的生命。意思可能不全是这些，那似乎是一个流传很广的仪式。对鸽子羽毛，我很自然也这样一边摩挲，一边念叨，羽毛被抹一下，就动一下，似乎真活着，心里指望着那只鸽子能活下来。

隼儿也是鸽子的天敌。隼儿体型小，没有鹰那样的气势，不能盘旋在半空中，搅动一个鸽群，它凭借惊人的速度，紧随在鸽群的后面，追逐落单的鸽子。鸽子的速度很快，也很灵活，眼看隼儿要追上了，它一个折返，把隼儿甩开了。看到鸽子逃脱了，心里真高兴。

还有猫，猫是个神秘的杀手。鸽子飞在空中，猫不可能在空中去抓。它只能等鸽子在地上觅食的时候，悄悄地潜行到跟前，扑过去抓住一只；或者是在鸽子将要飞起来的时候，跃起到半空中，截获一只；甚至是爬到鸽子窝里去，咬死一只。有时，猫叼着一只鸽子回来，简直不知道它是怎么抓住的。撵过去想从猫嘴里救下那只鸽子来，猫不情愿地松开嘴，呼呼地怒吼着，鸽子却早就没了气息。看着头脑耷拉、羽毛散乱的鸽子，我心里很疼惜，恨不得把猫一脚踢死去。我那时候还不知道万物各有各的活法，各有各的尊贵。

对买六，我那时候也和村里人一样，认为他是个无巴立人。一个无巴立人，要想引起别人的注意，总得有点特别的地方。买六不光会说些神神道道的话，还会认字看书。他看的书，跟我们念的书不一样；写的字，也和我们学的不一样。比如说读书，他写成讀書；学习，他写成學習；严肃，他写成嚴肅；中国，他写成中國。我们把他写的字拿给老师看，老师说，那是繁体字，过去的字，现在不用了。我们这才知道，过去的字和我们学的字是不一样的，过去的字要复杂得多。

那样复杂的字，买六不知从哪里学会的。他看的书，也是破烂的、古旧的，上面写的，我们也看不懂。

我回去给父亲说了，父亲说，那是四旧，是迷信书，不能看。父亲也当老师，是民办老师。父亲对我要求很严，一心要我学好，将来考个公办老师。我才不想考啥公办老师。那会儿都学陈景润，我最想当的就是陈景润那样的科学家。我知道当科学家要好好学，我也在努力学，可就是没有买六的儿子学习好。

买六的几个娃娃都正常，脑子没问题，眼睛里也没有萝卜花。大儿子叫买米，比我大几岁，小学没上完，就回去帮着父母干活，十一二岁就撑起了家。小儿子叫买面，和我同班。女儿叫买豌豆，还没上学，机灵得就像个小豌豆。儿女的名字都是买六给起的，买六识字，却给儿女起那样的名字，问他为啥，他说，生在我家里，能吃饱肚子就不错了，还要啥。他这样说，但他的小儿子买面却学习好，每次考试都在最前面。买面回家也要干活，在学校也没见咋学，考试成绩那么好，我们班的同学都说，是他父亲买六给猜了考试题。

我们就故意接近买六，希望他也能给我们透点考题。买六却说，你们老师出的题，我哪里知道呢。我们就说，你不是连以后的事都知道吗？买六红了脸，不说话了。过了一会儿才说，你们学生娃娃，要好好念书呢，不要胡日鬼。书念好了，将来当大官。大官有多大，我们不知道，我们知道最大的官，就是大队支书。班长李文才说，我将来要当大队支书。买六说，好，好。我说，我将来想当科学家，你看能吗？买六说，能呢，能呢。买六这样说，我们都高兴。虽然没问上考题，却问上更大更远的事。

这以后，我就更愿意去找买六。听他讲一些旧书上看来的故事，说一些神神道道的话。买六对我，似乎也特别看重，说我将来会有出息。有一回，他还当着我父亲的面说，你的这娃娃，将来有出息呢。当面夸孩子，一般父亲心里都是高兴的。但这话从买六嘴里说出来，父亲并没有显得高兴。父亲对买六也是看不起的。父亲说，不好好念书，能有个啥出息。说着，拉我走开了。好像是怕我和买六在一起，就会变得没出息。果然，走出去不远，父亲就教训我，你一天跟个半瓜子在一起，干啥呢！

回家后，父亲又教训我，叫我以后离买六那个半瓜子远一点。母亲听了说，买六咋成了半瓜子了？说不定是个卧里筛海呢。卧里筛海是贤者智者的意思。这样的人一般都其貌不扬，穿着破烂，隐藏在人群中，很难看出来，表面上痴傻，却有着很高的智慧。阿訇讲的瓦尔兹里、老奶奶讲的古今中就有这样的人。母亲没念过书，相信阿訇，相信古今，对上门来的讨吃，对见到的无巴立人，一点儿都不小看，对一些相貌穿着特别的，还有着一种特别的敬意。对买六也是，见了面，总是他大伯长、他大伯短地称呼着，从没有轻慢过。我们家里过事了，母亲还要专门给买六家送点烩菜，送点油香。父亲冷笑说，买六要是个卧里筛海，我……母亲怕父亲说出赌咒的话来，赶紧打断了，说，不是卧里筛海，也不能说人家是半瓜子呀。父亲有知识，能说出一大堆的道理来，可母亲认死理，父亲就没办法了。

父亲说不过母亲，就迁怒于我，狠狠地剜了我几眼。我怕父亲找机会收拾我，再去找买六，就尽量躲着父亲。买六好像也知道了，说，你以后别来找我了，我也教不了你啥。你好好学，将来有出息呢。说是这样说，我再去找他，他还是显得很高兴。他说我会有出息，我当然也高兴。他小儿子买面，比我学习好，他却从来都不说，不知是为啥。

升初中的时候，我和买面都考上了。初中在乡上，三个班，买面和我没分在一个班，但时常能见到，上学、回家也都是一起走。他学习还是很好，在全年级都是前几名的。老师很看重他，都觉得他考学没问题。那时候，农村学生都想考中专，不想上高中。考上中专，就不用交学费，吃饭也由国家管，三年毕业，就能分工作、拿工资了。我和买面都报考了中专，没想到的是，我考上了，买面却没有考上。他主要是紧张了，没发挥好。补习了一年，又没考上。第三年又补习了，还是没考上。他父亲买六说，娃娃，认命吧。他这才回去了。

我想不通，买面学习那样好，咋就考不上呢，难道真的就是命？我有时候想，买六要是让买面再考一年，或者叫他上高中考大学，也许就能考上。有时候又想，买六好像知道儿子买面考不上。这样一想，心里一惊。

买六这辈子，并没有做出叫人心惊的事，实际上也没有说出叫人心惊的话来。我想写他的故事，也没有多少可写的。他神神道道说的那些，也没法叫人相信。他说我能当上科学家，我却先当小学老师，后来又成了个写文字的，看来他的预言还是不准确的。当然了，这样的事，也不能找买六去对证。

我这些年，先是在县城工作，后来又调到省城，回老家的次数少，再几乎没有见过买六，也没有听到他的事。倒是他的儿子买米买面的消息，还听到一些。买米人实诚，种地打工的，日子过好了，娶了儿媳妇，有了孙子。买面人活泛，做生意，贩粮食、农产品，光阴也很好。

今年回老家去，偶然提起买六来，才知道他去世好几年了。在亲戚本家都走了走，看到家家户户都盖了新房，红砖瓦房，起着高高的房脊。回族人家不设脊兽，房脊上都立着一对砖雕的鸽子，灰蓝的颜色，与真鸽子大小差不多。每家房脊上都摆着一对，只是摆放的方式不一样，有的四目相对，有的扭头回望。我不大知道其中的讲究，也不好问，心里琢磨着。

我忽然想起多年前买六说过的那句话。如果房脊上的鸽子能算鹁鸽的话，他的预言实现了。

三个女人

吹葫芦丝的女人

我回老家，到汽车站去坐车。

买了车票，离发车还有一个多小时。在候车室坐了一阵，吵得很，味道也不好，我就出来了。到车站外面透透气，顺便抽支烟，打发时间。车站门口有两三级台阶，台阶上已经坐了些人，旁边放着行李箱、背包啥的。大概都和我一样，等车，或者等人。有的抽着烟，还有的嗑瓜子、吃东西。出门人，没多少讲究，刚买的鸡蛋卷饼、方便面、水果啥的，自顾自地吃着。水果皮、面包屑、烟头，也都随手扔下了。一个穿着灰白制服的清洁工，一手提着簸箕、一手拿着笤帚，来回地清扫。刚扫过，又扔下了，清洁工转过来，又扫。没出怨言，神色上也没有抱怨的意思，好像已经习惯了。清洁工是个女人，大约五十多岁，头发花白了，也是到了不随便跟人吵吵的时候了。

我有些看不惯，向周围的人看了看。我的目光中含着制止他们的意思，可几乎没人理睬。我只能收回目光来，点了根烟，走到垃圾桶边，站着抽完了，摁灭了烟蒂，专门扔进垃圾桶里。我那样做，是有着做出表率的意思，可还是没人理睬。看了一下表，时间还早，我走到台阶边，也想坐会儿。台阶是水磨石的，看着光亮，但上面千人踏万人踩的，肯定不干净。掏口袋、翻包，没找出纸来，没法坐下去。旁边的几个人看了看我，有点看不惯我这种做派的意思，倒叫我有点不自在。看他们屁股下面没有垫着纸片，就那样坐着，我也就坐下了。

车站前面是广场。我们坐的台阶这边，有一段阴凉，广场上却是一片大太阳。男男女女拉着箱子、背着背包，从广场尽头走过来，从光亮处走到阴影处，挨挨挤挤地钻进车站的大嘴里去了。进站口真像个大嘴，把那么多人都吞进去了。当然，不可能消化了，在后面出站口又吐出去，各奔前程。车站、码头，一般都算吞吐量，吞吐这个词语用得很有意味。一吞一吐，人却走上不同的路。有些人给吞进去，也许就此失了踪迹。尽管这样，人还是不住地往进站口拥。广场上开阔些，看着没多少人，到进站口，人聚起来，就多了。哪来那么多人，都要去哪里？真叫人想不通。

广场上还有一些人，是摆摊的。两长溜的伞篷，是固定摊位，应该是车站方面设置并收费的，有水果摊，摆着各种瓜果、饮料、土特产；更多的是小吃摊，卖拉面、卷饼、凉皮之类的快餐。还有一些临时摊位，为了躲避收费和罚款，一般都使用便捷的工具，比如三轮车，上面摆瓜果，保安来了，骑上车子跑；在不远处等着看着，保安一走，又过来了。有的是小折叠桌，上面摆着皮夹、钱包、口香糖，或者土蜂蜜啥的，也能随摆随收。还有的就地摆摊，卖玩具。电动的小马，嘚嘚嘚地跑着圈；电动的鸟儿，半空中忽扇着翅膀，简直就跟真的鸟儿一样。这样的小摊前面，围的人最多。摊位前没有顾客的，摊主就使劲吆喝：正宗的凉皮子；大碗拉面，吃饱不想家；大枣先尝后买，枸杞子带上。还有的摊位，用播放器一遍又一遍地播放：正牌口香糖，十块钱三瓶，走过路过，千万不要错过。

有个流动的摊位很特别：一个挂架，一人多高，挂架下面四只脚，可以随时放下；挂架中间有个洞，与肩膀同高，胳膊伸进去，可以随时挑起来走。这样的挂架摊位，很显然是经过长期的摸索才做出来的。架上挂的是花花绿绿的乐器，最多的是葫芦丝。摊主是个女人，个子小，身子瘦，模样清秀，脸色却黝黑，看不出实际年龄，大约四十来岁。女人的摊位前没人，但她没有吆喝，只是注意地看着广场上来来往往的人。她忽然扛起摊架，向一边赶过去，似乎那边有人要买她的东西。却没有。她在那边站了一会儿，又赶到这边来。这边也没有人买她的东西。架子上挂着的乐器，摇晃了一会儿，又安静地垂下了。女人却没有垂下头，还是注意地看着不断走过的人。

我看了一阵儿，没有人买女人的东西。女人有些落寞，也许是想招徕顾客，她拿出一把葫芦丝，吹起来。她吹奏的声音并不高，广场上本来就不聚音，又被各种噪声压制着，也就十米左右的距离，还是听不真切。断断续续的，好像是从遥远的地方飘过来的。女人的吹奏技巧也一般，大多是单音，很少叠音、滑音、颤音那些垫衬。这样的声音不像是葫芦丝，倒像是笙箫之类的乐器发出来的。我不懂音乐，分不清各种乐器的音色，只是一种感觉。还有一种感觉是，女人用心在吹，不是为了招徕顾客。女人吹了一段，停住，又四处张望。我注意看着她，她似乎感觉到了，向我这边笑了一下，露出白白的牙。我忽然心里一动，想买她一把葫芦丝。

我走过去说，给我买一个吧。女人笑了一下说，买个啥样的，你挑。我说，你给我挑一个吧。女人问，谁用？女人这样一问，倒把我问住了，我还没想好给谁用，随口说，给孩子。女人又问，多大了？

儿子女儿都二十多岁了，也不喜欢音乐，给他们很显然不会要。我正想着该咋说，女人开口说，七八岁吧？七八岁的娃娃最喜欢这个了。我赶紧点头说，就是就是。女人这样一说，解了我的窘，也提醒了我。小弟的儿子刚好七八岁，我回老家去，正好送给他。忽然又想起，三弟的儿子也七八岁，要给就得一人一个。我说，买两个吧。女人说，要两个干啥，两个孩子？我说是，两个侄子。女人又笑了一下，给我挑葫芦丝。挑好了，女人说，你看行吗？我说，行，行，我不懂，你挑的，肯定没问题。我这样信任她，女人更高兴了，说，这两个都适合七八岁的娃娃吹。七八岁的娃娃最喜欢这个了，我儿子就喜欢葫芦丝。我说，你儿子也七八岁？女人说，在的话，今年十七岁了，过两个月就满十七岁了。我说，对不起，你孩子他？女人说，不是不是，我儿子在呢，肯定在呢，他是走丢了，肯定回来呢！我说，孩子走丢了？啥时候走丢的？女人说，快十年了。我说，七岁的孩子，咋能走丢呢。在哪里走丢的？

女人说，就在这个车站上。

女人接着说，那年8月，8月16号，我记清楚着呢。我和他爹领着儿子回老家，送儿子回去上学。儿子七岁了，该上学了。我和他爹在这边打工，他爹在工地上当瓦工，我在街上摆个水果摊。儿子小，他奶奶有病，没人看，也带过来了。租房子住，没户口。买了房就能入户，我们哪有钱买房？没户口就没户口吧，我们就那样住着，也没想着住一辈子，要个户口干啥呢。到娃娃上学的时候，人家说要户口，没户口不给入学。没户口的想入学也行呢，要交几万块钱的赞助费，我们哪有那么多钱？托人找人的，还是弄不成。娃娃念书是大事，不能耽搁了。我们都是吃了没念书的亏了。想来想去，想不出个辙来，只能把娃娃送回老家去上学。我和他爹领着儿子到车站上，车站上人多，怕买不上票，赶紧往里面走。车站门口有个卖葫芦丝的，儿子看到了，要买呢。快开学了，他爹怕耽搁时间，没给买，拉着他进站了。到站上买了票，还要等一阵儿才发车。我们就在候车室等着。儿子又想起葫芦丝来，嘴里嘟嘟囔囔的。他爹拉着个脸子，不想给买。儿子听话，很少乱要东西。他要葫芦丝，肯定是真喜欢。想着这回回去，要把儿子一个人丢在老家，心里不落忍。我就想给他买一个。我叫他爹看着儿子，看着行李。我出去买葫芦丝。出了站口，卖葫芦丝的人挪了窝，找了半天才找到。挑拣，说价，又耽搁了一阵儿，时间就有点长。买上了，想着儿子看到葫芦丝，不知有多高兴呢。我回去找他爷儿俩，他爹在，儿子不在。他爹说等了半天不见，儿子出去找我了。他爹是个马虎人，心大得很。儿子没随他。儿子懂事，眼窝子也好，一个人出去玩一会儿，总能回到我们租的房子。我在摊子上忙了，他有时也乱跑，一会儿就回来了。所以，我也没在意，折回身去找。找到卖葫芦丝的人那里，没找到。折回到候车室，儿子也没回来。我这才着急了，他爹也着急了。一个看行李，一个轮流出去找。找了几圈，就是不见踪影。

我说，咋不叫车站广播喊？

女人说，人一急，就没主意了，哪里想到呢？我们疯疯地乱找了好一阵子，站上的警察看到了，问我们啥事。说了，警察才在喇叭上喊。喊了半天，还是不见。警察又帮着四处找，也没找见。警察又调了摄像。那时候，车站上装的摄像少。在一个摄像上看到了，儿子进了车站了。其他的摄像上，都没有影儿，谁知道去了哪里。娃娃个子小，夹在人群里，也看不到。我和他爹就守在车站上找，找了半个月，也没有找到。

我说，也许已经走远了。

女人说，我和他爹也这么想。留下我在车站上守着，他爹出去四处找。找了有两三年吧。钱也花光了，心劲儿也没有了，他爹就回老家去了。说是看儿子自个儿回去了吗。我想着也是，儿子知道老家的地名，说不定能找回去呢，就让他爹回去了。我呢，就守在这里，在卖葫芦丝的摊子上等着。卖葫芦丝的是个云南人，想回老家了，也是看我难肠，就把摊子转给我了。我卖葫芦丝赚几个钱，等着儿子。他要是回来的话，肯定先找卖葫芦丝的人。你说对着吗？

我说，就是就是。我问了一句：你就这样等了十年？

女人说，可不？快十年了，差两个月就十年了。我儿子今年十七岁了，一个大小伙子了。我就怕见了也认不出来了。

我说，肯定能认出来。

女人笑笑说，就是，我天天想着他的模样，咋可能认不出来呢。他要是从这个广场走过，我一眼就能认出来。就怕他认不出我来，我又老又黑的，都不成个人样了。

我赶紧说，哪有儿子认不出妈的。

女人说，我就怕他不想认我。又不是他跑掉的，是我把他弄丢的。那么大点娃娃，一个人，不知受了多少罪。他肯定怨我，不想认我了。

我说，不会的。为了岔开话头，我又问，你们没再要个孩子。

女人苦笑了一下，说，要啥呢，咋要？刚开始，他爹天南地北地乱找，我们也见不上个面。见了就骂仗，互相抱怨。我骂他没把儿子看好，他骂我为啥要去买葫芦丝。都是心里烦，骂仗也是解个泼烦。到后来，一个都不敢见一个了。不见了，就想不起来了。他说回老家去等，实际上也是不想见我。他回去两年，跟村里一个寡妇好上了，又生了个娃。我不怨他，他也是没办法。

女人叹了口气。我怕她继续说下去。这样的事，谁听了心里都不好受。还有一点，我感觉发车时间快到了，得进站了。我歉疚地冲她笑了一下，付了钱要走。

女人说，你是个好心人，这儿有我儿子的相片，你拿上。我儿子小名叫大牛，官名叫杨满喜。你要是碰上的话，叫他回来，就说我在这里等着他呢。

抱孩子的女人

上了车，对号找到座位。座位上已经坐了人，是个小媳妇，二十多岁；旁边是个小伙子，戴副眼镜，他们像小两口。我站在那里，不知如何是好。想着总不能把人家小两口分开吧。最好是换一下，我坐她的座位。我刚要问，你的座位是几号。小媳妇说话了，不按座位，随便坐。小媳妇说话挺冲的，好像和谁生气。她这样说，我倒不知该坐哪里了。我问售票员，也说是随便坐。我就在后面找个位置坐下了，旁边空着。这样也好，坐长途汽车最怕挤，旁边空着，要舒服些。

后面的人陆续上来，大多都随便坐，看来已经习惯了。我旁边的座位一直空着。我暗自庆幸，没人坐才好。又想着，要是有人坐，也不能不让人家坐。大热天的，最好坐个瘦些的。

车上闹嚷嚷的，找座位的，放行李的；有些人互相认识，大声说话。老家那边的人，就这个样子，我心里稍稍有些惭愧。但看他们的样貌，听他们说话，又觉得很熟悉，很亲切。抬头看了一圈，好像没有发现熟人。离开好些年了，都生疏了。有两个人看着面熟，却想不起来是谁。对方也看着我，似乎想打招呼，可又走过去了。

我旁边的座位一直空着。人们的心思都和我一样，车上人少的话，谁都愿意一个人坐着。人多了，才都找空位坐。还有一点，我有意无意把手包放在旁边的座位上了，人都以为有人占座。

座位渐渐坐满了，司机已经发车了。一个女人背着个大包，抱着个孩子上车来。孩子不知为啥哭闹着，她边哄孩子边走着看，前面的座位都满了。她走到我这边，问，这里有人吗？我说没有，把手包拿起来。她就坐下了。孩子还在哭，哭出了眼泪鼻涕。她扭着身子，可能是想找点纸，没找到，就用手把孩子的鼻涕眼泪都擦了。一只手上沾了孩子的眼泪鼻涕，没处放了，她只能用另一只手抱着孩子。孩子几乎到了我的怀里。

我本想着一个人坐两个座位，或者旁边坐个瘦些的人，没想到却是两个人，又是鼻涕眼泪的，心里稍稍有些嫌弃。但看到女人手忙脚乱的样子，心里又有些不忍，就从包里找纸。记得前面找过一次，没找到，这回却从一个夹层中找出几张纸来。我递给女人。女人接过去，先把孩子的脸擦了，才把自己的手擦了。擦完也没扔掉，还攥在手里。她哄了哄孩子，孩子不哭了。她这才想起来，冲我说声谢。我看到女人的背包还在身上，就说，包可以放在行李架上。女人抬头看了一下行李架，才又一手抱着孩子，一手往下摘包。座位小，她弄得很吃力。我说，孩子先给我吧。她看了我一眼，迟疑了一下，才把孩子给我，站起身来，摘下包，往行李架上放。

我抱着孩子。孩子一岁多的样子，短头发，圆实的脸，看着就是个农村孩子，但看不出是男孩还是女孩。孩子看着我，没哭也没笑，眼神有点紧张疑惑。孩子的眼白中泛着蓝，眼珠子也黑中泛蓝，那么干净！我很长时间都没见过那样干净的眼睛了，心情忽然变得很好。我逗孩子笑。孩子先是不笑，可能是看到我脸上的笑意，一会儿，孩子也笑起来，咯儿咯儿笑出声来。我逗一下，孩子就笑一下。孩子开心，我也开心。旁边的女人这会儿也轻松了，坐下来，把身上的衣服整了整，看着我逗孩子。

好些年都没有抱这么小的孩子了，除了逗笑，我不知还能怎么交流。我问，你叫什么名字？孩子不说话。我又问，你几岁了？孩子还不说话。旁边的女人说话了：这娃娃言语迟，还不会说话。我有点不好意思。女人对孩子说，喊爷爷。孩子看了一下女人，又看了一下我，没有喊。女人又说，喊爷爷！孩子眼睛闪了闪，忽然喊了声：爸爸！我有点尴尬，女人也是。她说，这娃娃刚学说话，胡喊呢。这样解释了，似乎还有些不够。女人对孩子说，小心尿爷爷身上了，过来妈抱。说着，抱过孩子去。孩子到妈妈怀里了，还扭过头来看着我。我又逗了一下，孩子又叫了两声：爸爸，爸爸。女人说，这几天见了他爸爸，就学会了喊爸爸。

我问：孩子爸爸干啥着呢？

女人说，能干啥？在城里打工。

我说，打工也好呢，听说大工一天三百，小工都二百了。比我们的工资都高。

女人说，你们整天凉房房坐着，茶喝着，风不吹、雨不打的，月月有个麦子黄，咋比呢！女人的话音不好，有些呛我的意思。我也感觉说错话了，不好再开口。过了一会儿，女人似乎是为了缓和气氛，又说，要说挣钱，也好着呢，就是苦得很，危险得很。

我又问，你丈夫干啥活？

女人说，他干啥活，人笨得很，没手艺，就是个下黑苦。前几年，给人刷墙。不是屋子里的墙，是楼房的外墙。猴一样趴在架子上，给人刷墙，晒着来晒死，冷着来冷死。好在还有个架子，不太危险。他说是不危险，我想着也危险呢。楼那么高，人在半空中，咋不危险呢，想着就叫人头晕。今年，又干的是旧楼改造的活。你们城里人，楼房住旧了，国家又出钱给改造。国家的啥便宜，都叫你们占了。

我赶紧说，我也是农村人，前几年才调过来，买的是新楼房。旧楼改造我知道，就是给旧楼房加装保暖墙，再粉刷一下，主要是保暖，节省燃料，环保。

女人说，农村那么多旧房子，咋不装？

我没话说了。

女人又说，城里人命大，农村人命苦，这没啥说的。主要是，旧楼改造，刷墙不搭架子，半空中吊个篮子，人就站在篮子里，吊上吊下的，危险得很！

我说，现在国家对安全工作很重视，一票否决，工地上安全措施都很到位，你放心。

女人说，我放心？我的心咋放得下？他人在篮子里吊着，我的心就在半空中悬着。一大早，想着他上工了，人到篮子里了，我的心就悬起来。到天黑了，想着他收工了，我的心才落到腔子里。谁知道这一天，有没有啥事，想问一问，又不敢打电话。挨过几天，他打来电话，吓得不敢接，怕有啥不好的信儿。男人心大，好些天才打个电话。他还说得好，没有电话，就说明没啥事。他还说，以前刷新楼的墙，里面没住人。刷旧楼的墙，他们在外面刷墙，城里人就住在楼里面，看得清清楚楚。他说楼房面子看着旧了，屋里面可都好着呢，家里啥都有。也有些家里不行，穷着呢。城里人在屋里做饭、看电视、睡觉，他们就吊在外面刷墙。他们看城里人，城里人也看他们。有些人隔着窗户喊：墙要刷好，刷不好就投诉你们。有些人还不错，打开窗户，跟他们说话，问他们喝水吗。哪里都有好人呢。

女人正说着刷墙的事，身上的手机响了。她一手抱着孩子，一手掏出手机来。接通了，放到耳朵边，哎了一声。怀里的孩子挣着去抓她的手机。女人躲着，孩子就是要抓，边抓边喊爸爸爸爸。女人忙乱中把电话挂断了。女人有些气恼，硬把孩子拉开了。孩子撇着嘴，快要哭了。

我赶紧掏出手机说，你打电话，孩子给我，玩我的手机。女人把孩子递给我，孩子抓住手机，冲着手机又喊爸爸。我这才明白，孩子不是想玩手机，是从手机里听到了爸爸的声音。我的手机里没有爸爸的声音，孩子有些失望，嘴又撇开了。我赶紧打开一个动画游戏，孩子看着，才不哭了。

女人又打通了电话，说，坐上车了，坐上车了。车走了一阵子了，我和娃娃都好着呢。没啥事，你放心吧。赶天黑，我们就到家了。家里有我呢，你不要操心，操心好你自个儿。主要是安全，你要出点啥事，叫我们一家人咋办？你说玲儿？在跟前呢，旁边一个爷爷抱着呢。行，我叫她喊。

女人拿过手机来，举到孩子嘴前说，喊爸爸，喊爸爸！孩子不喊。女人又说，喊爸爸！孩子还是不喊。孩子这会儿一心盯着我手机上的游戏，用小手推开了女人的手机。女人又说了几句，挂断了电话。回过头来，在孩子额头上点了一指头说，不叫你喊你乱喊，叫你喊的时候，你咋不喊了？孩子有些不知所措。

孩子在我怀里。女人觉得这样可能不妥，解释说，娃娃几个月没见爸爸，妈妈、奶奶、哥哥都会喊，就是不会喊爸爸。这回见了爸爸，不住声地喊。这会儿她爸爸想听她喊，她偏不喊，你说气人不。

我搭了一句：你和孩子到城里来看她爸爸？

女人说，就是的。他打电话回去，我听着声音不对，鼻子囊吼吼的。我问他咋了，他说是感冒了，输液呢。挂了电话，我就想，他这个人，平日里有个头疼脑热的，从来不说，怕我们担心。这一回，肯定严重了。又一想，说不定不是感冒，是出了啥事情了。出啥事情呢，莫不是从篮子里掉下来，摔伤了？几个月前，村里和他一起干活的小伙子，就掉下去了。幸亏楼不高，掉下去后没摔死。可是头着地了，脑子伤了，到现在还不能下地走路，说话也直着个舌头，听不清。我越想越不对，给婆婆说了，婆婆也急了。我公公殁了，家里就一个婆婆。婆婆老了，出不了门，留下看家，看我儿子。儿子六岁了，能离开手脚了。女儿小，放不下，我就抱着过来了。

我说，没啥事吧？

女人说，没啥事，就是叫冷雨给激着了。下大雨，他们挂在半空中，上上不去，下下不来，叫雨水淋着。等下来，就给激出病来了。他原来落下那个病根儿，冷雨一激，就咳嗽发烧肚子胀，好几天都缓不过来。我过来，他还没好。感冒不要紧，没有其他的事情，我心里就踏实了。他抱怨我跑来干啥，乱花钱，白跑路。可看到娃娃，他精神了，抱上不丢手了。我看了两天，他病好了，领着我们转了一天街。他们那个工头好，专门给他请了一天假，叫陪着我们转街。

我说，来了，就好好转转。

女人说，有啥好转的呢，干啥都要花钱，还耽误他上工。家里也有事呢，儿子和他奶奶，不知咋样了。田地里还有活计，眼看着麦子黄了，要收呢。我哪有心思转呢。

车里突然有人争吵起来，是一男一女。我抬头一看，就是前面占了我座位的小媳妇和小伙子。小媳妇站起来，指着旁边的小伙子骂：有本事你考个公务员，考个老师呀！啥都考不上，你还不打工！搬砖砌墙你嫌苦，到工厂里你嫌累。你说你要干啥？你说你能干啥？

小伙子小声说，车上，你嚷啥嘛。

小媳妇声音更高了：车上？车上咋了？你怕丢人？你是大学生，有面子。面子顶个啥用？里子都顾不住了，还顾啥面子。你啥也不干，吃了睡，睡了吃，整天玩手机，等着我养活你呀！你还想要孩子，你养得起吗？

小伙子站起来，盯着小媳妇，脸上扭歪了，说不出话来。

车上的人都听着，看着。售票员忽然发话了：想吵架回家吵去！这是班车，公共场所，吵啥？都坐下，把安全带系上。售票员这样一说，小媳妇和小伙子都坐下，不吵了。

此后，再没人说话。

我旁边的女人抱紧了孩子，拍着，摇晃着。一会儿，孩子就睡着了。女人也闭上了眼睛，不知是眯着，还是也睡着了。

开出租车的女人

班车到县城，离老家还有几十里地。下车出站，再打出租车。

一车下来几十号人，有来车接的，有分散走的，剩下的都在车站门口打车。过来几辆出租车，都围上去争着上。上去的走了，没上去的骂骂咧咧地继续挡车。停下一辆，又都争。我不习惯这样，也争不过别人，只能等到最后。我终于拦住一辆车，听我说去乡下，司机说不去，我只好再挡。

又停下一辆车，司机是女的。我想着女司机怕危险，不愿意出城往乡下跑，就想放弃。女司机却催促说，赶紧上车，等啥呢！我说，我要去乡下，去吗？女司机说，咋不去？给钱，去哪里都行。这个女司机倒是个爽快人。

刚上车坐好，女司机问：去哪里？我说了要去的地方，还没讲好价钱，女司机一脚油门，车就蹿出去了。经常回老家，这里打出租车的规矩我知道。县城小，打出租车一般是五块钱。出城就加价，加价不打表，议价。到乡下也是议价，看路的远近，也看路好走不好走。老家离县城三十公里，路平，好走，一般单趟是五十块钱，遇到天气不好，得六七十。要是不提前说好价钱，司机张口要八十块、一百块的都有，乘客也没办法。我吃过这样的亏。想着一个女司机，不至于讹人吧，又想，女司机要是讹人的话，更没办法，架都不好吵。我心里想着，还是提前说一下价钱好。

我正想着如何开口说价钱，女司机却开口问我，从银川来，回老家？我说，就是，你咋看出来的？女司机笑了一下说，明摆着的，咋看不出来？我说，我脸上又没写着。女司机说，气色上就能看出来。我笑说，那你看我是干啥的？女司机说，干啥的？当官的呗，以前回来有公车接送，现在没公车了，自个儿又不会开车，就打车呗。我说，你看错了吧？我不是啥当官的。女司机扭头看了我一眼，说，在银川工作的，哪个下来都是官。我说，我真不是当官的。

女司机又盯着内视镜看了看：那你是干啥的？又不像做生意的，也不像当老师的。我说，我以前真还当过老师。女司机问：现在干啥？我说，在文联，知道吗？女司机说，文联？不知道。

很多人都不知道文联，出租车司机更不可能知道了。按说，出租车司机啥人都拉过，啥路路道道都清楚，连他们都不知道文联，我也不想解释了。女司机却说，反正是坐办公室的，不是官也是官，是官就比民强。话到这里，女司机忽然换了话头，说，那里有两个人，我带上，行吗？我这才看到，车子就要出城了，路口有两个人招手打车。女司机想顺路带上，多赚几个钱。我说，能行，能行。

车慢下来，滑行到跟前，女司机探头问：去哪里？打车的两个人说去麻疙瘩。麻疙瘩是个地名，我知道，和我老家不在一个方向。女司机应该也知道，一脚油门，车就蹿出去了。她嘟囔了一句：想顺两个钱儿，还顺不上，去𡳞子！

可能是开出租车时间长了，女司机随口就说出粗话来。开出租车的，一般都是男人，很少有女人开出租车。一个女人家，整天混在男人堆里，说话就粗了，人也就糙了。她看上去四十岁的样子，模样周正，素面黝黑，没有任何化妆的痕迹。就是化妆了，也应该是浮在上面，遮不住底色。穿着也很随意，甚至有点邋遢。

我忍不住问她：女人开出租车的少，你咋干了这个？我这样说，表达不准确，似乎是她干了啥不应该的事。我正想表示歉意，她说话了：我不干这个，还能干啥？这个来钱快，天天有个麦子黄。我赶紧说，就是，就是。

我接触过几个出租车司机，家里买辆出租车，两口子一起跑。主要是男人跑，女人换班当个帮手。男人跑远路，跑夜班；女人跑白班，跑近处。我以为这个女司机也一样，就说，你和丈夫两人跑？女司机说，我自己跑，我没男人。我不好再问了。女司机说，他死了。我连忙道歉：对不起！女司机说，没啥，死了七八年了！我说，年轻轻的，咋就？女司机说，他咋死的，我到这会儿也不知道。

我感觉很奇怪，但是不好问。

沉默了一会儿，女司机说，七年前，八年了还啥七年。我那时租了个柜台卖服装，他做个小买卖，贩个羊皮羊毛啥的。挣的钱不多，也就混个日子。两个娃娃，都是儿子，一个上五年级，一个上二年级。一蹿身子，两个娃娃都长高了，还没有房子，我们就租房住。租人家的房子，由不得你，要看人家的脸色。隔几个月，就涨房租。人家不高兴了，我们就得搬走。大腊月天的，叫你搬你就得搬，有啥办法？几年下来，不知搬了多少次家。我们还没觉着有啥，娃娃觉着了，说出话来了，同学家都有房子，就我们家没房子，我们啥时候买房子？娃娃大了，知道羞臊了。租房子住，他们在同学跟前没面子。我们从农村出来，到县城，本来就啥也没有，也顾不住脸面。娃娃呢，得把脸面顾住，不能和我们一样。你说对不对？我就和娃他大商量买房子。他是个蔫皮蛋，三棍子打不出个屁来，一说买房子，把头佝下，就一句话，没钱。我就骂他，你一个男人家，窝囊不窝囊？我跟着你，吃苦受罪不说了，娃娃一人高了，也跟着你受气。你像个男人吗？我这人，嘴瞎得很，想骂啥嘴里就出来啥。骂了些天，他不见了。他也没跟家里说，一个人走了。电话打不通，啥信儿都没有。我四处打听，说是跟着别人到外面做生意去了。到底去了哪里，不知道；做的啥生意，也不知道。他那个人，做个小买卖还行，出门做大生意，根本不行。我知道他。再说了，也没本钱。他挣的钱，都交给我了，我手脚大，平日里花销了，就攒了两三万块钱。他自个儿是不是偷着藏点，我不知道。藏也藏不了几个。没本钱，他能做个啥生意呢。我心里悬得不行。我是个大心肠人，平时心里啥事都不搁，可那些天我的心一直悬着。人说怯处有狼，怕处有鬼。二十多天后，人带信说他出事了。没说啥事，只说他人在云南，叫家里人快去。我不知道他出了啥事，反正是有事。我就把两个娃娃安顿好了，把家里的钱都拿上，坐上火车去云南。和我同去的还有几个人，跟我的情况差不多，都是有家里的人在云南出事了。看来是一档子事。我哪里知道，事的确是一档子事，可事情大小不一样。他们的家人事小，我们家那个人事大。他们都没告诉我。坐火车要两天多时间，闲得心慌，他们就打牌。我也跟着他们打牌。在火车上，不敢明着要钱，先是脸上贴条子。贴着贴着没意思了，就偷偷地算钱。我手气好得很，一路打牌到云南，赢了八百多块钱。想着回家的路费都赢上了，我心里高兴得很。又想着，手气这么好，我们家那个人肯定也没啥大事。老话咋说的？人高兴，骚命尽。这话偏偏就应在我身上了。到了地方，他们带着我去公安局。我这辈子没进过公安局，一进去，心就惶惶地跳。警察问了话，填了表，按了手印，我就见到了人。我见到的不是活人，是死人。人其实早死了，死了三四天了。咋死的？谁知道呢。他们说是他贩毒，毒品包破了，把自个儿毒死了。你还不知道吧？贩毒的人有钱，自己不拿货，都是雇马仔。马仔没本钱，就给别人带毒过关卡。咋带呢？用身子带。塑料包裹了毒品，吃进肚子里。过了关卡，再吃泻药拉下来。他就是给人当马仔，带毒品。他们说，我们那个人到了关卡后，就捂着个肚子，看样子难受得很。警察三盘问两盘问，人就越来越不行了。送到医院查了，说是塑料包破了，毒品渗出来，中毒了。抢救了半天，没抢救过来。话是这样说，谁知道呢？反正是我见到时人已经死了，肚子也给豁开了。跟他一起带毒的人，也给抓住了。人抓住了，判刑坐牢的，还有个活路。我们那个人，就那样死了。他们问我说，人要拉回去吗？想拉就拉回去，不拉的话，他们就地火化。我咋能留着叫他们火化呢？就雇了个车，拉回来了。雇车花了三万多块钱。我带去的钱不够，还借了些。回来埋人，又花了些钱。他本来想着挣大钱，没想到，一分钱没挣上，把命给搭上了，把家底也刮干净了。没办法，我只能把服装摊子低价转给别人，把借的钱还上。那些日子，我疼也疼不过，气也气不过。想来想去，都是我的错，要不是我抱怨他责骂他，他也不会走上那条道去。

女司机说得有些激动了，车开得越来越快，连续超过了好几辆车。又要超一辆货车的时候，突然对面一辆车直冲过来。我吓得叫出声。女司机也注意到危险了，猛地一打方向，车啸叫了一声，斜刺里冲过去，半个车身到了辅路上，差点栽进路边的沟里。女司机又猛打方向，车才回到路上，摇晃了半天，终于平稳下来。这时候，我才敢说话，抱怨了女司机几句。女司机说，不是个啥事，你命大，福还没享够呢；我命苦，罪也还没受够呢。她这样说，我就没法再抱怨她了。

过了一会儿，她又说，你说我咋这么苦的个命呢！小时候家里穷，吃不饱穿不暖。长大了，找了个对象，他家穷得瓦碴刮尻子。家里父母不同意，我跟着他跑了。村里待不住，我们就到县城。想着年轻轻的，干啥还不能活？苦活累活也干了，生意也做了，就是攒不下个钱，日子总是过不到人前头去。稍微好点了，他又走了那条路，把我丢下了。这不是命苦这是啥？唉！钱没了，自己的男人也没了。我还得活，还有两个娃娃呢！服装摊子转给别人后，我一点儿抓手都没了。其实，那个服装摊子也挣不了几个钱。我是个马胡子人，心粗得很，进不来个时髦货，自个儿又不会打扮，穿不出个样子来。也就赚不了几个钱。他在的时候，我开着服装摊子，也就是解个心慌。主要还是靠他养家。他这一死，我靠谁？只能靠自个儿。干别的啥我没本钱，就开了出租车。干这行，不用本钱，每天都见钱。苦是苦些，有啥办法呢！两个娃娃一天比一天大，都要花钱呢。大儿子去年考上大学了，一年光学费就一万多，加上吃饭穿衣零花的，少不得两三万。小儿子也上高中了，花钱的路数多了，今儿要钱买这个，明儿要钱买那个的，还偷偷摸摸找对象呢。

说到这里，女司机侧脸向我笑了一下。我说，孩子大了，过几年都大学毕业就好了。她说，好啥呀！大学毕业，还不都要房子，娶媳妇，那才花大钱呢。我就这么苦着，跑着，给我娃攒一点是一点。

我说，儿孙自有儿孙福呢。

女司机说，理是这么个理。可我就想着，娃娃都供着把书念成，再帮着他们成个家，我能给填补多少算多少，不能叫我娃像我这么过一辈子。

这时，我看到了父母的家。我说，前面右手那个院子跟前停下，就是拴着牛的那个。一头黄牛，拴在大门口，那是母亲喂养的。母亲七十多岁了，还闲不住。

女司机停下车。我问车钱，她说五十块。我给了她一百块，她硬找回我五十块。我让她进屋坐坐，喝口茶。她笑着说不了，前面还有几个人等着打车，她要顺路带上，还能多挣几个钱。她说着，麻利地调转车头，车就呼啦一下蹿出去了，转眼不见了踪影。

夜半回乡

三个人，王蔷、马龙、杨生才。王蔷是大学教授，马龙是县农业局副局长，杨生才是老板。三个人本来没有多少交集，就因为是老乡，这才聚到一起。说是老乡，也不准确。马龙和杨生才是真老乡，一个村的。一个村里生，一个村里长大，只是后来都走出了村子。王蔷算是半个老乡，小时候随父亲在村里住过两三年。

村子叫乌鸡沟，是个小山村，周围都是山。也不算是山，就是黄土丘陵，一群干瘦脱毛的老黄牛样，卧在那里。村东头的一个山峁，稍稍有点鸡的模样，却没有鸡头，更没有鸡冠子、花翎子。山上没有树木。村里也不出产乌鸡。很多人家都养鸡，但都是土鸡，偶尔有串种的乌鸡，都是稀罕物儿，就有生病坐月子的换了去，补身子。村名为啥叫乌鸡沟，村里人都不知道，王蔷就更不知道了。

村里有个小学，自然叫乌鸡小学。父亲调到乌鸡小学教书，家属随着，王蔷就到了乌鸡沟，也在乌鸡小学上学。王蔷上二年级，马龙和杨生才上四年级。那时候都是复式班，一、三年级一个教室，二、四年级一个教室。王蔷跟马龙、杨生才也算是同班。同班不同级，年龄也差了几岁，交往不是很多。同班一年后，马龙上了五年级，换了教室。杨生才不念书，回家放羊了。交往就更少了。

两年、也许是三年后，王蔷又随父亲离开了乌鸡沟，再没有回来过，也没有见过马龙和杨生才。这次，是因为一个课题，要做田野调查，来到县上。县上人不懂，听说是田野调查，就安排让农业局接待。

要是省厅的领导，或者是主管部门的人来了，一般是局长亲自接待。一个大学教授，不管钱不管项目的，就由副局长马龙接待。马龙眼力好，一见面就认出王蔷来。叫他老乡、老同学，说我是马龙呀，你不认识了，我们一个教室上学，你二年级，我四年级。王蔷却是想了好半天，才勉强想起那个叫马龙的四年级学生来，但又没法跟眼前这个肉脸秃顶的中年人联系起来。心里疑惑着，但表面上热情地应着。出门在外的，有个熟人，当然好了。

马龙心眼活，脸子热，见了上面来的人都热情。他一个农村出来的，没有后台，没有背景，能当上副局长，凭的就是这份热情。当副局长六七年了，要想当上正局长，他更要热情。虽说王蔷一个大学教授，可能帮不上他。但毕竟是老乡、老同学。还有，儿子明年高考，说不定到时候还能用上。所以，马龙对王蔷还是热情接待。只是现在接待人，不能公款吃饭，他只能自己请客。请的时候，想起了杨生才。他自己掏钱请客的时候，总会想起杨生才。杨生才是老板，可以买单。这次，王蔷来了，都是同班，更要请杨生才了。

杨生才很快就开车来了。一进包间就大声说，王蔷来了？在哪里？这就是？对对对，大模样没变，还是那个秀才样。当大学老师了？厉害，厉害！王蔷说，哪里，听马局长说，你现在是大老板了。杨生才说，啥老板，还是个弄羊毛的，赚几个毼毿钱，哪像你们。王蔷说，百无一用是书生，穷教书的。杨生才说，快别说这话，我要是还有机会念书，我就把这个烂厂子卖了，砸锅卖铁都行。说实话，我这辈子，最羡慕的就是读书人。马龙说，好了，先坐下来吃饭，慢慢聊。

坐下来，杨生才说，还有谁？就三个人，这咋行。王蔷可是贵客。王蔷说，这样好，我们老乡老同学，叙叙旧。杨生才说，也行，今天叙旧。明天我支场子，把县上有头脸的，多请几个来陪你。叫他们也看看，我杨生才是大老粗，我老乡老同学可是大学老师。马龙纠正说，是教授。王蔷笑着说，一样，也是老师，就是老师。杨生才说，说起老师，我想起来了，你爸爸，老王老师好着吗？王蔷说，挺好的，退休了，在家呢。杨生才说，我对不住王老师，这些年都没去看他，也是书没念成，羞着见不了他。他劝我念书，还给我免学费。我记着他的情分呢。还有你，给了我一个本子，一个铅笔，你还记得吗？王蔷说，我忘了。王蔷真的记不起给过他本子铅笔的事了。杨生才说，你忘了，我可没有忘。不记人情，驴马畜生都不如。

马龙说，那就喝个酒，表达一下。三个人举杯喝了。边喝着、吃着，自然就说起小时候的一些事情来。村头的大树，村子里的水塘、磨坊、煤油灯、驴拉车，还说起了放羊、点火、打架、偷香瓜之类的事来。王蔷只在乌鸡村住过两三年，好多事情王蔷其实没有经历过，但这样说着，王蔷感觉都经历了。一个外乡的孩子，在村里几年，其实并没有融入，偶尔还会受欺负。父母也是，怕他受欺负，怕他惹事，总是拘着，不让他出去。父亲是老师，放羊、点火、打架、偷香瓜之类的事，更是不让他干了。王蔷有一回，就想着偷一次瓜。白天不敢去，等到天黑才去，也不敢约人，就一个人去。瓜地在村子西头的坡地上。太阳刚一落，西边的坡地上先暗下来了。王蔷悄悄地溜过去，藏在一丛芨芨草后面，等着天再黑点儿，就过去偷瓜。为了防人偷，瓜地有人看着。看瓜的是杨大山老汉，六十多岁了，眼神不大好，尤其是天黑了，一大片瓜地，看不清楚。不过，他有个办法，在瓜地边走着，过一阵，就喊一声，呔！谁偷瓜着呢！他其实并没看到人，这样喊着，就是惊搅一下。他第一次喊，王蔷以为被发现了，吓得浑身抖起来。等了半天，没见老杨追过来，心里才稍稍安稳了。老杨那边又是一声，呔！谁偷瓜着呢！明明知道老杨是诈喊，但每喊一声，王蔷的心还是要跳半天。

等到天完全黑下来了，老杨也钻进瓜房子里去了，王蔷还是不敢过去偷瓜。透过芨芨草的缝隙，看着地里光溜溜的西瓜、香瓜，王蔷实际上一点想吃的意思都没有，他只是想偷一次瓜。偷瓜的想法比瓜还要香得多。王蔷终于从芨芨草后面钻出来，俯下身子，溜到瓜地边。刚想伸手摘，身后一个声音说，这是谁，干啥着呢？不是老杨的声音。王蔷一回头，看到是村长。村长也认出了他，说，是王老师的儿子吧，你在这里干啥？王蔷吓得嗓子都扁了，声音都变了，咕哝着说，我……我……在玩。村长说，这么晚了，快回去。王蔷就赶紧往回走。走了几步，他刚想跑，村长喊住他，揪了个瓜，给他。

王蔷抱着瓜，越走越伤心，忽然哭起来。要是偷瓜被抓住了，给打一顿，他都没有这样伤心。偏偏没有给抓住，村长还送了他一个瓜，这叫他心里很难受。王蔷当时并不明白，为啥会那样。多年后，他才想明白，他就是想偷一次瓜，却没有偷成，村长还送了他一个瓜。村长是个厉害人，要是发现村里谁家孩子偷瓜，肯定会打一顿、骂一顿，还要找家长、扣工分。村长应该知道他是去偷瓜的，却没有说破，还送他瓜，明明就是没有把他当成村里的孩子。

王蔷在乌鸡村几年，村里人都把他们一家当客人，所以王蔷就没有把乌鸡村当作自己的故乡，但写文章的时候，他总是写到那个村子。村子里有的、没有的，发生过的、没发生过的，经历过的、没经历过的，他都写了。读者以为那就是他的故乡，他也慢慢相信那就是他的故乡。这次田野调查，他选择回来，也隐隐有点想到村子里看看的意思。

王蔷把这样的意思说出来了。马龙说，明天可以带你回去看看。杨生才说，明天干啥，这会儿就走。马龙说，你喝大了？这会儿啥时候，半夜了。杨生才说，怕啥，有车，几十里路，半个小时就到了。马龙又说，你忘了？村子搬空了，一户人都没有了。王蔷问，为什么搬了？马龙说，生态移民，山里面的村子，都搬了。杨生才说，我知道搬空了。空村子、塌房子，他们知识分子就爱看这个。前几天来了几个客户，我带过去，他们看得高兴，嗷嗷地叫。马龙说，这会儿去，半晚上的，能看个啥。杨生才喝了点酒，犟上了，对王蔷说，夜里有夜里的看头，你说是吗？王蔷还真有点夜里去看看的意思，就说是。马龙还是不想去，说，喝了酒，咋开车？杨生才说，喝了多点酒，没事。放心吧，交警半夜里不会跑到山路上去查车。就是抓住了，不是还有你这个副局长吗，神通广大，哪个交警你还不认识。真不认识，要罚款，我掏。

这样说，马龙也不好拦挡了。杨生才说，开他的车，越野车，好走山路。马龙坚持开上自己的车，说路上有啥事，两辆车，有个照应。杨生才说，也行，王蔷坐我的车。王蔷就坐在杨生才的车上。

夜不是很黑，杨生才开着大灯，把路照得很亮。全是柏油路，不是很宽，但很平整。车也跑得还算平稳，看来杨生才没有喝醉。半黑半暗，半醉半醒，王蔷喜欢这样的状态，也喜欢这样有点冒险的经历。走了一段，就上山了。山路弯子多，又一会儿山、一会儿沟的，王蔷有点害怕。杨生才却不在意，边开车，边跟王蔷说话。杨生才说，这条路我跑了几十年，闭着眼睛都能开回去。王蔷心里稍安了些。

杨生才问王蔷，你再回来了吗？王蔷有点愧意说，没有。杨生才说，你是大忙人，也是没办法。我这几年也回去少了，瞎忙。村子又给搬迁掉了，回去更少了。住得好好的，路也修了，电也通了，学校也有，为啥要搬迁呢，想不通。学校还是我掏钱盖的呢，六间大瓦房，都给拆掉了。要不搬迁的话，我还想着，盖个教学楼呢。那时候穷，我没念成书，我就想着，要叫村里的娃娃都念成书。王蔷说，办学修路，善莫大焉。

正说到路，前面路就不通了，山沟里一股水，把路淹没了。杨生才停下车来，紧接着，马龙的车也到了。杨生才说，哪来的水？马龙说，可能是山上下大雨了吧。杨生才说，我记得这里有个滚水桥的。马龙说，也许是叫洪水给冲垮了。杨生才说，你别可能、也许的，看看能过去吗？马龙说，看着水挺急的，不知道深不深。马龙找了块石头，扔进水里，扑的一声。又找来一块大些的石头扔进去，还是扑的一声，接着格朗一声。看来水不是很深。用石头试水，王蔷也懂，要是通的闷响，说明水深，要是扑的脆响，证明水浅。

水不深，水声却很响，山沟不平，有落差，水声自然就响。这一点王蔷知道。王蔷没想到，夜里的水面是黑色的。水面不宽，有五六米，黑黑的。近处有车灯照着，还不算黑，可远处的水面比夜色更黑。他有点怯，黑色的水，叫他想到了很多不祥的东西。一道黑水，挡住了回乡的路。杨生才说，咋办？马龙说，过不去，就回吧。王蔷也说，回去吧。杨生才说，走到半路上了，回去干啥。水浅着呢，开我的越野车，过。杨生才的酒劲好像还在。

杨生才先开车蹚水。马龙没拦住，他就把车开进了水里。边上水浅，到中间，水也刚淹住大半个轮胎，车稳稳当当过去了。杨生才又掉头开过来，高兴地说，我说能过吧，看，过去了吧。马龙说，我的轿车，怕是过不去。杨生才说，过不去就扔这里，坐我的车去，回来再开。放心，大半夜的，没人偷。马龙和王蔷只好坐杨生才的车。

折腾了一阵，大概是酒劲儿过了。杨生才说，我记得回家路上没有水沟呀！马龙说，我也记得没有。好几年了，也许又有了。杨生才说，你总是也许也许的，别走错路了。马龙说，错不了吧，回家的路，还能错了！人搬走了，山上草多了，水就多了，这很正常。

王蔷不记得路，没法判断，只能随着他们走。过了水沟，还是柏油路，看来也错不了。可是，车跑了一阵，路又断了。这回不是水沟，而是一道深坑。杨生才远远地没有看清，车速没减，到跟前才看到，差点开进坑里去了。紧急刹车，车才尖叫着，停在坑边。

这样一惊，几个人完全醒了。下车一看，路上横着四五米宽、两三米深的沟。不是水冲出来的，也不是塌陷的，是人为挖断的。杨生才大骂起来，哪个断子绝孙的，把好好的路给挖断了。马龙说，你别骂了，我知道，是乡镇上专门组织挖断的。杨生才说，为啥？王蔷也说，为什么？马龙说，怕搬迁出去的人往回跑。有些人搬迁了，住不惯，总想着往回跑，乡镇上就想出了这样的办法，断水、断电、断路。杨生才说，你们这些当官的，尽想的是断路挖坟的事。马龙说，也是没办法，整村搬迁，山里面的人都搬了，跑回来几个，没法管理。杨生才说，管啥管？谁让你们管？你们不管，人家都活得好好的，越管越乱了。把路挖断了，这算啥事？人搬迁了，还不让人回老家看看了？还不让人给老祖先上个坟了？你们当官的就没有老家？都不回老家？

看杨生才越骂越火了，王蔷劝说，这也不是马局长干的。杨生才说，我不是骂他，我骂那些断路贼！马龙说，路断了，过不去了。杨生才说，他们不让回去，我偏回去。路断了，车过不去，人还过不去？走着回去！说着，找一处浅些的沟坡，跳下去。马龙说，算了，回去吧，路还远着呢，王教授怕是走不动。杨生才说，走不动我背着，我还不信连个老家都回不去。他又对王蔷说，你往下走，我接着你。杨生才人高马大的，劲儿也大，把王蔷从沟这边接下去，又从那边拉上去。马龙个子小，人也胖，爬下沟摔了一跤，往上爬更吃力，努了好大劲，才爬上去，杨生才就是不帮他。三个人都过去了，车过不去，他们只能步行。

路还是柏油路，很平整，走着也舒服。路两边的坡地，本来是田地，现在长满了杂草。杂草丛中忽然哧溜溜一阵响动，王蔷吓了一跳。马龙说，没事，可能是野兔、黄鼠啥的。杨生才也说，人搬了，草多了，野物儿也就多了。野兔子到处都是，放开了打都打不尽。野兔子多了，把狼也给招来了。听说山里又有狼了，把一家人的羊咬死了十几只。马龙说，畜牧局的人查了，不是狼，是野狗。有些人家搬走了，把狗扔下了，变成野狗了。两个人一个说是狼，一个说是野狗，王蔷听着都害怕，胆怯地问，要是这会儿有狼来的话，怎么办？杨生才说，怕啥？我们三个人，还弄不过一只狼？就我一个，弄它一只狼，也没问题。正说着，不远处传来一阵猫头鹰的叫声，杨生才停住了脚步，惶惶地四处乱看。马龙笑着说，你不是连狼都不害怕吗？一个夜猫子，就把你吓成这样。杨生才说，我这人真的啥都不怕，还就怕夜猫子，小时候在山上放羊，见了鹰、长虫、獾猪啥的，都不害怕，就是怕夜猫子。有一回羊丢了不敢回家，找羊，找到半夜，夜猫子叫了几声，吓得我尿了一裤裆。马龙和王蔷都笑了。

杨生才又问马龙，这是到哪里了？我咋看不出来。马龙看了看四周说，好像是白兔崾岘，我也看不清了。杨生才问，你几年没回了？马龙说，村子搬了，我就再没回去过。杨生才说，我也是，去年跑过一趟，那是白天，这到晚上，咋看不出来了。马龙说，看不出来也没关系，村村通公路了，顺着柏油路走，肯定能走到。白兔崾岘过去，是骆驼脖子，过了骆驼脖子，就是乌鸡沟了。王蔷听着，心里失笑了，这地方的地名，全是动物。

这样一失笑，感觉轻松了，三个人又走了一截。杨生才眼尖，看到一处山弯里有灯光。指着一看，马龙和王蔷也看到了，灯光很暗，好像是油灯的光。马龙说，可能又是哪个人偷着跑回来了。想不通，这穷山沟，有啥留恋的。杨生才说，你这话说的，金窝银窝，不如自己的草窝，住惯了，舍不得。王蔷也说，故土难离呀！杨生才说，知识分子，就是说得好！哪像你，当了官了，就忘了家乡了。马龙说，谁忘了？咋可能忘呢！杨生才说，你说没忘，那你这些年当着官，给家乡干过啥事？马龙说，我一个小小的副局长，没权没钱的，能干啥事。哪像你，有钱，掏钱盖了所学校，还不是给拆了。

两个人互相掐着，王蔷心里也有些不好，这些年，故乡只是在他的文章中，自己一次都没回来过。这次虽说是晚上，村子也搬空了，但看一看，还是很有必要的。这样一想，就鼓着劲儿往前走。

三个人又走了一阵，东方就发白了，山的轮廓显出来了，山却更黑了，满天的星星也变暗了。尽管暗了，王蔷还是觉得很亮，这些年在城里，他从来都没有看到过这样蓝亮清明的天空。他仰望着星空，慢慢落在后面了。

杨生才也感觉不对，问马龙，几点了？咋觉着天快亮了。马龙掏出手机看了，说四点多了。夏天夜短，天真的快亮了。杨生才小声说，咋走到这会儿了，我感觉走错路了。马龙说，我也感觉走错了。两个人互相看了一眼，又看了一下王蔷，意思很明确，不能让王蔷知道，两个人连回家的路都走错了，要是让王蔷知道了，还不笑话死。

但这会儿，只能硬着头皮往前走。王蔷不明白，就跟着往前走。天越来越亮，山的样子出来了，山色也显现出来了。王蔷觉得，周围的山头还是老模样，几乎没有变，像一群卧着的黄牛。虽然长了些草，但土黄的山皮还能看出来，有些地方还裸露出一大片，像牛身上起了臊皮。王蔷觉得，应该离乌鸡沟村不远了。

走过一道山弯，前面果然出现了一个村子。村子也是拆迁了，村子完全变样了，像是遭了灾，受了诅咒了。依着山势散居的几十户人家，房顶子、门窗全拆掉了，砖墙土墙也塌七落八的，窑洞黑洞洞的，像张着大嘴，喊不出声来。村子里没有一点儿声息。拆掉了屋顶门窗，那些房子显得更加低矮。简直不像是人住的地方，倒像是小娃娃丢弃的破玩具。村子周围的山头也变低了，山坡上的土地里没有长着粮食，变得乏塌塌的，没有一点儿生气。地界也模糊了，几乎和荒山连成一片。大概再过几年，谁也看不出，这里曾经住过人。

王蔷庆幸，这次回来了。很多年没有回来过了。有多少年了？心里算算，三十六年了。三十六年前，他走的时候，村子还是活的，有几十户人家，有牛羊鸡狗，还有些树。树大多是沙枣树，还有榆树、柳树、枣树。果树很少，这地方干旱，活不成。最大的一棵是榆树，就在村子中间。据说活了有几百年了，枝干虬曲得有些夸张，脚踝突出得很厉害，脚趾伸出有七八米长，霸道地扣住一方泥土，威严得叫人害怕。

大树上吊着个人，一个女人。王蔷记得，早上上学的时候，有同学说，大树上吊死了人。小孩子不懂事，都跑去看热闹，王蔷也跟着去看。树上吊着个女人，头发散开着，看不出模样来。据说是个年轻媳妇，三十多岁，叫男人打了，想不开，上吊了。男人也去了，不哭也不喊，袖着手，站在那里，说，你还寻死呢，我也不想活了。村里人问他为啥，他不说，一遍又一遍地说，我也不想活了。那男人最后并没有死，也没有去坐牢。女人就那样死了。为啥死的，村里人说，日子太苦了，活不下去了。

王蔷一直记着那棵大树，还有树上吊着的女人。他在一篇文章中也写到过。他向村子望了望，没看到那棵大树，其他的树也大多不见了。人和羊、狗，还有驴马牲口，都长着脚，走了。树有没脚，不会走，它们咋也不见了？王蔷问马龙，马龙含混地说，本来就没有啥树。杨生才说，有几棵树，大概搬迁的时候，给砍掉了。

王蔷有些失望。他说，我们到村子里面看看吧。马龙和杨生才互相看了一眼，跟着王蔷走进村子。

村街上到处是砖头瓦块，浮土也积了厚厚的一层。草却疯长起来，村街上、小路上、墙根里、场院里，全长满了。两边的院子，拆成了废墟。有的人家，搬得细致，房顶子、门窗都拆了，家具、铺盖、粮食，能用的都搬走了，连柴草都拉走了。有的人家就搬得马虎，旧门窗、断椽子都扔下了，旧衣服、烂被子也没拿。

村里人也不是一次就搬走的，有的人家早些年就搬走了，院子已经塌得不成样子了。也有的是前几年搬走的，院子里草也长了很多。剩下的是去年或是前年一起搬走的。有些人家舍不得走，还想着回来，主房子拆了，但还有些偏房没拆，院墙也还好好的，大门用旧门板堵上了，怕有人进去，有野物儿进去。有些人家把房墙都推倒了，压根儿就不想再回来了。

王蔷一边看着，想辨认出这是谁家，那是谁家。几十年过去了，村里发生了很大的变化，很难辨认出来。他边猜边问马龙和杨生才，两个人胡乱地点头、摇头。

王蔷忽然想起找找自己的家。随父亲来到村子，学校没房子，村里就找了一个旧院子，让他家住。院子里离学校不远，有一个窑洞，两间土房子。他们一家人住了两年多。尽管村子变了，路也变了，他竟然很快找到了。房子没拆，窑洞没塌，门窗也还在。两间土房子，还是原来的样子，只是老了些。窗户上的玻璃碎了，留下一些碎碴子。房门还在，没锁，虚掩着。王蔷轻轻地推开门，门吱扭地响了一声，像一个生病的老人呻唤了一声。王蔷迟疑了一下，刚想跨门槛进去。杨生才喊了一声，他才收住脚。忽然，轰隆一声，屋顶子就塌下来了。

王蔷跳开，退后几步看着。房子没有整个倒塌，只是屋顶子坍下来了。两间土房子在那里站了几十年，风吹雨打的，都没塌。好像专门等着他来，要在他面前塌掉，要他亲手推倒。他轻轻推门，那点力量，房子就塌了。

王蔷忽然感觉非常沮丧。马龙和杨生才看出来了，劝他说，这不是你家。我们走错路了，这不是我们村，不是乌鸡沟。

王蔷说啥也不相信。

房子倒塌的声音惊动了鸟儿，几只鸟儿从窑洞里飞出，有的盘飞在半空中，有的落在墙头上，叽叽喳喳地冲着他们叫骂。

兔 子

货郎子进村后，照例在虎子家门前落了脚，放下担子。

货郎子选择这里，是因为虎子家门前有两棵大榆树，冠盖相接，是天然的帐篷，能遮阳避雨。树根突出地面，向四面伸出两三米，扣住泥土，干净清爽，可以摆放货物。树干上还可以拉绳子，把货物挂起来。

货郎担子一般都不大，一头一个小木箱，货物就装在小木箱里。木箱分成了层格，这样装得多，也不乱，每层每格都装着不同的货物。货物全是轻巧的，针头线脑、皮筋头绳、气球糖豆之类的，最大的就是头巾丝巾、袜子手套。货郎子把木箱打开，把货物一层一格取出，能挂的挂起来，能摆的摆开来，很快就有了规模。真想不到，那么小的两个箱子，装着那么多的货物，摆开来，花花绿绿的，简直就是个小商店。

货郎子向虎子家门前看了一眼，就吆喝了一声，花线头绳耳环子哎——虎子家的大门紧闭着。他又吆喝了一声，鸡蛋换针线了——

吆喝了几声，先是几个小娃娃过来了。小娃娃手里没钱，主要是看稀罕，看着那些各种颜色的糖豆，眼睛里有钩子。也有趁他不注意，捏走个小东西的。货郎子没办法，在人家的村子，打不能打，骂不能骂的。再说了，小娃娃眼馋嘴馋，拿个东西，也算不得偷。只能看紧些，叫他们顺不上，也就行了。有的娃娃拿几分钱，买点糖豆气球啥的，其他的娃娃就羡慕地凑过去，说着巴结的话，希望能舔一口糖豆，玩一下玩具。看着怪可怜的，可货郎子也不能把东西白送给他们。每一件都担着本钱，还要赚点钱养家呢。

接着有几个大姑娘小媳妇陆续过来了。有熟悉的，问一两句，跟他打招呼。不熟悉的，冲他笑笑，算是打招呼了。打过招呼，围在摊子前，挑选喜爱的东西。随后，才有婆姨大婶姗姗地过来。姑娘媳妇赶头茬，挑一些时新的围脖丝巾，还有绣花用的花线，扎头的皮筋头绳。大婶一般不赶头茬，大婶要的是家常用的，纳鞋底的顶针，补衣服的针线。货郎子不喜欢大婶，喜欢姑娘媳妇。不光是因为姑娘媳妇好看，更主要的是，姑娘媳妇口羞，不会使劲砍价，差不多就买了。大婶眼尖嘴刁，买一件东西，要反复地挑拣、比较，为一根针，能讲半天的价。

一个大婶翻遍了摆出来的、挂出来的，又在箱子里翻。翻出了一套小娃娃衣裳来，笑着说，这么小的娃娃衣裳都有买的，看着惜疼死了。多少钱？买给我小孙子穿去。

货郎子赶紧说，那个…不卖。

大婶说，不卖？不卖你拿来干啥呢？

货郎给问住了。

大婶说，专门给谁准备的吧？

货郎子红了脸说，不是不是。

大婶质问了，不是？那留着干啥，你穿呀！

货郎子没话说了。

旁边一个媳妇打岔说，说不定是人家自己娃娃的。

货郎子说，我还没结婚。

那个媳妇本来是给货郎子打圆场，货郎子这样一说，她也没法再圆了。倒让大婶得劲了，说，没结婚，哪来的娃娃？有私娃子吧！这些走乡串户的，明着卖东西，暗中勾引人家姑娘媳妇，以为谁不知道呢。大婶说出这样的话来，几个姑娘都羞了，赶紧走了。大婶也扔下那件小衣裳，甩起身子，走了。

货郎子有些难堪。留下的几个婆姨媳妇劝货郎子说，她就那个样，嘴瞎得很，见谁说谁，你不要管。说是这样说，货郎子还是像当众给人揭了短处一样，半天缓不过神来。胡乱地卖掉几件东西，趁着这拨人走了，忙忙地把那件小衣裳藏起来。

小衣裳是专门给虎子媳妇带的。

虎子媳妇，货郎不想这样叫，更愿意叫她杏花。杏花这名字，与这块地方很相合。名字相合，人却不是。这地方干旱苦焦，人都黑瘦，姑娘媳妇也大多脸膛黑红。杏花却白白净净的，脸上稍稍泛点红。货郎子走村串户的，见过的姑娘媳妇多了，杏花算不上最漂亮的，但她身上有一股特别的味道。杏花单瘦，眉眼动作透着灵气儿，说话也轻声细气的，有点文气儿。就是这点文气儿，叫货郎子觉得，杏花有些不一样。

最主要的是，杏花人和善，心眼好。货郎子挑个担子，从这个村到那个庄，风风雨雨的，吃苦受累不说，吃饭、睡觉成问题。吃的大多是炒面、干馍馍。干得咽不下，就讨一碗水喝。这地方干旱缺水，家家都是用水窖积点雨水。家门可以不上锁，水窖上都上着锁。大旱年景，水窖干了，自家吃水都难，还哪有给人的水。货郎子在虎子家门前摆摊子，有一回渴得厉害，就向杏花张了口。杏花很快给他端了一碗水来。以后每次来，吃东西的时候，杏花都会给他端一碗水来。住呢，要是在夏天，货郎子随便找个地方就睡了。春秋天凉了，找个废弃的窑洞、草房，也凑合着住了。冬天太冷，就得找人家借宿。借宿也难，这地方的人家，大多就一两孔窑洞，或者一两间土房，一家人住得吃紧，很难容留外人。去年冬天来这个村，下大雪了，货郎子没地方去，也是杏花让他到家里住了。

货郎子记着情分，想送点东西给杏花，杏花说啥也不要。买东西的时候，货郎子想让点价，杏花也说不行，该多少还给多少。杏花买的最多的是花线和绣花针。货郎子没见过杏花绣花，也没见过杏花绣出来的东西，但他能想到。他想着，杏花侧身坐在窗前，在一块白布上绣花。绣花针一上一下，白布上就有了一朵花。再绣几针，白布上有了一只鸟。鸟儿站在梅花树上，这叫喜上眉梢。两只鸟儿在水里，叫鸳鸯戏水。还有花开富贵、连生贵子啥的。货郎子没念过多少书，没有这么多的文词儿。他只是经常到城里进货，见过那样的画片，也试着卖过，一张三五毛钱。农村人日子苦，可也有人买那样的画片。大多数人只是看看，舍不得买，有那三五毛钱，还要买油盐酱醋呢，先得把日子过下去。农村女人也学绣花，但更多的时候，要做饭扫地，要下地干活。

货郎子想不出杏花做饭的样子，扫地的样子，下地干活的样子。这样的女人似乎不应该做那些活计。这样的女人似乎也不应该嫁人，尤其不应该嫁给虎子这样的人。货郎子远远地看到过虎子，一个粗粗壮壮的男人，可杏花偏偏嫁给了他，货郎子心里有点憋屈。

杏花怀孕了，快生了，货郎子带了这件小衣裳，想送给她。杏花却不见出来。

她也许已经生下了。货郎子知道，坐月子的女人都不出门。他又想，杏花应该还没有生，要是生了的话，门头上会挂红布条的。家里生娃娃，门头挂红布条，是给亲戚朋友报喜，也是告诉村里左邻右舍，不要轻易进去，冲了娃娃。不过，那是他老家那一带的习惯。不知道这个村里有没有这样的讲究。

货郎子胡乱想着，虎子家的大门还是紧关着。

又过来几个人，有挑针线的，有买颜色的。货郎子一边招呼生意，一边注意着虎子家的门。

虎子家的门吱扭响了一声，货郎子听见了，扭头去看，不是杏花出来，却是有人进门。没有看到面目，只看到一个高壮的后背，应该是虎子，后背上斜挎着一支枪，枪管闪着乌黑的光。货郎子心里颤了一下。

虎子进去，没有关门，半扇门开着。货郎子忍不住看过去，屋子正好被关着的半扇门掩住了，只看见一块白亮的院子。一只母鸡，领着一群鸡娃，在那块院子里跑过来，又跑过去。

等到中午过了，还不见杏花出来。中午一过，人们该下地干活了，摊子前的人都走光了。货郎子就把货物一件一件地收进木箱里，也把心思收起来，挑起担子来，准备去下一个村子。

临走的时候，他又向虎子家看了一眼。虎子家的大门还是开着半扇，关着半扇。

中午过后，虎子背着一杆枪，向山里走。他要去山里打兔子。

妻子杏花怀孕几个月了，肚子有点疼，叫来接生婆看。接生婆可能是见惯了女人怀娃娃，当着虎子的面，叫杏花掀起衬衫，就在杏花的肚子上摸起来。接生婆的手干瘦，细长，在杏花的肚子上摸过来，又摸过去，这儿揉揉，那儿按按的。接生婆五十多岁，算上要叫小奶奶，但她那样摸着杏花的肚子，虎子感觉很不舒服。杏花的肚子平日里藏在衣服下面，看着还不明显，这会儿露出来，圆鼓鼓地挺着，像小时候吹胀的羊尿脬，皮薄得快要透了，上面满是青绿的血管。虎子看着有点害怕。

杏花大概也感觉难为情了，使眼色叫他不要看。他转过身去，眼前还是杏花的大肚子。那样大的肚子，虎子有点想不到，感觉里面不像是个娃娃，而是别的啥东西。

接生婆摸完了，却说，娃娃好着呢，够月份了，怕是就在这几天要生呢。生娃娃费劲着呢，你这媳妇子，身子骨这么弱，咋生个娃娃？接生婆又对虎子说，要想办法弄点好吃的，给你媳妇补补身子，给你生娃呢！

给你生娃呢！几个字一下击中了虎子。

他想给妻子弄点好吃的，可手里没钱。家里只剩下一只母鸡，刚孵出一窝鸡娃，不下蛋，也不能宰。虎子就想到了兔子。虎子是村上的民兵连长，手里有枪。有时打靶训练省下点子弹，他就去山上打兔子。

这地方干旱，山上草不多，野物儿也不多，但狐狸、野兔、黄老鼠之类的，还是有些。村里人习惯种地，很少有人去打猎。有个别人会用自制的土枪打野兔吃。土枪用的是铁砂，打出去一大片，大概瞄准了，就能打上野兔。只是土枪射程不远，要溜到兔子跟前，才能开枪。兔子很警醒，边吃草边注意着周围的动静，稍有惊动，就跑了。所以，用土枪打兔子，一天也打不了几只。开始民兵训练后，这里才有了步枪。步枪打兔子，要瞄准了，直接打中才行。枪法不行，就打不上。虎子当兵三年，回来又当民兵排长、连长，枪法很准，一枪就能打中。一只兔子四五斤，虽说没有羊肉鸡肉好吃，但也是肉，能饱肚子，能解馋。只是步枪力量大，打中了，伤口也大，有时候，半拉兔子都打烂了，虎子看着有些不忍心。还有一回，打了一只兔子，剥开后，肚子里有几只小兔子，剥出来还活着，身上没毛，光溜溜的，在那里蠕动着。虎子心软，看不下去，从那以后，就不多打兔子了。

接生婆说杏花身子弱，要给补补，没办法了，虎子这才想着去打兔子。

实际上，杏花也不喜欢虎子打兔子。虎子背着枪，带着一帮民兵训练，杏花也不喜欢。尤其是，虎子要带着民兵抓人、审人、批斗人，杏花更不高兴。杏花说，咱好好种地干活就行了，结那些仇怨干啥呢。虎子说，这是工作，我也没办法。为这些事，还有些事，两个人之间有些疙疙瘩瘩。虎子尽量忍着那些事，让着杏花。父亲对他说，媳妇，要管住呢。父亲话少，说出那样的话来，是想了很多天的。母亲去世早，是父亲把他抓大。虎子后来才知道，母亲并没有去世，而是跟着人跑了。老婆跟人跑了，这是丑事，父亲没有告诉他。村里人厚道，也不提这茬。直到虎子长大，才慢慢听说了。他去问父亲，父亲这才认了。父亲也没说为啥跑的，跟啥人跑的，只是叫虎子把媳妇看紧些。父亲一辈子在人前抬不起头，说不了话，不想叫虎子也那样。村里人也都说，婆姨家，该打要打，该骂要骂，不然的话，翻天呢。虎子当过兵，受了几年教育，他不想学村里人，有事没事就打婆姨。再说了，杏花文弱，又怀着娃娃，他也下不去手。

这个季节，麦子收过了，糜谷还没长高，兔子没处藏，很少到村子附近的田地里来，都躲到山上去了。要打兔子，就得到山上去。

爬过一个山头，没有看到一只兔子。也许是这会儿太阳高，天气热，兔子都躲在洞里呢。虎子不着急，他遇到事总是能沉住气。他一边走，一边往四处望，看有没有兔子的身影。有只黄鼠看到他了，人一样立起身子，拱着前爪，两只圆鼓鼓的大眼睛向他这边瞅着。也许是看到虎子身上的枪了，闻到火药的味道了，忽然趴下身子，快速地跑了，边跑边“铮——铮——铮——”地尖叫了几声，给同伴报信。其他的黄鼠听见了，也“铮——铮——铮——”地惊叫起来。虎子心里说，叫啥叫，我又不打你们。黄鼠和兔子很像，大小也差不多，但不能吃。

虎子想，山沟里这会儿有阴凉，兔子也许躲在那里。他就顺着山坡，下到山沟里。山沟下面被雨水冲出许多壕沟，两边是几丈高的崖坎。虎子爬下崖坎，在沟底里找。沟底下雨积水，野草长得盛，人和羊难下去，里面往往有兔子。果然，走了不远，就发现一只。很大的一只野兔，它好像压根儿没想到会有人出现，完全放松了警惕，吃几口，慢慢往前跳两步，两只大耳朵也耷拉着。

虎子端起枪，刚要瞄准，兔子跳到一大垛水蓬草后面，看不见了。沟底很窄，绕不过去，虎子只能佝下身子慢慢往前走。走了几步，兔子又出现了。兔子也发现他了，两只圆鼓鼓的眼睛看着他。虎子看到，兔子的眼睛里没有一点惊慌。虎子赶紧举起枪，可兔子往前一跳，躲到一个土坎后面了。虎子盯着土坎，再慢慢往前走。忽然，眼前有灰白一闪，兔子在不远处的一丛草边出现了，侧过头来，两只圆鼓鼓的眼睛看着他。这一回，它的眼睛里有了一种挑衅的意味。虎子感觉到，兔子的眼神很熟悉，好像在哪里见过。货郎子，对，那个货郎子就有这样一双大眼睛，看着他的时候，就是这样的眼神。

虎子举起枪，兔子没动，还是那样看着他。虎子瞄准，兔子还没动。虎子忽然手有点抖，枪口不稳了。他调整了一下，再瞄准。兔子突然蹦起来，顺着沟坡左跳一下，右跳一下，几个纵步，就爬上了沟坎。兔子前腿短，后腿长，最适合爬山，上了沟坎，回头看了虎子一眼，撒开欢子，往山上跑了。白色的短尾巴一闪一闪的，好像是在嘲笑他。虎子费力爬上崖坎，兔子早没了踪影。虎子顺着兔子跑走的方向追上去。他有些生气，想着要把那只兔子追上。

翻过山头，还是没有发现兔子。那只兔子不见了，别的兔子也都不见了。背阴的山坡上有一群羊，散在四处吃草。看到他，漠然地瞅了瞅，又低下头吃草。今年雨水少，草不多，羊似乎在啃着地皮。虎子不由得抬头看了下天，偏西北的方向，起了一块云，黑黑的，有点要下雨的架势。要是真下雨的话，就没法打兔子了。他赶紧四处找。远处有只兔子，好像是受了惊吓，边跑边躲着。原来有一只鹰，在半空盘旋着。

兔子几个折返，跑到山坡另一边去了。鹰盘旋起来，飞走了。鹰不追了，虎子继续追。不知不觉翻过好几座山，离村子越来越远了。西边响起了一阵雷声，干炸了几声，云却散了。雨是没了，离家远也不怕，可没有打到一只兔子，虎子就有点着急了。他仔细地搜寻着。

虎子看到，不远处的一个土堆后面，有个灰黑的毛乎乎的东西，像是个兔子，在那里吃草或者挖洞，只露出个屁股。打兔子最好打头，或者打前身，容易打住，打屁股不容易打死。兔子后身受伤，还能跑出很远，追都追不上，要是钻进洞里或者草丛里，就找不到了。

虎子想换个能打到兔子前身的地方，又怕惊跑了兔子。一下午没打到一只兔子，这只要是再跑了，也许就打不上了。杏花还在家里等着呢。这样一想，他就趴下身子，瞄准开枪。

枪响过，没见兔子蹦起来，也没见跳起来。

一般情况下，要是打不中的话，兔子受到惊吓，会蹦起老高，几个跳跃就跑得没影儿了。即使打中了，兔子也会跳起来，跑出一大截去，才会栽倒。有时栽倒了又爬起来往前跑，跑出一条血路。顺着血路追出老远，才能抓住受伤的兔子。兔子看着小，比人的命硬，不可能一枪就打死。

虎子觉得，也许是看错了，把棉蓬草、猫儿头刺当成兔子了。想是这样想，他还是过去看一眼，万一真是兔子呢。翻过那个土堆，哪有兔子。是个货郎子，躺在那里，只露出个头。他大概是走累了，放下担子，在那里休息，睡着了。

一直到天黑了，虎子才进村回家。

父亲还没睡，在院子里走着。父亲的脸黑着，看着他说，回来了？咋这么晚，没啥事吧？以后回来早些。虎子嗯了一声。父亲过去把大门锁上了。虎子就进屋。

屋里黑着，杏花没有点灯。

杏花在暗处问，回来了，还有谁？

虎子说，没谁，就我。

杏花说，我咋听着脚步乱乱的。

虎子说，大也还没睡，在院里转着呢。咋不点灯？

杏花说，我咋觉着心里不好的，没下去。你把灯点上，饭在锅里呢。

虎子好半天才点上了灯。灯照亮了虎子。

杏花说，你咋脸势不好？兔子没打上就没打上，我也不想吃，肚子里不舒服。

虎子把灯拿过去，看杏花。杏花忽然说，你身上咋一股子血腥气？

虎子说，没有呀！

杏花说，我咋闻着有呢。哎哟，我肚子疼开了，怕是要生呢，快去喊小奶奶。哎哟，快去。

虎子忙忙地跑去，喊接生婆小奶奶。小奶奶慢慢悠悠地准备剪刀、纱布啥的。虎子催她快点，小奶奶说，急啥，等着抱儿子呢？虎子说，不是，她肚子疼得不行了。小奶奶问，啥时候开始疼的？虎子说，就刚刚。小奶奶说，不急，疼不到时候，生不下娃。小奶奶这样说，虎子就不好再催了。

小奶奶收拾好了，才和虎子一起往他家里走。虎子着急，走在前面，几步就把小奶奶落后面了，站下来等小奶奶到跟前了，再往前走，几步又走到前面了。看虎子这样，小奶奶说，不急，娃娃啥时候出来，是男是女，长个啥样，都有定数呢。虎子只好随着小奶奶一起走，进了屋子。杏花不住地呻唤着，虎子听着看着，心里有了一种说不出的疼惜。

小奶奶说，男人脚重，你快出去。

虎子就出去在院子里站着，侧耳听着屋里的动静。他心里有点慌，好半天，他才看到，父亲也在院子里站着，亢亢地咳嗽着。父子俩不说话，就那样站着。

过了好长时间，听到了娃娃的哭声，小奶奶掀开门帘说，生下了，你进来。

虎子进去，小心地问，男娃还是女娃？

小奶奶说，还问啥男呢女呢，是个囫囵娃娃就好了。

虎子没明白小奶奶的意思。

杏花听见了，扭头一看，就晕过去了。

虎子先看杏花，等杏花缓过来，才看娃娃。娃娃的上嘴唇豁着一道口子，像兔子一样，虎子看了，心里拧了一下。过了两天，有路过的人发现货郎子叫谁打死了，头上被打了一枪。消息传到村里，虎子听到了，心里又是一拧。他没有告诉杏花。

杏花一直到出月后，才听说了货郎子被人打死的事。她想不到，货郎子竟被人给打死了。她也想不通，谁打他干啥。公安局的人在附近几个村子追查，查了几十天，也没个结果。听说是一个月前，就打死的。杏花算了日子，正好是自己生娃娃的那一天。她忽然想到，生娃娃的那天，虎子去山上打兔子。这样一想，把她自己吓了一跳。

她试探着问虎子，听说货郎子叫人打死了。

虎子说，我也听说了。

杏花说，说是用枪打的。

虎子说，嗯。

杏花说，都一个月了。

虎子说，嗯。

杏花说，我记得我坐月那天，你去山上打兔子？

虎子说，嗯，没打上。

虎子脸上的表情、说话的口气都没啥变化，杏花松了口气。虎子本来就话少，脸也总是拉着，这些日子，话更少了，脸子也一直冷着。杏花想着，那大概是因为自己生了个豁嘴儿子，虎子不高兴，短了精神。不光是虎子，杏花自己也一下子感觉短了精神。她第一眼看到儿子，又惊又吓，晕过去了。连着几天，都避着不敢看。儿子一哭，她心里就动一下。奶水下来后，她很自然地就给儿子喂奶了。儿子上唇豁着，奶水收不住，流出来，呛着了，她赶紧给擦掉。儿子尿布湿了，也赶紧换掉。出月的时候，她已经看惯了，觉得他就是个娃娃，是自己的儿子。

杏花自己看惯了，别人却不那样想。刚出月，杏花下地干活，村里的女人就凑过来问她，生了个啥？她说，儿子。女人们又问，长得像谁？像他大还是像你？杏花就把话岔开了。她不说，女人们还是神秘地笑着，一副早就知晓秘密的样子。其实，她刚生下儿子的时候，村里很多人就知道了。接生的小奶奶东家出西家进的，早传了。坐月的时候，有些人拿几个鸡蛋、一包红糖，或是一把挂面啥的，来看她，说是送奶，顺便也看看娃娃。杏花也不能挡着不让看。来的人看了，当时噤口不说话，出去后，就说开了。娃娃还没抱出来，全村人其实都已经知道她生了个豁嘴子。村里人说出很多话来，有的说，平日里臭美得很，生下那样个娃娃。还有的说，那是因为虎子打兔子，杏花吃了兔子肉，兔子三瓣嘴，才生了个三瓣嘴的娃娃。杏花人长得好看，手巧，又识字，村里的女人本来都高看她。这一下，说啥话的都有。对虎子也是，说他平日里背着个枪，抓人斗人的，做事过头了，这是报应。那时候，人和人之间，没有实话，却都爱看笑话。

杏花在娘家的时候，早就习惯了这些。她爷爷过去是富农，后来给定了四类分子，经常挨批斗。她们一家人，没少遭过村里人的冷言冷语。嫁给虎子，到这个村里来，杏花想着就不会了，没想到还是一样。虎子抓人斗人的，杏花本来也不高兴，经常劝他。虎子放不下民兵连长的位子，但也没下狠劲整过人。村里人现在那样说虎子，杏花觉得不公。虎子是大队上的民兵连长，他那样做，也是没办法的。

虎子主要是带着几十个民兵训练。那时候全民皆兵，人多枪少，大多数民兵都用的是木棍、铁锨把，有的人用木棒削出个枪的样子来。虎子带着他们，在没有粮食的土地里，练队列、步伐，练卧倒、刺杀，弄得地里尘土飞扬的。尤其是匍匐前进的时候，一条条尘土往前窜，人都看不到了，爬起来，全成了土人了，看着够滑稽的，也够辛苦的。打靶的时候，也危险。民兵大多没摸过真枪，不是打低了，就是打飞了，还伤过人。虎子当过兵，枪法好，在全公社的民兵比武中拿过第一名。

儿子出生以后，虎子又去参加公社的比武。打靶比赛，虎子打了五枪，一枪都没中靶，丢了人，闹了笑话。这样一来，民兵连长就当不成了。当民兵连长，算是队干部，不用下地干活。不当民兵连长，虎子就得下地干活了。虎子这样，也影响到了杏花。杏花上过小学，队上本来准备叫她当民办老师的，也不提了。

杏花也很想当老师，现在当不成，她也不怨虎子。杏花想着，都是自己生了一个豁嘴儿子，叫村里人说长道短的，虎子心里压力大，才成了那样的。

虎子也可能是那样想，他明显不喜欢儿子，从来都不抱，也不哄，看都不愿多看。儿子长到一岁多，模样出来了。虎子有一回盯着儿子看。看着看着，忍不住说了句，这娃的眼睛咋这么大？

听虎子这样说，杏花也盯着儿子的眼睛看。儿子的眼睛真的很大，一点儿也不像虎子的眼睛，也不像自己的眼睛。感觉哪里见过那样的眼睛，一时想不起来。有一天，她忽然想起来了，那个货郎子就有这样一双眼睛。儿子的眼睛咋可能像那个货郎子的眼睛呢？杏花的心里颤了一下。

货郎子是个腼腆小伙子，大概十八九岁的样子，一双大眼睛忽闪忽闪的，看着像个娃娃。可能是当货郎子不久，面皮还薄，和大姑娘小媳妇一说话就脸红，尤其是见了杏花，脸红得更厉害。杏花去买花线、绣花针啥的，他任由着杏花挑，有时还专门给她带特别的花线来。来过几回，相熟了，他见了杏花，显得非常高兴。杏花也有点喜欢他，心疼他。一个年轻娃娃，出门在外的，饿了，连口热饭都吃不上，渴了，连口水都喝不上。杏花就给他送过几次水，还让他在家里住过一宿，是和公公一个屋里住的。也就这些了。儿子的眼睛咋可能像那个货郎子的眼睛呢？听说怀孕的时候，见过谁，想过谁，娃娃就有可能像谁，也许就是，其他的原因，杏花想不出来。

虎子心里咋想的，杏花也猜不出来。虎子也许疑心了。她想给虎子说，她和货郎子没有啥，真的没有啥。她怕说出来虎子不相信，反倒是越描越黑了。她只能把这些话压在心底里。那些话在她心里生了根，发了芽，长出些枝枝蔓蔓来。虎子疑心她和货郎子，假装出去打兔子，悄悄跟着货郎子，到没人的地方，开枪打死了他。这不是杏花想的，是自己跳出来的。这样的想法跳出来，把杏花吓住了，啥话也不敢跟虎子说了。

虎子心里好像也有事。杏花看到，有好几次，虎子想给她说点啥，她赶紧岔开了话头。她怕虎子真说出啥话来。真要说出来，杏花不知道该咋办。告官把虎子抓起来判刑，她做不到。但她心里想着，货郎子就是虎子打死的。这样的想法折磨着她。下地干活忙，有时候就忘了，回到家里，闲下来，那些想法就冒出来。以前，在家里闲下来，她还绣花。货郎子死后，她再不绣花了，把那些花线、绣花针都压在箱底了。花线、绣花针能压住，心里的想法却压不住。有时她真想说出来，可是她跟谁都不敢说。

有一天，她实在忍不住了，就给儿子说。儿子还小，听不懂，她说着，儿子听着，也没啥反应。慢慢地，儿子长大了。杏花心里有了事，还是给儿子说。儿子听懂了，但儿子不能说话，不会说出去。

儿子嘴豁，说话不收风，发不出明白音儿来，呜呜哇哇的，别人听不懂，虎子也听不懂，只有杏花能听出来。儿子出去，村里的娃娃都叫他兔子，欺负他。挨了骂，他说不出来，挨了打，也说不出来，只能回家给杏花说。娘儿俩就一起说说话。儿子到了上学的时候，送到学校里，老师不要。杏花只能把他放在家里，自己给教。小学学完，杏花也不能教了。正好政策放开了，听说大医院里能修补豁嘴，杏花就和虎子商量着，给儿子看病。虎子没说反对的话，只说没钱。他们就这一个儿子，这些年再没有生，没有在一起住过。

虎子和杏花，本来是方圆几个村的人尖子。这些年，却一直都不行。包产到户后，日子还落在别人后面。攒了好几年的钱，才给儿子做了手术。纱布拆开，儿子嘴唇上的豁口补上了。补上的那块肉红红的，与周围的肉色明显不一样，但豁口补上，儿子的模样出来了。杏花看着，儿子的大模样，还是像虎子。

拆了线，儿子开口说话了，冲着杏花叫了一声妈。杏花应了一声，满眼的泪花。儿子又看着虎子，却没把他叫大。杏花给他使眼色，让他叫。儿子不出声。杏花着急了，说，这是你大。

儿子说，他不是我大，我大早死了。

补记：四十年前了，我六七岁的时候，发生了一件事。村子不远处的山道上，一个货郎子被打死了，是被枪打死的。走路的人发现了，报了官。公安上查了些天，没查出头绪。那年月乱，事情多，民兵手里都有枪，没法一一去查。货郎子又是外地人，不知道身份，也没家属追，就那样了了。几十年间，很少有人再提起。

就在几年前，邻村的一对老两口，晚景不好，不到六十岁，老汉死了，周围的人去送。葬礼刚结束，人还没散，老婆子忽然发了病，全身抽搐，口吐白沫，紧接着哭诉起来，你走了，把褡褡子甩给我，你钻到土里去了！你叫我一个人咋守得住？我今儿要说开了，货郎子是你打死的！你打死了人，不给公家承认去，你给我说着干啥呢！你把你一辈子糟蹋了，也把我一辈子害了。我这辈子活了个啥人呀……

年轻人没听懂，以为是老汉死了，老婆子疼得胡说。上了年纪的人听出来了，想起多年前被打死的货郎子。

奶奶活成孙女了

奶奶七十岁，孙媳妇二十岁。

孙媳妇坐月子，奶奶接的生。生下一个男娃，一家人都高兴，尤其是奶奶，有了重孙子，更是高兴。都说多见一辈人，就减一分罪呢。只是赶上收麦子的时候，伺候月子成了问题。孙媳妇娘家妈去世早，婆婆要抢黄田。奶奶就说，她伺候。

奶奶伺候月子，还是用老办法。从山坡上挖来绵绵土，拍碎、捏细了，堆在炕上。炕上的褥子、毛毡都拉掉了，就剩下个光席子。月婆子和娃娃都睡在席子上，身子下面铺上细绵绵土。女人身子里流出的血、娃娃拉屎尿尿，都是用土。土脏了，就倒掉，再放上新土。这样很方便，只是孙媳妇觉得有点不卫生。娘家妈就是因为坐月子落下病去世的，她心里害怕。她最怕的不是自己，主要是娃娃。那么点碎娃娃，皮肤细得像纸一样，睡在土里，她怕睡出毛病来。她小心地给奶奶说了。奶奶说，不要紧，人老五辈子都是这么着。你公公、你男人，哪个不是土里滚出来的，好好的。孙媳妇就不好再说了。孙媳妇进门一年多点，还不敢多说话。

男人收麦子回来，孙媳妇把心里的担忧给男人说了。男人又给奶奶说。奶奶笑着说，我孙子长大了，也知道疼娃娃了。放心好了，你疼你的娃娃，我也疼我的虫虫呢——奶奶把重孙叫虫虫。你要是不放心的话，就在家里伺候着，我跟着下地收麦子去。奶奶说着，剜了孙媳妇一眼。孙媳妇给男人告状，奶奶心里不高兴了。不高兴归不高兴，还是一样地伺候孙媳妇，做饭、熬米汤、打荷包蛋、涮红糖水，也还是老一套。孙媳妇也不敢再说啥了。她只想着，儿子没事就好。刚当了母亲，她很自然地就有了母亲的感觉，心已经全放到儿子身上了。

奶奶还是把儿子放在土里。尿湿了，就给他换上干土。身上出汗了，也是用干土糙。奶奶用干土把儿子全身都糙过了，就像给擦粉。孙媳妇看着，担心着。那么小的一个小人儿，她真担心奶奶把他的肉肉给糙破了，把他的哪儿给弄疼了。儿子却舒服地蹬着小腿，伸着小胳膊。奶奶嘟着嘴说，我的小虫虫长大了，长大了。奶奶嘟着嘴的样子，孙媳妇看着好笑。奶奶把儿子叫虫虫，孙媳妇也觉得好笑。当着奶奶的面，她不敢笑。等奶奶出去做饭了，她才笑出来。一个人的时候，她也想逗逗儿子，一逗儿子，她也不由得嘟起了嘴。儿子也看着她，好像也认出她了。儿子的眼仁黑得发蓝，干净清亮，好像没啥能染脏了，没啥能舍得染脏了。

说是这样说，但儿子还是得病了。不知道为啥，大声地哭叫。奶奶抱起来拍着哄，好容易哄睡着了，一个惊悸，又醒来哭叫。奶奶说，娃娃心里不受呢。孙媳妇想不通，那么点小人人，心里有啥惊悸的，有啥不受的。奶奶说，不要紧，喂点朱砂就好了。奶奶找来个小铁盒，铁盒里装着红红的东西。奶奶用耳挖子挖了一点，给儿子喂了。那么红的东西，简直跟火苗一样，喂进儿子嘴里，孙媳妇看着担惊。可喂了两三次，儿子还真的就不哭闹了。又过了几天，儿子又拉肚子、吐奶。奶奶说娃娃肚子凉，又给喂了点黑黑的东西，说是麝香配的，儿子吃上也好了。奶奶的办法很见效，但孙媳妇还是有点担心。婆婆过来看，她拐着弯儿给婆婆说，还是找保健员看看好。婆婆笑着说，娃娃没啥大毛病，就顺着你奶奶。婆婆都这样说，她也没办法了。

过了七八天，孙媳妇下炕了。她换水沐浴，穿好衣裳，就不用再睡在土里了。只是儿子还睡在土里，黄绵绵土不沾身，却沾头皮。头皮上落上细土，加上出的汗，就变成了泥垢。泥垢越积越厚，在头皮上形成了一层垢甲，黑黑的，油油的。她看着不舒服，说要给洗洗。奶奶说不能洗，娃娃头上的垢甲是给娘家人攒福呢，垢甲越厚，娘家人福气越大。攒福的话，孙媳妇有点不信，但奶奶这样说了，她就没有洗。好在儿子的头发越长越长，把泥垢盖住了。到出月的时候，找人来给儿子剃掉了胎毛。没有头发，泥垢更加明显了，简直就像个黑锅盖扣在儿子头上。孙媳妇越看越觉得碍眼，就掺了点温水，给儿子洗头。泥垢积得太厚了，一下子洗不掉。她只能用毛巾沾湿了水，一点一点地擦洗。儿子头皮软软的，又乱动着，她怕弄疼了儿子，只能轻轻地、慢慢地擦洗。用了好长时间，才把垢甲洗干净。

看到儿子洗清爽了，漂亮多了，她心里高兴，但到了晚上，儿子发起烧来。她想着儿子可能着凉了，过一会儿就好了。谁知道，儿子烧得越来越厉害，还抽搐起来。她害怕了，赶紧喊来婆婆和奶奶。婆婆顺着奶奶的路子说，快找三奶奶来给娃娃灸一灸。奶奶抱起娃娃，看着娃娃抽搐的样子，冲着婆婆嚷，娃娃都这样子了，还灸个啥，赶紧往医院里送。又冲着孙媳妇说，我虫虫要是有个三长两短，我跟你没个完。

儿子送到医院里，算是救活了，只是高烧时间长了，落下了后遗症，脑子反应慢，没能念成书。弟弟妹妹都考上大学，只有他留在村里种地。对此，孙媳妇心里一直有些愧疚，也有点后悔没听奶奶的话。到后面两个娃娃，坐月子的时候，还是奶奶伺候的。孙媳妇没敢再自作主张，完全听奶奶的。奶奶伺候月子，又带娃娃，一直在孙媳妇家里，很少回去。爷爷早几年前就去世了，回去也是她一个人。有时候过去，只是去打理她的树园子。

树园子是奶奶栽下的。奶奶说，她十四岁上到这家来，做童养媳。正好邻家挖枣树，挖出几棵小苗，晾在那里。她看着小苗上细碎的叶子绿茵茵的，心里一动，就张口要了棵枣树苗。拿回来栽到后院里，树苗就活了，长大了，就在她和爷爷圆房的那一年挂的果。枣树好活，自己会繁殖，过几年，大树周围又冒出新的小树，小树的周围又生出更小的树。一棵枣树，洇了一大片，成了个果园。枣树会跑，有一些小苗在园子外面发出来，长到别人家的院子里、地头上去了，那就成了别人家的。枣树似乎还会蘖生，旁边还长出桃树杏树来，简直想不通它们是哪里来的。后来，奶奶又种上了苹果树、梨树，园子里从春到夏都有花开，从秋到冬都有果子吃。果子都很普通，卖不了几个钱，大多都送给人吃了。家里人就不愿多管，一直都是奶奶打理着。枣树越洇越密，奶奶一棵也舍不得挖掉，一根枝子也舍不得剪掉，由着它们疯长。枣树又全身是刺，人简直都没法进去了。好在奶奶瘦小，锄草的时候，弯下腰，从树底下就过去了；摘果子的时候，侧侧身，从树枝间就过去了。那些枣树好像也认识奶奶，不会用枣刺扎她。这样一来，也只能由她自己操心了。儿子儿媳妇想给她帮忙，也帮不上。

奶奶种活了一院子的树，儿女却不多。她一辈子生了七八个娃娃，就活下来一儿一女。女儿嫁到外村去了，几个月来看她一次。儿子儿媳妇还有几个儿女没成家，还有自己的光阴，看她和孙媳妇处得好，也没有叫她回去。只是隔几天就会过来一次，看看她，安顿孙媳妇要伺候好奶奶。

男人出去打工，几个娃娃上学去了。孙媳妇留在家里种地、伺候奶奶。说是伺候，实际上奶奶根本不要她伺候，帮着她干家务，还要跟着她下地干活。孙媳妇犁地，奶奶给帮着牵牛；孙媳妇去播种，奶奶给帮着撒种子；孙媳妇收玉米，奶奶给帮着掰棒子。

七八十岁的老人还下地干活，村里人有点看不惯。村子是老村子，观念还是老观念，传下一句话，天堂在父母脚下。虽说这些年世道变了，庄风也在变化，但对待老人上，还是不敢马虎的。谁要是对老人不好，别说是亲戚本家，就是三下旁人，也是要说话的。对奶奶下地干活，村里人就说出闲话来了。说儿子儿媳妇不孝，也说孙媳妇的不是。

儿子儿媳妇听到，先着急了。五六十岁的人了，落个不孝的名声，以后在村里没法抬头走路了。赶忙要把老人接回自己家里去。闲话传得快，女儿也听到了，赶到娘家来问情况。

奶奶却说，孙媳妇待她好着呢，她就住在孙媳妇家里，哪里也不去。老人这样说了，儿女都没办法了。这样一来，压力全落在孙媳妇身上了。她劝奶奶回到公婆家里去。奶奶说，你是不想要我了吗？孙媳妇赶紧说不是不是。孙媳妇又劝她不要干活了。奶奶说，不干点活儿，你叫我咋活呀！

奶奶一辈子苦惯了，不叫她干活，她真的会不自在。孙媳妇没办法，只能顺着奶奶。奶奶每天除了五番礼拜，就随着她下地干活。村里人看到了，明里暗里说出更重的话来。正好，男人出去打工，在外面的工地上，失脚摔下楼，摔断了胳膊。小儿子在上学的路上，坐了辆三轮蹦蹦车，蹦蹦车翻了，把小儿子的腿砸断了。村子里人就说，这都是不孝顺老人的报应。孙媳妇真有点害怕了，给奶奶说了。

奶奶说，想说啥说去，我心里知道呢。我孙子从那么高的楼上掉下来，就断了个胳膊，人命在呢。我虫虫给压到车下面，就断了个腿子，人好好的。祸中有福呢，咋不这么想？

奶奶这样说，孙媳妇一下就想开了。出了两起大的灾祸，男人和儿子只是受了点伤，真的是祸中有福呢。这福是奶奶带来的。这样一想，她对奶奶更好了。奶奶对她也越来越亲。

奶奶最初叫她孙媳妇，叫着叫着，叫成媳妇子。村里一般是把儿媳妇才叫媳妇子，奶奶这样叫她，把辈分都叫乱套了。她给奶奶说了，奶奶笑着说，我是老糊涂了。说是那样说，过后还是那样叫。有时也叫她孙媳妇，奶奶的牙掉了，口齿不清，听着像是碎媳妇。孙媳妇爱听她这样叫，感觉有一种疼爱在里面。叫着叫着，又叫她的小名。奶奶叫她小名，她觉得最亲切，感觉好像是母亲在叫她。她很小的时候，母亲就去世了。她不记得母亲叫过她的名字，也不记得母亲的模样，心里一直欠缺着。长大后，她才知道，母亲是生下她得了产后风，病了一年多去世了，她心里也一直亏欠着。奶奶第一次叫她小名的时候，她心里颤了一下，就感觉是母亲在叫她。奶奶以后每次叫她小名，她也感觉心里暖暖的。看着奶奶，就像真是自己的母亲。她知道这样想有点不对，奶奶就是奶奶，把奶奶当成母亲，是乱了辈分，但在心里，她真把奶奶当母亲了。

奶奶九十岁，孙媳妇四十岁。

奶奶本来个头小，老了，腰蜷了，就更小了。孙媳妇下地干活去，奶奶还要跟着她去。到了糜谷地里，糜谷抽穗了，一下子蹿起一人高，奶奶走进去，就被淹没了。孙媳妇找不见奶奶，在地头上奶奶奶奶地大声喊。奶奶听见了，怕被笑话，故意不应声，自己循着孙媳妇的声往出走。糜谷的穗子缠在一起，挡住她，她走不出来了。孙媳妇看到有地方糜谷头子在动，知道奶奶在那里，分开糜谷穗子，走进去，才把她救出来。到玉米地里掰棒子，玉米棒子结得高，奶奶踮着脚也够不到，跳了几跳够到了，却掰不下来，整个身子都挂上去，她身子太轻了，还是掰不下来。奶奶的身子挂在玉米秆子上，摇摇晃晃的，她吓得叫起来。孙媳妇赶忙跑过去，抱住奶奶。奶奶跟玉米棒子较上劲了，抓着玉米棒子不松手，孙媳妇只好把奶奶和玉米棒子一起掰下来。奶奶抱着个玉米棒子，棒子上露出几粒玉米，好像龇牙笑她。她这才知道，不能下地干活了。

不光是田里的活儿干不了，连她的树园子也没法打理了。她扛着锄头去园子里锄草，她使劲地往下摁着锄头，锄头却吃不进土里去，只是在地皮上划拉着。几棵草茎被拉伤了，流出绿绿的汁水。她生气地坐在地上，看着那几棵被划伤的草，感觉就像是草在流血。她又看着满园子的杂草，每一棵都绿茵茵的，活生生的。她忽然就不想锄了，扛着锄头回来了。她给孙子说，以后园子交给他了。

园子交给孙子，孙子就按照自己的意思打理了。他把一些小树给挖掉了，把一些歪斜的树干砍掉了，把一些太密的枝子剪掉了，这样一整，园子里疏朗了，树木行路出来了，人出进也方便了。至于那些杂草，他也没有用锄头去锄，而是打了农药，不几天，杂草全死了。孙媳妇看到丈夫把奶奶的园子整成那样，担心奶奶知道了会生气，悄悄瞒着，不敢带着奶奶从树园子那个方向过去。奶奶没去，但还是知道了。她问孙子，那棵老枣树没挖掉吧？孙子赶紧说，没有没有，那是奶奶的树，咋能挖掉呢。树太密了，不结果子，挖掉些小杂树，果子结得多，也好吃。我还想着，把树园子扩大了，栽些能卖钱的果子。孙子说了一大堆，奶奶说，随你吧。

不能下地干活，不能打理树园子，奶奶就喂牛。每年喂一头，草活的时候托人买来，育肥了，草枯的时候卖掉，能赚些钱。

孙媳妇挡不住，还是由着她。只是和丈夫、儿子一起，把苜蓿、青草砍回来，铡成细细的寸截，堆在离牛棚很近的地方，把玉米、豆子碾好了，也放在离牛棚很近的地方，方便奶奶喂牛。把窖里的水打上来，盛到水槽里，方便奶奶给牛饮水。

奶奶喂牛，从不用饲料，就用草和粮食。不干净的东西，也不给牛吃。奶奶说，牛是大生灵，通人性呢。给它喂了不干净的东西，人要担罪呢。不光是这样，奶奶给牛添草、饮水，还要洗了大净。奶奶说，人要是脏身子涉水过河，河水要哭四十天，踏了小草，小草要哭四十天呢。脏身子喂牛的话，就会冲了牛，牛就不吃草，不上膘。

奶奶给牛填上草，站在那里看牛吃。牛伸出舌头，把草料卷进嘴里，胡乱地咀嚼几下，就咽下去了，怕谁抢去了似的。等把槽里的草料都吃完了，这才放心了，慢慢地反刍。奶奶就拿着刷子，把牛身上的牛粪、草屑都刷干净了。牛也爱干净，吃饱了，没事了，就用舌头舔身上的毛。牛舌头舔过，牛毛光洁发亮，还打着卷儿。奶奶站在旁边，牛看她那么小，把她看成小娃娃，也有可能把她看成小牛犊，探过头来，伸出舌头，舔她的脸。奶奶也不躲，任由着牛舔。奶奶的脸被舔得湿漉漉的。孙媳妇看到了说，快过来我给你洗洗，脏死了。奶奶笑着说，牛是吃草的，干净着呢，不脏。

奶奶拉着牛去饮水，牛被拴得时间长了，解开缰绳，就想着找机会挣脱了，好自由地疯跑一阵。牛先试着撒了个欢子，扭着身子，摇着头，跳了几跳。那么大一头牛，要是使劲甩头拉一下，还不把奶奶给拉飞了，风筝一样飞上天去。孙媳妇看到了，吓得叫出声来。奶奶好像没有听到她的叫声，牛听到了。牛看着奶奶那么小，以为是一个小孩，还想以大欺小，仔细一看，才发现，奶奶是个老太太，可能比它祖奶奶还要老，牛这才不好意思了，低下头，顺从地跟着奶奶到水槽边饮水。

奶奶的身材越来越小了，够不上牛槽了，给牛添草都困难。奶奶要把背篓高高举起来，才能把草料倒进牛槽里。牛看到了，也疼惜奶奶，想帮帮她。牛没有手，只能用嘴。牛把头伸过来，想帮着拉一拉背篓，可牛笨手笨脚的，反而帮了倒忙，把背篓拱翻了，草料倒了奶奶一头。奶奶的身上、盖头上、头发上都沾满了草料。孙媳妇给奶奶收拾了盖头，又给奶奶洗头梳头。奶奶的头发又稀又软，像小娃娃的胎毛一样，贴在头皮上。孙媳妇给她梳头的时候，小心着，生怕弄掉她的头发。小娃娃的胎毛剃掉了，还会长出更多的头发来。奶奶的头发可是掉一根少一根。孙媳妇疼惜奶奶的头发，主要是怕她着凉。孙媳妇想起早些年给儿子洗头的事，知道小娃娃头发少、囟门没长严，容易着凉。她想着，老人大概和娃娃一样。

老人真和娃娃一样，不让干啥，偏要干啥。孙媳妇不让奶奶再喂牛了，奶奶就是要喂。孙媳妇知道，喂牛赚点钱，她才觉得自己还有用，心里踏实。喂的牛卖出去，赚了钱，她都给孙媳妇。孙媳妇接过去，单独攒下来。村上修路、盖清真寺的时候，都以奶奶的名义舍散出去。奶奶的钱一定要用在好路上。

奶奶喂的牛，也是希望它们都走到好路上。奶奶说，坊上过圣纪、谁家过乜贴，举意倒油宰了的，就是走到好路上了。要是给随意地宰了吃，那就是走到瞎路上了。

奶奶喂的牛卖出去，有一回就落到了屠户手里。屠户宰了牛卖了肉，买肉的回头客反馈说牛肉特别好吃，还想要。屠户又找上门来，说上回买去的牛肉好吃，还有牛吗？孙媳妇赶忙拦住屠户，拉他到门外头说，奶奶一年就喂一头牛，想要明年再来。孙媳妇这样说，是想把屠户赶紧支走了。这样的话，孙媳妇怕奶奶听到。奶奶要是知道，她喂的牛叫屠户拉去宰了卖肉，她肯定受不了。

这样的话，最终还是传到奶奶的耳朵里了。老年人的眼睛有些东西看不到，有些东西却能看得很清楚；老年人的耳朵有些话听不到，有些话却隔着几道墙都能听到。按说每个生灵都有一个命定的归宿，有把命定的刀子在等着它，但奶奶喂的牛被屠户宰杀卖肉了，这叫她心里很难受。奶奶这才不再喂牛了。

她还是闲不住，找家务活干。孙媳妇做饭的时候，她抢着给烧火，孙媳妇炒菜的时候，她就帮着择菜。可农村里很快就有了煤气灶、电饭锅，做饭不用烧火了，那些用电用气的东西，奶奶不会鼓捣。择菜也不行了，奶奶的眼神不好，分不清哪是草、哪是菜，黄叶绿叶混在一起。孙媳妇不说破，由着她择，她择过的，孙媳妇悄悄再拣一遍。奶奶的眼睛确实不好了，她去扫地，重孙子的袜子脱在地上，她看成死老鼠了给扫出去了，还惊奇地给孙媳妇说，这是咋话了，清早起来，地上一堆死老鼠。孙媳妇过去看，才发现是儿子的棉袜子。为这事，一家人笑了好些天。奶奶也笑着说重孙，你个懒虫虫，袜子臭死个人，我还当死老鼠臭了呢。重孙子笑着说，老太太，你哪天别把我也当虫虫给扫出去了。奶奶笑着骂，你个坏虫虫，看我哪天不扫出去喂雀儿去。

笑过了，孙媳妇又给奶奶说，你就定定地缓着吧。奶奶说，人不干活，吃啥呀！孙媳妇说，现在这白面香油的日子，还怕没你吃的。奶奶说，日子要俭省着过呢，要是再来个灾年，咋办呢？奶奶经过的苦日子多了，总是担心着。奶奶说，那会儿哟，没吃的，人都饿死了。奶奶说的那会儿，也不知道是啥时候。奶奶记日子不用阳历，也不用老历，记的是大地震那年、下冷子那年、生下儿子那年、大旱的那年、发大水那年……所以，奶奶说起过去的事，孙媳妇总是听得糊里糊涂。听习惯了，孙媳妇也不追问，只是静静地听着。

奶奶有一回说起小时候的事。奶奶说，她和几个小姐妹出去玩，玩高兴了，忘了吃饭。她妈妈就在村头上喊，碎女儿——回来吃饭了。奶奶的小名叫碎女儿，这叫孙媳妇有点想不到，可细细一想，可不是吗。她那么小，不叫碎女儿，还能叫个啥名儿呢。奶奶经历的事情太多了，把很多事情都忘掉了，就是没有忘记她妈妈喊她回去吃饭的事。碎女儿——回来吃饭了，奶奶学着她妈妈喊她的声音，深陷进去的眼眶里盈满了眼泪。孙媳妇看着，心里说不出的惜疼，她甚至想喊一声奶奶的小名，像妈妈喊女儿那样地喊一声。

奶奶一百岁，孙媳妇五十岁。

奶奶究竟多少岁，谁也说不上个准数。奶奶自己也记不得有多少岁了，她说，我属兔的，你算算。谁也不知道她是哪一轮的兔，算出来的岁数也不一样，有的算出九十六岁，有的算出一百零八岁，还有的算出一百二十岁。

给奶奶算岁数，只能比照着算。奶奶说，她和尔萨妈同岁。奶奶说的尔萨，都八十多岁了，瘫在炕上都快十年了，儿女都有些怠慢了，他不想拖累儿女，想着快点走了，可一口气就是走不掉。他妈早几十年前就去世了。奶奶比照的人，几乎全都去世了，还是没法算。再就是拿树木来比照，奶奶说，她十四岁上栽下那棵老枣树，也就是说，奶奶比老枣树大十四岁。园子里的老枣树还在，孙子没有给挖掉，但已经老得不成样子了，枝干粗短了，叶片也稀疏了。枣树不像松树柏树，越长越高大，枣树长到一定的程度，就不长了，甚至像人一样，越老越矮了，也没法看出年龄来。

奶奶到底活了有多长时间？这么说吧，她不仅是打败了所有的同龄人，还打败了自己的儿女。女儿早几年就去世了。儿子儿媳妇也都七八十岁了，没法伺候她了，甚至好长时间都不见她。他们实际上隔几天就会过来一次，安顿孙媳妇要照顾好奶奶，他们就是不愿意看到奶奶，也许是怕看到她的样子，怕自己将来也老成那个样子。奶奶不光是腰蜷身缩了，连骨头都好像缩小了，看上去就像个六七岁的孩子，简直没法想象她曾经生育过儿女，抓养过孙子重孙。奶奶也似乎忘了自己还有儿女，有时候见了儿子儿媳妇，她也认不出来了。她就认孙媳妇。

孙媳妇这几年，到了艰难的时候。大儿子没念成书，回来了，要结婚成家。小儿子和女儿都考上了大学，要供养。男人胳膊受伤，留下残疾，干不动重活，出去打工也没有人要。两口子只能从土地里刨钱，供养儿女，还要照顾老人。好在公公婆婆有其他儿孙照顾着，孙媳妇主要伺候好奶奶。

奶奶已经走不动路，没法跟着她出去了。她和丈夫下地干活，只能把奶奶一个人留在家里。干一阵活，孙媳妇就会跑回家一趟，伺候奶奶喝水吃东西，照顾奶奶大小便，看不要掉下床来，不要摔倒了。简直就像早些年抓养自己的儿女一样。把奶奶一个人留在家里，她还孤得很。一会儿不见孙媳妇，奶奶就抱怨，说孙媳妇不要她了，有时还耍小脾气，说要回自己家里去。孙媳妇尽量在近处干活，时不时地回来看她。在家里做家务的时候，到另一个屋里，孙媳妇也会时不时喊一声奶奶，给她打声。村里人都夸孙媳妇把奶奶照顾得好。

奶奶也省事，很少得病，只是每年冬天，偶尔会伤风感冒，咳嗽几天。村里有个老规矩，不管谁家老人有病了，全村的人都会去看。八九十岁的时候，奶奶得了病，村里人来看她，都对她说，你好好活着，能活一百岁呢。奶奶说，活一百岁，那还不活成个老怪物了。奶奶真活过了百岁，这几年，奶奶即使没病，村里的人，尤其是老人，还是年年都来看望。看得奶奶都不好意思了，说，我这老不死的，年年害你们看。村里人说，看你说的，我们都是来沾你的吉。人活百岁，真是稀罕的，见上一面，能沾点福气。奶奶好像更不好意思了，低着头说，真主不收我呀。好像活这么长，是一件很丢人的事。村里人又说，你好好活着，能活二百岁呢。孙媳妇听了，心里想，奶奶已经那样小了，要真的活二百岁，还用得着真主收呀，奶奶自己就缩进土里去了。又一想，奶奶再活那么久，自己都不在了，谁来照顾她呢。

孙媳妇度过最困难的时候，大儿子媳妇娶了，小儿子和女儿都大学毕业，在城里工作了。孙媳妇缓下气来，有更多的时间照顾奶奶了。奶奶已经不会送风火了，大小便失禁。奶奶羞惭地说，我这是活瓜了。孙媳妇没有嫌弃，买来尿不湿，给奶奶垫上。衣服床单脏了，赶紧就给洗了。奶奶在床上睡的时间长了，怕睡出褥疮，孙媳妇就扶着她走走。奶奶在屋里阴，孙媳妇就抱她出去晒晒。有时候是大儿子抱出去，奶奶还有些不好意思。大儿子说，我小的时候您抱我，现在该我抱您了。奶奶这才由着他抱，晒暖和了，再抱回来。

一家人这样伺候着，奶奶好像并不高兴，她心里有了事。村里人再来看奶奶，奶奶说，真主怕是把我这个老婆子给忘掉了。村里人听了，笑着说，忘掉了才好呢，你就一直活着。孙媳妇听了，这才知道奶奶的心事，奶奶是活够了，怕真主忘了她了。孙媳妇仔细一想，心下一惊，人要真的给忘到这个世上，是多可怕的事情呀！

奶奶心里真的着急了，说，我要睡土。

孙媳妇知道奶奶的意思，村里把老年人死亡叫无常，也叫睡土。孙媳妇故意打岔说，这么软和的床不睡，还想睡土炕。奶奶被提醒了，说，我要睡土炕。奶奶这样说，孙媳妇没办法，就把她挪到土炕上。怕奶奶硌着，孙媳妇在土炕上铺上毛毡、毯子、褥子。奶奶不要，叫把毛毡、毯子、褥子都拉掉，就要个光席子。她还要孙媳妇给挖绵绵土来，她要睡在土里。孙媳妇就想起奶奶伺候她坐月子的事。奶奶从山坡上挖来绵绵土，拍碎、捏细了，堆在炕上，她和儿子就睡在绵绵土里，那时候还想着不卫生，这会儿想起来，感觉睡在绵绵土里，很舒服。她就从山坡上挖来绵绵土，拍碎、捏细了，堆在炕上，让奶奶睡在绵绵土里。奶奶看到绵绵土，连衣服都不想穿了，孙媳妇只能给她脱光了。奶奶睡在土里，这才高兴了，手脚乱蹬着，咿咿呀呀地说话，简直就像一个婴儿。

家里又添了一个婴儿，是孙媳妇的孙子。

孙媳妇的孙子，是在医院生的，儿媳妇坐月子，也不在土炕上，而是在床上。孙媳妇伺候月子，她没有坚持叫儿媳妇在绵绵土里坐月子。

奶奶知道重孙媳妇生娃娃了，也要去看。孙媳妇就抱着她进去。奶奶看到月婆子和婴儿睡在床上，似乎想说点啥，也没有说出来。她很快被刚出生的小孩子吸引住了，爬到小孩子身边。孙媳妇的孙子、重孙的孩子，奶奶不知道该叫啥。她望着孩子，笑着，轻轻地叫了声，娃娃。奶奶一叫，孩子也看着她。奶奶显得很兴奋，看看孩子，回头再看看孙媳妇，满脸的皱纹像开了花。奶奶又叫了声娃娃，再叫一声，再叫一声，婴儿并不会应，也还不会笑，奶奶还是高兴。奶奶不知是把自己当成了孩子，还是因为刚出生几天的孩子，也是满脸的皱纹，奶奶好像找到了自己的伙伴。

这一下，奶奶高兴了，整天都要和娃娃在一起。孙媳妇倒是省事了，反正两个都要她带，放在一起带，更方便。小孙子一天天长大，会笑了、会爬了、会走了、会说话了。奶奶跟着小孙子爬、跟着他学走路，跟着他笑、跟着他学说话。小孙子学会叫奶奶了，孙媳妇高兴地应了声“哎——”在旁边的奶奶看着她，嘴皮动了动。

孙媳妇有些担心，奶奶要是喊她奶奶，她应不应呢？

图书在版编目（CIP）数据

生生不息 / 李进祥著. -- 北京 : 作家出版社，2019. 1（2023.2重印）
（中国少数民族文学之星丛书）
ISBN 978-7-5212-0376-9

Ⅰ. ①生… Ⅱ. ①李… Ⅲ. ①中篇小说 - 小说集 - 中国- 当代 ②短篇小说 - 小说集 - 中国- 当代 Ⅳ. ①I247.7

中国版本图书馆CIP数据核字（2019）第031557号

生生不息

作　　者：李进祥
责任编辑：史佳丽　李亚梓
特约编辑：杨玉梅　郑　函
装帧设计：孙惟静
出版发行：作家出版社有限公司
社　　址：北京农展馆南里10号　　**邮　　编：**100125
电话传真：86-10-65067186（发行中心及邮购部）
86-10-65004079（总编室）
E-mail:zuojia@zuojia.net.cn
http://www.zuojiachubanshe.com
印　　刷：固安兰星球彩色印刷有限公司
成品尺寸：152×230
字　　数：200千
印　　张：17
版　　次：2019年6月第1版
印　　次：2023年2月第2次印刷
ISBN 978-7-5212-0376-9
定　　价：38.00元
